이 책은
어려운 환경 속에서도 꿈을 잃지 않고
꿋꿋이 세상을 살아가는 파릇한 청춘들과
오늘도 범죄현장을 누비며 밤을 지새우는 10만 경찰관에게
이 책을 바칩니다

산골소년
세상의 중심에 서다

2쇄 발행일 | 2020년 05월 20일

지은이 | 장재덕
펴낸이 | 정화숙
펴낸곳 | 개미

출판등록 | 제313 - 2001 - 61호 1992. 2. 18
주소 | (121 - 050) 서울시 마포구 마포동 236 - 1 덕성빌딩 2층
전화 | (02)704 - 2546, 704 - 2235
팩스 | (02)714 - 2365
E-mail | lily12140@hanmail.net

ⓒ 장재덕, 2012
ISBN 978 - 89 - 94459 - 20 - 2 03810

값 12,000원

산골소년
세상의 중심에 서다

장재덕 지음

개미

희망을 먹다

책을 낸다는 것은 사실 생각도 해본 적이 없습니다.

세상에 발딛게 된 여정, 그 많은 시간들이 때론 황량하고 너무 절망적이었습니다.

'당장의 밥 한 그릇'이 절실해서 허우적거리던 때, 유일한 위안으로 틈틈이 눌러 적었던 메모조차 사치스러운 궤적이었습니다.

그러나 잊지 않기 위해서, 서러워서 손톱으로 벽을 긁듯이 써둔 기억의 뭉치가 이 책의 단서입니다.

그래도 놓칠 수 없었던 내 유년 시절 감성의 둥지 '만수네 뒷동산'에는 여전히 뻐꾸기가 울고, 내가 품고 있는 그 자연의 소리는 나태해질 때마다 나를 헹궈내는 세정제였습니다.

오랫동안 잠을 자고 있던 내 삶의 이야기들이 세상에 선보인다고하니 부끄럽고 설렙니다.

저마다 웬만큼은 못 살던 시절을 공유하고 사는 게 우리들 세대이기에, 내 얘기는 별난 얘기가 아닐 수도 있습니다.

김현숙 작가님은 나를 '文警'이라고 했습니다. 글을 쓰는 경찰관이란 뜻이겠지요. '경찰과 작가' 전혀 어울리지 않는 듯한 조합입니다.

그러나 한 소년에게 주어진 가난과 일찍이 다가온 '고통의 바다', 허기진 배를 채우기 위해 떠도는 저잣거리의 질펀한 풍경이 얼마나 가혹한 것인가에 대한 엿보기쯤으로 이 책의 의미를 붙여 봅니다.

꿈같은 일입니다. 꿈에서도 생각할 수 없었던 일입니다. 그런 일들이 현실이 되는 세상에 살고 있다는 사실이 행복합니다.

경찰에 몸담아 온 20여 년, 대부분을 형사과 아니면 수사과에서 보냈습니다. 핏자국이 낭자한 범죄현장에서 밤을 새운 적도 많습니다. 너무도 범인을 잡고 싶은 나머지 꿈이라도 꿀 수 있을까 하는 바람에서였지요. 평생을 남을 속이면서 살아온 직업 사기꾼과 마주 앉아 10여 시간 조사를 하면서도 지칠 줄 몰랐습니다. 일에 대한 열정 때문이었습니다.

수돗물로 배를 채우고, 한 몸 누일 곳 없어 공원벤치에서 잠을 청하던 서울 하늘, 그 시절을 생각하면 일상의 게으름, 겹겹이 쌓여가는 불만은 정말 사치스러운 투정입니다.

돌이켜 보면 어찌 그리 되는 일 하나 없이 서른 나이를 맞았는지 모르겠습니다. 하지만 그 또한 돌아갈 수 없는 날이기에 처연하면서도 차라리 소중합니다.

꿈, 꿈을 꾸지 않는 사람은 꿈을 이룰 수 없다는 말을 믿습니다.

그러나 꿈도 단서가 있어야 하기에, 나는 그 단초를 마련해 주신 많은 분들에게 갚을 수 없는 많은 빚을 지고 있습니다.

"사건의 실체적 진실을 술 한 잔, 밥 한 그릇과 절대 바꾸지 말라"고, '경찰의 길'을 일러주신 용연 형님. 아직도 나에게 커다란 느티나무 같은 분입니다. 형님이 아니었다면 지금의 경찰인 장재덕은 없었을 것입니다.

젊은 시절을 형사로 지내면서 일에 대한 열정 때문에 가정을 제대로 돌보지 못했음에도 묵묵히 나를 믿어주고 응원해 주었던 사랑하는 나의 아내, 지금 이 시간에도 열심히 군복무를 하고 있을 아들 성욱, 하늘을 나는 스튜어디스의 꿈을 이루기 위해 열심히 노력하는 나의 예쁜 딸 정은이, 그들 모두에게 나의 깊은 고마움과 사랑을 전합니다.

동현 형 고맙습니다. 아마 형의 격려가 아니었다면 이 글은 책으로 나오지 못했을 것입니다. 부족한 문재를 채워주시고, 어려운 일 마다않고 도움을 주신 김현숙 작가님, '개미'의 최대순 사장님 감사합니다.

그동안 책이 출간될 수 있도록 진심으로 격려해 주신 구철 형, 성진, 정일, 종렬, 문기, 인목 그리고 나를 아는 모든 분들께도 감사드립니다.

2012년 초가을, 치안 현장에서

장재덕

차례

소백산 자락에서 첫 하늘을 보고

1960년 여름, 백두대간이 허리를 구부리는 곳, 경상북도 영풍군(현 영주시) 풍기 산골짜기가 나의 안태 고향입니다.

중앙선 희방사역에서 산길로 2,3킬로미터쯤 떨어진 외딴집에서 첫 울음을 터트린 나를 어머니는 '소백산의 정기'를 받고 태어났다고 했습니다.

광산일을 하던 아버지가 여섯 살인 나와 세 살짜리 여동생 그리고 어머니 뱃속에 여동생 하나를 남겨두고 먼 길을 가시던 날 흰 눈은 엄청 많이도 내렸습니다.

이십 대에 과수댁이 된 어머니는 번듯한 밭 한 뙈기 없이 남의 산비탈을 일구어 겨우 살아가는 문경 외갓집에 삼 남매를 남겨놓고 '돈'을 벌기 위해 집을 나갔습니다. 쌀 한 톨 섞이지 않은 꽁보리밥도 건너뛰기가 예사였습니다. 그때 척박했던 밥상의 기억이 아직도 가슴 한쪽에 거칠게 남아 있습니다.

그런 나에게도 꿈이라는 것이 있었습니다. 그때의 꿈은 '돈' 벌러 나간 어머니가 돌아와 남의 집에 수양딸이라는 명분으로(사실은 애보기나 식모) 보내진 여동생들을 데려와 함께 잘사는 것, 혹은 그보다 더 절박했던 꿈이라면 다른 아이들처럼 설빔으로 새 옷 한번 입어보는 것이었습니다.

그래도 나는 남자라는 이유로 지금도 최종학력란에 써넣을 수 있는 '호계초등학교'를 졸업할 수가 있었습니다.

1973년 2월이었지요. 친구들이 검정색 교복을 입고 '中'자 마크가 달린 모자를 쓰고 시내로 통학하는 모습을 보면서도 그리 부럽다는 생각은 들지 않았습니다. 내 처지를 깨닫고 진학의 꿈을 일찌감치 포기한 때문이지요.

그리고 알게 되었습니다. 스스로 돈을 벌지 않으면 밥을 먹을 수 없다는 사실을 열다섯 어린 나이 그때 이미 터득한 것입니다.

제1부

유년의 강

차마 그곳이 꿈엔들 잊힐리야

어린시절의 삶

밤나뭇골

    열네 살의 조그만 체구로 '호계지서'에서 괴탄을 깨어 난로의 불을 지피면서도 장래의 희망이나 꿈을 꾸어본 기억이 없습니다. 우선 먹고사는 것이 힘들었으니까요. 겨우 초등학교를 졸업하고 괴탄이나 깨고 있는 나 자신을 보면서 절망이 무엇인지부터 알아버린 열네 살이었습니다.

    꿈조차 사치이던 시절이었습니다. 그때쯤 중학교에 입학한 친구들이 나를 만나면 Boys, be ambitious! 라고 혀 꼬부라진 소리를 할 때에도 그리 부러워하지 않을 수 있었는지 모릅니다.

그때 호계지서 옆에 있던 자전거포 아줌마의 꼬임에 집에서 시오 리 떨어진 점촌시내 중국집으로 자리를 옮겨 내 몸보다 더 큰 배달통을 들고 뛰어다녔습니다.

희방사 골짝에서 태어난 나는 젖도 떼기 전에 부모님들을 따라 어머니의 고향인 외갓집 식구들이 살고 있는 경북 문경군 호계면 막곡리 117번지로 이사를 했습니다. 그러니 그곳은 곧 나의 고향이기도 합니다. 호계면사무소 건너편이라고도 했고 밤나뭇골이라고도 불린 이 마을은 외갓집을 포함 모두 여덟 가구가 살고 있는 아주 조그마한 마을이었습니다

외갓집은 밤나뭇골 중턱에 자리한 작은 초가집이었고 그곳은 방이 두 칸 그리고 부엌이 전부인 지금으로 말하면 14평 정도나 될까 말까 한 곳에서 외할아버지, 외할머니, 외숙모와 세 명의 아이들, 그리고 나와 동생들 10여 명이 부대끼며 살았습니다.

손바닥처럼 작은 마당을 들어서면 큰 살구나무가 장승처럼 초가집을 지켰고, 그래서 초여름이면 달고 새콤한 노란 살구를 실컷 먹을 수 있었습니다.

외갓집 바로 뒤에는 키가 훌쩍 커서 장노루라는 별명을 가진 어른과 그 가족이 살다가 이사를 가버린 뒤에는 빈집이 되었고, 그 옆집에는 나보다 두 살 어린 순자네가 살았습니다. 입버릇처럼 커서 나에게 시집을 온다고 하던 순자, 지금은 중년의 나이가 되었을 그녀는 지금 어디에 살고 있는지. 그 집은 아직도 주인 없이 덩그렇게 남아 있습니다.

그리고 외갓집 아래에는 내 초등학교 동창인 경화네 부모님과 1

남4녀의 가족이 살았습니다. 경화네 아버지는 그때 구경하기조차 힘든 자전거를 소유하고 있었기 때문에 이웃 모두에게 부러움의 대상이기도 했습니다.

왼쪽 아랫집에는 역시 내 초등학교 동창인 손재호가 살았습니다. 그도 나처럼 어려운 처지였는데 부친이 돌아가시고 어머니는 대구에서 장사를 해 할머니와 둘이서 살았습니다.

그와 나는 초등학교에 들어가기 전부터 경쟁관계였습니다. 아래 윗집에 살면서 가끔 내가 늦잠이라도 자는 날이면 그가 일찍 일어나 낭랑하게 책 읽는 소리를 내면 그때마다 나는 작은외삼촌에게 꿀밤을 맞곤 했습니다. 게으르다는 이유였지요. 그래도 그렇게 나를 챙겨주고 신경을 써주신 작은외삼촌이 지금 생각하면 참으로 고마운 분이었습니다.

경화네 집 오른쪽으로 산자락을 물고 있는 커다란 기와집은 덕현네 집이었습니다. 사실 덕현은 얼굴 한 번 본적 없지요. 어른들이 그렇게 불렀기 때문에 그냥 덕현네 집이라고 불렀습니다. 동네에서 유일한 기와집이기도 했고 사랑채까지 있었습니다. 들어가는 문이 커다란 나무 대문이었는데 그래서인지 우리는 접근을 꺼렸습니다. 왠지 그 대문을 들어서면 마당을 쓸고 있던 덩치 큰 마당쇠가 "이놈"하고 소리 지를 것 같았고 수염을 늘어뜨린 대감님이 호령을 할 것 같아서였습니다.

경화네 집 왼쪽에는 상영네 집이 있었고 미장일을 하는 그의 아버지와 조그만 체구로 정이 많은 어머니, 그리고 나보다 두 살 많은 상영과 그의 동생 상일이가 살고 있었습니다. 그 집은 외할머니가 헌옷을 얻어 와 나에게 입힌 집이기도 했습니다.

상영은 대구까지 가서 대학을 나와 출세했다는 소문도 나돌았습니다. 하지만 가끔 고향에 갈 때쯤이면 이제는 사람의 온기가 느껴지지 않는 상영네 집에서 나이든 그의 어머니가 구부정하게 마루에 앉아 있는 모습과 집 마당에 무성한 잡풀, 마루에 내려앉은 먼지가 세월의 무상함을 말했습니다.

신작로라고 부르는 큰길에서 밤나뭇골로 들어오려면 30~40미터 좁은 길을 따라 들어와야 했고, 그 양 옆은 전부 논이었는데 4~5미터의 낭떠러지 위였습니다. 그렇게 들어오는 마을 입구에는 병희네가 살았습니다.

병희는 나보다 어렸고 그의 누나인 정순이는 나보다 한 살이 많았는데 무슨 이유인지 정순이라는 이름보다는 '콩새'라는 별명으로 통했습니다.

콩새 아버지는 우리 아버지가 돌아가셨을 때 염을 해주신 분이라 잘해야 한다고 집안 어른들이 늘 말씀하셨기 때문에 고향에 갈 때면 꼭 술이라도 한 병 사들고 들르곤 했습니다.

이제는 나이 드신 병희 어머니만이 집을 지키고 계십니다. 이렇게 콩새네를 포함하여 여덟 가구가 살았던 밤나뭇골은 내가 유년 시절을 보냈던 참으로 아담하고 평화로운 마을이었습니다.

열한 식구와 칼잠을 자다

궁핍했던 외갓집

외할아버지의 성함은 김칠성으로 키가 크고 조용한 분이었습니다. 그러나 술을 드신 날이면 식구들을 조금 긴장시키기도 했습니다.

동네잔치나 장에 다녀오신 날이면 동네분들과 불콰하니 취한 술기운에 식구들을 차례대로 불러 앉히고는 잔소리를 하곤 하셨습니다. 이치에 맞는 말이라 하더라도 했던 말을 또 하고 같은 이야기를 밤이 새도록 계속하시니 괴로울 밖에요.

외할아버지가 술에 취해 돌아오는 날이면 외할머니, 큰외숙모, 작은외숙모는 외할아버지의 술에 취해 흥얼거리는 소리와 사립께에서부터 들리는 발짝 소리에도 한숨을 쉬곤 하셨습니다. 평소에는 말수 적고 성실하기만 하였던 분이기에 어린 나는 이해할 수 없었습니다.

외할머니의 성함은 설기봉으로 키가 작고 체구도 자그마한 분이셨습니다. 급한 성격 때문에 늘 먼저 화를 내곤 했지만 금방 돌아서서 후회하고 약해지는 착한 분이었습니다. 화가 나면 봉당에 쪼그리고 앉아 치마 안 쌈지에서 담뱃가루를 꺼내 종이에 싸서 돌돌 말아 침으로 붙여 물고 마당이 담배연기로 하얗게 차도록 담배를 피곤 하였습니다.

가족으로는 외할아버지와 외할머니 사이에 2남 3녀가 있었고 제일 큰딸은 김학녀 씨로 서울 석수동에 살고 있는 나의 큰이모이고, 바로 밑 여동생이 나의 어머니이신 김숙례, 그 다음이 큰외삼촌인 김학성 씨였습니다. 그리고 젊은 나이에 돌아가신 작은외삼촌 김학목 씨와 막내이모 김영희 씨입니다.

장남인 큰외삼촌은 객지를 들락거리며 겨우 스무 살이 갓 넘은 아가씨를 데려 와 살림을 시작했고 그리고 큰딸인 미화를 임신시켜 놓고 자신은 또 객지로 떠돌았습니다. 그 신교난이라는 서울 아가씨는 그렇게 우리와 한 식구가 되었습니다.

게다가 큰외삼촌은 객지에서 생활하며 가끔 집에 들르곤 했는데 그때마다 아이가 하나씩 늘어나면서 미화, 미선, 미정이가 태어나 가난한 시골집에 식구를 불렸습니다.

그 외숙모는 딸 셋을 데리고 선녀처럼 끝내 자신의 날개옷을 찾지 못하고 그렇게 논마지기도 없이 비탈진 밭을 일구며 힘겹게 살아가는 외갓집에 머물 수밖에 없었습니다. 늘 한숨과 함께 하늘을 올려다보는 외숙모의 바람은 큰외삼촌이 입버릇처럼 말하는 하루 빨리 서울로 데려갈 날을 기다리는 것이었습니다. 그러다가 그 말에 대해 점점 믿음을 잃어 가면서 화를 내기도 했고, 혼자 속상해하면서 곱던 얼굴에 주름이 늘어갔습니다.

둘째 며느리 황연자 씨는 작은외삼촌과 젊은 나이에 연애결혼을 하고 세영을 낳았습니다. 그는 아이가 첫돌이 채 되기도 전에 군 입대를 해 버린 까닭에 외숙모는 과부 아닌 과부가 되어 또 외갓집의 식구가 되었습니다. 그리고 나의 어머니이신 둘째 딸인 김숙례 씨는 남편인 장사준 씨가 젊은 나이에 돌아가시고 나자 그때 뱃속에 있던 명옥을 낳은 뒤 먹고살 길이 막막했습니다.

그렇게 되자 어머니는 핏덩이를 포함해서 나와 명희를 이렇듯 복잡하기만 했던 외갓집에 맡기고 '돈'을 벌러 간다고 집을 나갔습니다. 그런저런 이유로 14평 정도의 방 두 칸이 전부인 집에 외할아버지 내외, 큰외숙모, 미화, 미선, 미정, 작은외숙모, 세영 그리고 나, 명희, 명옥 이렇게 열한 명의 식구가 살을 부대끼고 숨결을 섞어가면서 살았습니다.

안방 하나와 조그만 건넌방 하나뿐인 집에서 많은 식구가 대책 없이 살았습니다. 그 시절엔 이웃 사람들도 거의가 그만그만하게 어렵긴 마찬가지였습니다.

우리는 방 두 칸에 나뉘어 잠을 자고 옷을 갈아입고 추운 겨울이면 외풍 때문에 칼바람을 맞으며 아랫목에 서로 발을 집어넣기 위해 외할아버지 눈치를 보면서 아득바득 싸움도 했습니다. 그렇게 살아내면서도 말 없는 질서는 존재했습니다. 큰방에는 외할아버지 내외, 작은외숙모와 세영 그리고 내가, 작은방에는 큰외숙모와 아이들 셋 그리고 명희, 명옥이가 잠을 잤습니다. 좁은 방에서 많은 식구들이 누워 자야 하니 칼잠을 잘 수밖에 없었습니다. 그러다가 아침에 일어나면 서로 엉켜서 누군가의 배 위에 머리와 다리가 있고 내 머리 위에도 세영의 다리가 걸쳐 있곤 했습니다. 지금도 한번 누우면 움직이지 않고 아침까지 그대로 잠을 자는 건 그때의 습관 때문인 듯합니다.

밥을 먹을 때면 그야말로 전쟁이었습니다. 참으로 배가 많이 고프던 시절이었지요. 먹고 돌아서면 금세 배가 고픈 보리쌀로만 지은 아침밥. 그나마도 점심은 건너뛰기 예사였으니 그것마저도 마음껏 먹어보고 싶었던 때였으니까요. 조금이라도 더 먹기 위한 밥상머리의 전쟁은 치열했습니다. 아침저녁 배급처럼 타서 먹는 밥을 다른 아이들보다 더 많이 먹기 위해 잘 씹히지도 않는 꽁보리밥을 넘기고는 애처로운 눈으로 외할머니를 물끄러미 쳐다보고 있으면 마음 약하고 착한 외할머니는 자신의 밥을 조금 덜어주곤 했으니까요. 아마도 외할머니는 한번도 배부르게 밥을 드신 기억이 없을 듯합니다. 나중에 내가 출세해서 돈 벌면 외할머니 맛있는 것 많이 사드리겠다고 맘속으로 그렇게 다짐을 했음에도 그렇게 하지 못한 것이 아직도 가슴 한쪽에 아릿한 회한으로 남아 있습니다.

지금처럼 먹을 것이 넘쳐나는 때 가끔은 외할머니 생각이 간절하기도 합니다. 요즘에도 배가 고프면 견디지를 못하는 건 아마 어릴 적 그때의 허기 때문인지도 모르겠습니다.

그때 우리 동네는 논농사를 짓는 집은 거의 없었습니다. 산비탈의 밭을 일구어 먹는 것 외에 돈을 만질 수 있는 것은 오로지 가축을 기르는 일이었습니다. 그러나 많이 궁핍했던 외갓집에서는 소나 돼지 같은 것은 엄두도 내지 못했고 토끼 몇 마리 기르고 있었습니다. 토끼란 놈은 돈이 들 일이 별로 없지요. 풀만 뜯어다 주면 되고 게다가 새끼도 많이 낳았으므로 기르기엔 괜찮았습니다. 토끼들이 얼마큼 크면 외할머니는 가끔 다래끼에 토끼 몇 마리를 넣어 5일에 한 번씩 서는 점촌 장날에 내다 팔았습니다. 그렇게 만든 돈으로 빨랫비누, 씨앗 등을 샀고 명절 때는 타이어표 검정고무신 한 켤레, 광목바지 한 벌이라도 구입할 수 있었습니다. 이렇게 푼돈이라도 만지게 해주던 돈줄이었기 때문에 토끼는 외갓집에서 꽤 귀한 대접을 받았습니다.

나와 명희는 시간 나는 대로 토끼풀을 뜯으러 다녔습니다. 학교에서 돌아오면 둘이는 우리 키보다 큰 다래끼를 메고 들로 낮은 산으로 쏘다니며 그렇게 봄과 여름을 보냈습니다. 그중에도 인기가 있었던 것은 아카시아 잎이었습니다. 키가 작았던 우리는 손이 닿는 곳에 있는 아카시아 잎을 따서 다래끼를 가득 채우면 그래도 조금은 당당한 모습을 하고 집으로 들어가 다래끼를 풀어놓곤 했습니다. 어린 나이였지만 우리는 그때부터 이미 눈치라는 것을 알았다는 이야기지요. 외갓집에 끼닛거리가 없어 전전긍긍할 때면 우리는 더욱 우리가 할 수 있는 일을 찾아 나설 만큼 눈치가 있었습니다.

나는 보리 베기가 끝난 밭에 명희와 보리이삭을 주우러 다녔습니다. 그렇게 며칠씩 주워 모은 이삭은 몇 되씩 되었고, 고구마와 감자를 캐고 난 밭이랑을 호미를 들고 손톱의 지문이 다 닳도록 뒤지고 다녔습니다. 가끔 운이 좋으면 주먹만 한 고구마나 감자를 캐어다 삶아 먹기도 했으니까요. 우리는 그것을 이삭줍기라고 했습니다. 농번기 때면 학교에서 돌아와 곧바로 이삭줍기를 다녔습니다. 그렇게 주워온 것들은 몇 끼의 땟거리가 되기도 했고, 감자나 고구마는 삶아서 외할아버지가 산에 나무를 하러 가실 때나 들일을 가실 때 먹거리가 되기도 했습니다.

마을 주변으로 강이 두 곳 있었는데 문경, 마성을 통해 내려와 낙동강으로 내려가는 물줄기인 '영강'은 조금은 큰 규모의 강이었습니다. 너비가 15미터가 넘고 수심도 2~3미터가량 되는 '큰 냇가' 로 불리는 이곳은 우리들에게는 조금 위험한 놀이터였습니다. 수심이 깊어 수영을 하다가 익사사고가 종종 나는 곳이었습니다. 어른들은 하나같이 큰 냇가에 가는 것을 걱정했습니다.

큰 냇가를 가기 위해서는 조그만 내를 하나 건너야 했는데 우리는 그곳을 '작은 냇가' 라고 불렀습니다. 작은 내는 5~6미터 너비에 물이 깊은 곳은 허벅지 정도의 깊이였고 얕은 곳은 무릎 정도까지 오는 곳이어서 어린 우리들에게는 정말 인기 있는 놀이터였습니다. 그곳에는 우리가 구할 수 있는 것들이 무한정으로 널려 있기 때문이었지요. 쭈그러진 주전자 하나만 들고 나가면 골뱅이(소라)를 주전자에 가득 채우는 데는 금방이었습니다. 물속에 잠긴 돌을 들추면 골뱅이는 돌 밑바닥에 새카맣게 붙어 있었습니다. 손으로 주워 담기만 하면 되었고 그렇게 주워온 골뱅이를 모아 일부는 물에 담가 두었다가 삶아서 뾰족한 탱자나무 가시로 살을 꺼내먹거나 그것을 넣고 국을 끓여먹기도 했지요. 때론 이삼 일씩 모아서 외할머니가 시오 리를 걸어 점촌읍내 식당에 나가 팔기도 했고 장날에는 노상에 앉아 판 돈으로 비누와 씨앗 등을 사오기도 했습니다. 주변에서 얻어지는 것들에 의해 돈을 만들지 않으면 십 원짜리 한 푼 구경하기 힘든 시절이기도 했지만 무엇보다 외갓집에서 돈이라는 것을 벌어들이는 경제 활동을 하는 사람이 없어서이기도 했습니다.

가을이면 나는 동네 이름처럼 많은 밤나무 밑을 헤매고 다니며 알밤을 주워 모으기도 했습니다. 그렇게 모은 알밤이나 비탈진 밭에서 얻은 고추, 콩, 녹두, 참깨 등을 5일장에 내다 팔아서 고무신이나 봉지담배를 사고, 남은 돈은 꼬깃거리며 외할머니 쌈지에서 잠자다 외할아버지가 힘든 일 하실 때 막걸리를 사다 드리는 경비로 사용되기도 했습니다. 이러한 때에 눈치가 무엇인지를 일찍 알아버린 나와 명희, 명옥이 외갓집에서 할 수 있는 일을 찾아서 했던 것은 어쩌면 참으로 당연한 일이었는지도 모르겠습니다.

그러니 당시의 꿈은 무엇이었을까요. 나의 꿈? 아님 명희, 명옥이의 꿈은 무엇이었을까요. 아마 배고프지 않게 하얀 쌀밥에 고깃국을 맘껏 먹어보는 것이 아니었을까요. 아니면 학교에 갈 때 보자기에 책을 싸서 메고 다니던 내가 다른 아이들처럼 당당히 책가방을 가져보는 것이 소원이었을까요. 그것도 아님 한번이라도 남들이 입던 옷을 얻어서 기운 것이 아닌 새 옷을 한번 입어 보는 것이었을까요. 그때의 꿈은 지금도 헤아릴 수가 없습니다.

부잣집 수양딸로 보내지다

오빠야! 내 맛있는 거 많이 가지고 올게

일곱 살이던 명희의 손을 잡고 큰이모가 밤바위를 돌아갈 때까지만 해도 나는 명희가 부러웠습니다. 그때 초등학교 2학년의 생각으로는 매일 허기져 있던 배고픔이 절대과제였습니다. 학교에서 주는 옥수수로 만든 커다란 빵 하나도 혼자 맘 놓고 먹을 수 없었습니다. 역시 허기진 배를 안고 퀭한 눈으로 오빠를 기다릴 동생들을 생각하면서 조금씩 뜯어먹던 빵은 집에 도착할 때쯤이면 얼마 남아 있지 않았습니다. 그런 명희가 부잣집 수양딸로 간다고 했습니다. 맛있는 것 실컷 먹을 수 있고 새 옷도 입고 학교도 보내 준다고 했습니다. 명희를 수양딸로 데려가는 집에서 말이지요. '씨이, 명희는 좋겠다 맛있는 것도 실컷 먹고 새 옷도 입고 얼마나 좋을까……'

얹혀서 산다는 이야기를 들었습니다. 어릴 때는 그것이 무슨 뜻인 줄 몰랐습니다. 그때 참으로 어렵게 살았던 외갓집에서 외손주들 세 명은 얹혀서 사는 신세들이었던 것입니다. 그래도 나는 남자라는 이유로 마지막까지 외갓집에 남아 초등학교까지 졸업할 수 있었지만 여동생인 명희와 명옥은 아니었습니다.

입 하나라도 줄여야 했던 당시의 현실을 지금 생각해 보면 이해가 갑니다.

꽁보리밥이라도 제대로 한번 배불리 먹어보고 싶었던 시절, 양식은 늘 모자랐습니다. 그즈음 서울에서 살고 있던 큰이모가 시골에 내려 왔습니다. 나는 목소리가 크고 거침없는 시원한 성격이던 큰이모가 무서웠습니다. 방에서 외할머니와 한참 이야기를 하더니 명희의 옷가지 등을 담은 작은 보퉁이를 들고 나서면서 명희의 머리를 쓰다듬었습니다. "너는 좋겠다. 이제 먹을 것도 마음껏 먹을 수 있고 예쁜 옷도 입을 수 있게 되어서……"라며 명희를 앞세워 읍내로 가는 신작로를 따라갔습니다. 그때 나는 그 말의 의미를 몰랐습니다. '씨이…… 명희만 사주고……' 명희는 깡충거리며 놓칠세라 큰이모의 손을 잡고 따라갔습니다. "오빠야! 내 맛있는 거 많이 가지고 올게. 오빠 거……" 그러면서 몇 번이나 뒤를 돌아보는 명희를 부러워했습니다. 하지만 그것이 명희와의 아득한 이별인 줄 그때는 몰랐습니다.

그후로 20여 년간 명희를 볼 수 없었고 어느 날 어른이 되어 찾아온 명희가 "오빠 왜 나 혼자 보냈어…… 왜 날 찾지 않았어?"라고 목놓아 슬피 울던 그날까지 참 오래 떨어져 살았습니다. 그동안 부잣집 수양딸로 가서 잘 먹고 잘살고 공부도 한 줄 알았는데…… 그렇게 만난 명희는 한글도 제대로 쓸 줄 몰랐습니다. 애보기, 식모살이 등 그러한 일을 하며 착취당하고 살았던 게지요. 그리곤 그제서야 비로소 깨달았습니다. 명희를 남의 집 수양딸이란 명분으로 데려간 내막을.

그래도 잘 먹고 잘살줄 알았지요, 가끔은 명희가 보고 싶었고 걱정도 되곤 했습니다. 초등학생인 어린 나이인데도 말입니다.

그렇게 세월이 지난 어느 날 겨우 대여섯 살이던 명옥이가 명희처럼 자신의 조그만 옷 보퉁이를 들고 외할머니를 따라나서던 날은 명옥이가 전혀 부럽지 않았습니다. 가끔씩 보고 싶던 명희가 어디서건 잘살기를 바랐는데 또 명옥이마저 따라나서는 것을 보면서 외할머니에게 따지고 싶었지만 한마디도 할 수가 없었습니다. 외할머니를 따라나서는 조그만 명옥이도 눈치로 아는 듯했습니다. 외할머니가 맛있는 거 많이 먹고 좋은 옷 준다고 했는데도 말입니다. 명옥이는 자꾸 뒤를 돌아다보았습니다. 몇 번이고 "오빠 잘 있어"라고 하는 명옥이의 목소리는 젖어 있었습니다. 문득 이제 명옥이도 볼 수 없겠구나 생각하니 가슴이 아려왔습니다. 자꾸 눈물이 흘러 고개를 돌리고는 외할머니와 명옥이의 모습이 첫 번째 밤바위를 돌아서 완전히 보이지 않을 때까지 하염없이 서 있었습니다. 마음이 너무 허전했습니다. 허전하다는 뜻을 알았을까요, 초등학생이. 한동안 온 가슴이 텅 빈 것 같았습니다.

그날 밤 잠자리에 누워 외할아버지 외할머니가 들을까 이불 속에서 혼자 흐느끼며 울었습니다. 아무리 그치려 해도 눈물이 그쳐지지 않았습니다. 세상에 혼자 남겨진 것 같은 외로움에 참 서러웠습니다. 그날 나는 처음으로 외할아버지, 외할머니, 어머니를 원망했습니다. 나빠……모두 나빠!

그러나 명옥이는 한 달여 후에 다시 만날 수 있었습니다. 내가 학교를 마치고 집으로 돌아올 때였습니다. 길모퉁이에 작은 보퉁이를 옆구리에 끼고 쪼그리고 앉아 있던 명옥이가 "오빠" 하면서 울먹였습니다. 나도 모르게 "어쩐 일이야"라고 물었지요. 순간 당황스럽기도 했고 반갑기도 했지만 돌아와서는 안 될 것 같은 생각도 들었습니다. 명옥이는 조금 영악스러웠습니다. "나 도망 나왔어…… 오빠, 나 다시 그 집에 가기 싫어……" 볼 위로 흘러내리는 명옥이의 눈물 때문에 먹먹해진 가슴을 눌러 참으며 명옥이를 데리고 집으로 왔습니다. 외할머니는 아무 말도 없이 명옥이에게 옷 보따리를 받아 방으로 던져 놓으며 "밥은 먹었냐?"라고 물었습니다.

그날 나는 명옥이 덕분에 좀처럼 구경하지 못했던 점심으로 밥은 소반에서 명옥이와 마주 앉았습니다. 그러나 왠지 그 꽁보리밥이 잘 씹히지는 않고 자꾸 목이 메어왔습니다. 그래도 얼마나 다행이었던지요, 명옥이가 그렇게 돌아와 준 사실이. 그러나 명옥이는 얼마 후 다시 서울 어느 부잣집 애보기로 갈 때까지 늘 내 옆에서 나의 외로움을 덜어 주었습니다.

골맛집 고모할머니

짧지만 행복했던 날들

외진 산속 호젓한 초가집 한 채. 부처님을 모시고 사는 고모할머니가 혼자 사셨던 집입니다. 외갓집에서 10여 분 정도 떨어진 곳. 만수네 산골짝을 물고 들어서 있던 조그만 초가집이었습니다. 방 2칸에 부엌 하나. 방 한 칸은 부처님을 모신 방이고 나머지 한 칸은 고모할머니가 생활하시던 곳이었습니다.

그곳에서 생활했던 2년여의 날들이 생각납니다. 봄이면 만수네 산에서 오전 내 뻐꾸기가 울었습니다. 뻐―꾹 뻐―꾹 목이 쉬지도 않는지 그렇게 뻐꾸기가 울어대는 봄이면 나는 고모할머니 집 봉당에서 까무룩 졸음에 빠지곤 했습니다. 산에서 불어오는 기분 좋은 바람 때문이기도 했지만 주변에 싱그럽게 돋아난 들풀들의 냄새 때문이기도 했습니다. 이름 모를 새들도 참 많았습니다. 목소리 맑은 새들의 지저귐 때문에 늦잠을 자지 못하더라도 그리 기분 나쁘지 않았습니다. 생각하면 언제라도 돌아가고 싶은 시간, 돌아가고 싶은 장소입니다. 이제는 사람도 흔적도 모두 없어져 버렸지만 언제라도 다시 가고 싶은 그리운 곳입니다. 나에게 있어 그곳은 항상 가슴속에 아련히 남아 있는 아름다운 추억의 장소입니다.

내가 초등학교 4학년 무렵. 그때 잠시 고모할머니와 살았던 적이 있었습니다. 명옥이와 나, 고모할머니 이렇게 셋이서요. 원래 고모할머니는 외할아버지의 누나가 되는 분으로 내가 보았던 색바랜 옛날 사진으로 본 고모할머니는 참 예뻤다는 기억이 납니다. 젊어서는 장사도 하고 꽤나 호방하게 살았던 분이었는데 어느 날 신내림을 받고 부처님을 모시기 위해 산골짝 외딴 곳에 집을 지어 부처님을 모시고 살게 된 것이지요. 결혼도 하지 않은 몸으로 혼자 지내실 때 나는 부모님을 따라 고모할머니 집에 갔던 기억이 납니다. 나를 끔찍이도 귀여워해 주셨지요. 동네 사람들은 그 집을 '골맛집'이라고 불렀습니다. 골마라는 것은 골짜기라는 뜻이고 그곳에 외따로이 있는 집이어서 그랬을 것입니다. 그래서 그 집은 나에게 '골마 할머니' 집이 되었습니다. 그즈음 그 집에 가면 법당이라고 하는 방 단상에 큰 부처님 한 분과 애기 부처님 두 분 그리고 그 뒤쪽 벽에 연꽃을 타고 있는 여자와 무섭게 생긴 할아버지들이 있었습니다. 그런데 어린 아이인데도 불구하고 그곳에 있으면 무섭지 않았습니다. 할머니는 아침저녁으로 부처님 앞에 향을 피워놓고 목탁을 두드리면서 독경을 하곤 했습니다. 비구니도 아닌 할머니가 왜 부처님을 모시고 독경을 하면서 그렇게 사시는지 그때 나로서는 이해하기 어려웠고 그냥 그것이 고모할머니의 삶이려니 생각했습니다.

그곳에도 신자라는 사람들이 있었습니다. 초하루, 백중, 보름, 초파일 등이면 신자라는 사람들이 머리에 쌀과 귀한 곡식들과 과자, 과일, 떡 등을 이고 와서 법당에 들어가 공양을 올리고 절을 하면서 정성을 드리곤 했습니다. 신자들이 고즈넉한 외딴집을 드나들며 부처님 앞에 절을 할 때에는 고모할머니는 늘 곁에서 목탁을 두드리면서 독경을 해주시곤 했는데 그것은 축원을 드리는 것이라고 했습니다. 그때 철없던 나는 신자들이 오면 빨리 돌아가기를 기다렸습니다. 그들이 돌아가고 나면 그들이 가지고 온 맛있는 것들을 먹을 수 있었기 때문이지요. 전깃불도 들어오지 않는 깊은 산중의 방에 촛불을 오래도록 켜 둘 이유는 없었습니다. 고모할머니가 저녁 불공을 드리고 나면 저녁 먹고는 할 일이 없으니 잠을 청할 밖에요.

그즘 명옥이가 점촌 남의 집에 갔다가 도망을 와서 함께 외갓집에 있을 때였습니다. 그때 고모할머니가 갑자기 중풍으로 쓰러져 마침내 반신불수 몸이 되어 반쪽을 완전히 움직이지 못하게 된 것입니다. 결혼도 하지 않으셨으니 자식이 있을 리 만무하고 가까운 친척이래야 남동생인 외할아버지밖에 없었습니다. 재산이 있었던 것도 아니니 먹고살 일이 참 막막했습니다. 고모할머니는 앉아서만 생활할 수밖에 없었습니다. 다리 한쪽을 완전히 사용할 수 없었고 또 목발을 짚고 생활할 수도 없었기 때문에 나와 명옥이는 골맛집으로 옮겨 살게 되었습니다.

우선 대소변도 받아내야 했고, 물 한 모금을 마시고 싶어도 혼자서는 움직일 수 없으니 누군가 떠다 드려야 했으며, 음식도 누군가 가져다주어야 했습니다. 그래서 나와 명옥이는 그날부터 중풍에 반신불수가 된 고모할머니와 생활하면서 대소변을 받아내는 일과 잔심부름 등을 해야 했으니 일과가 조금 바빠진 것이지요. 아침에 일찍 일어나 고모할머니의 대소변통을 치우고 물을 떠다 드려야 했습니다.

물은 집 앞 언덕에 샘을 파놓아서 먹는 물은 그곳에서 길어다 먹어야 했고 빨래를 하거나 세수를 하는 것은 집 앞을 흐르는 도랑물을 사용하면 되었습니다. 그리고 추운 날이면 아침에 고모할머니가 춥지 않도록 군불을 넣어 드려야 했지요. 그런 다음에 명옥이와 걸어서 15분 정도 거리에 있는 외갓집에 가서 아침을 먹고 보리밥과 김치(주로 겉절이 김치)를 싸가지고 고모할머니에게 가져다 드리고 학교로 갔습니다. 그러자니 부지런해야 했습니다. 그때는 아침 일찍 일어나는 것이 무척 싫었습니다. 그것도 타의에 의해 그렇게 해야 한다는 사실이 싫었던 것이지요. 학교를 마치면 곧바로 집으로 돌아와야 했습니다. 할 일이 많았지요. 물론 명옥이가 있기는 했지만 아직은 어렸으니까요. 시원찮은 점심이건 어쩌건 그것은 명옥이가 심부름을 했지만 어렵고 힘든 일은 나의 몫이었지요. 대소변통을 정리하고 먹을 물도 길어다 놓고 그런 다음 산으로 다니면서 나무를 해야 했습니다. 골맛집에서 밥을 해 먹지는 않았지만 군불을 때야 했기 때문에 나무가 필요했습니다. 주로 만수네 산에 가서 가만가만히 나무를 해왔습니다. 만수네 산은 지금도 가보고 싶은 산입니다.

골맛집에 살면서 좋은 것도 있었습니다. 주위의 아름다운 소리들이 늘 귀를 즐겁게 했으니까요. 비 오는 날에는 커다란 토란잎을 쓰고 마당에 앉아 백일홍꽃을 들여다보고 있어도 행복했습니다. 살갗을 스치는 빗방울과 마당을 때리는 빗소리도 감미롭기만했습니다. 무슨 희망을 가지고 살았을까요, 그때는.

고모할머니가 완치되어 다시 신자들이 무시로 들락거리며 맛있는 것을 가져오는 희망이었을까요. 아님 돈 벌러 나간 어머니가돈을 많이 벌어 돌아와 나와 명옥이를 데리고 가는 것이었을까요. 학교에서 공부를 잘해서 칭찬을 받는 것이었을까요. 그때의 내 꿈은 무엇이었을까요? 나무를 하면서, 군불을 때면서 그래도 기분좋게 불어주는 상큼한 바람결에 웃었습니다. 그리 힘들다는 생각은 하지 않은 것 같습니다.

그렇게 밤이 오고 고모할머니와 나, 명옥 셋이 방바닥에 누우면조그만 뒷문으로 여러 가지 소리들이 들려 왔습니다. 가시나무 사이를 지나가는 바람소리도 있었고 찌르륵거리는 풀벌레 소리, 가끔씩 먼 산에서 울어대는 소쩍새 울음소리도 있었습니다. 바람이심하게 불어대는 겨울에는 초저녁부터 들창을 통해 들려오는 웅웅거리는 바람소리에 잠을 설쳤고, 함박눈이라도 내리는 날에는사르락사르락 쌓이는 함박눈 소리에 가슴이 두근거려 잠을 설쳤습니다. 아침에 일어나 하얀색으로 뒤덮인 마당에 내 발자국을 남길 수 있다는 설레임 때문이었습니다.

춥지 않은 날 달이라도 밝으면 고모할머니는 문을 활짝 열어놓고 하염없이 하늘을 올려다 보곤 했습니다. "내일은 날씨가 맑겠구나, 내일은 비가 오겠구나……" 독백하듯 하늘 점을 치곤 하셨지요. 그러다가 결국 하는 말씀. "내가 빨리 죽어야 하는데…… 어린 니들 고생시키지 말고……" 가끔씩은 잠을 자다 혼자 독백하는 고모할머니의 목소리에 눈을 떠보면 희붐하니 여명이 터올 때도 있었습니다.

어느 이른 새벽 지지배배 새소리를 들으며 눈을 떠 들창문을 열면 싸—아 하고 코끝에 매달리는 바람 내음 때문에 한여름에도 몸에 오소소 소름이 돋았습니다. 또 어느 밤엔가는 만수네 산에서 부엉이도 울었지요. 비라도 내리는 밤이면 빗방울 떨어지는 소리에 잠을 설치면서도 마음은 안온했습니다. 어린 마음에도 자연이 주는 그러한 것들이 너무나 좋았습니다. 밤늦게 불어오는 바람 때문에 집 앞에 서 있는 커다란 몇 그루의 밤나무에서 알밤이 떨어지는 소리를 들으며 빨리 날이 새기를 기다리면서 기분 좋게 잠이 들었습니다.

나는 골맷집에서의 생활이 이보다 더 좋을 순 없었습니다. 틈나는 대로 주위에 있는 자연과 어울려 놀 수 있었기 때문이지요.

알프스 소녀 하이디에 나오는 전나무 우는 소리는 들리지 않았지만 무성히 우거진 뽕나무밭에 가면 가지가 휘어질 만큼 오디가 매달려 있었습니다. 입과 혀가 까맣게 되도록 먹어도 먹어도 질리지가 않았습니다.

뻐꾸기 소리가 만수네 산에서부터 시작되는 봄이면 괭이 하나

들고 산에 올라가면 아이 팔뚝만한 칡은 어디에나 있었습니다. 달기도 했고 맛있기도 했지요. 조금씩 찢어서 입에 넣고 한동안 씹으면서 즙을 빨아먹고 뱉어내곤 했습니다. 누가 가르쳐 주지 않아도 그렇게 자연에서 얻을 수 있는 것들을 즐길 수 있었기에 힘들었지만 견디어 낼 수 있었던 것인지도 모르겠습니다.

골맛집 마당 옆에 서 있던 한 그루 앵두나무는 따내도 따내도 줄지 않을 만큼 앵두가 달리곤 했습니다. 만수네 산 옆 야산에 개간한 밭둑 주변엔 해마다 노란 개똥참외가 열려 밭에 자주 올라가기도 했습니다. 그것만이 아니었습니다. 찌그러진 주전자 하나 들고 올라가면 한 시간도 안 되어 하나 가득 산딸기를 채워서 내려올 수도 있었습니다. 그렇게 따 가지고 온 산딸기는 설탕이 귀하던 시절 사카린에 재워도 먹고 생으로도 먹으면서 당시에 부족했던 영양분을 보충했었나 봅니다.

어느 여름 보슬비 내리는 날 손바닥만 한 마당에 우산을 쓰고 앉으면 백일홍이 나에게 속삭이곤 했습니다. 그 속삭임을 온전히 해석하지는 못했지만 느낄 수는 있을 듯했습니다. '다 괜찮아. 기운내 열심히 살아. 그래도 살아볼 만한 세상이니까. 다 잘될거야. 행복하잖아' 라고 속삭이는 듯했습니다.

집 앞으론 작은 도랑이 있었습니다. 만수네 산 높은 봉우리 깊은 계곡에서 시작되었지 싶은 물은 골짝을 따라 집 앞으로 흘렀습니다. 사철 시리도록 맑은 물은 마를 날이 없었습니다. 어느 여름 장마가 지고 나면 한꺼번에 흙탕물이 무섭게 쏟아져 내리기도 했지만 며칠 뒤면 언제였나 싶게 맑은 물로 변해 졸졸졸 소리를 내며 흘렀습니다.

　물살이 세지 않은 곳 돌멩이를 들추면 가재가 기어 나왔습니다. 큰 놈도 있었고 작은 놈도 있고 가재가 참 많기도 했습니다. 고모할머니는 살생을 하지 못하게 했지만 가끔은 가재를 잡아 군불땔 때 숯불에 구우면 붉은색으로 변하며 맛있게 익었습니다. 그렇게 먹었던 가재가 어쩌면 그리도 맛이 있던지요. 떡개구리를 잡아서 다리를 실로 묶어 커다란 바위 앞에 두면 큰 가재가 그것을 먹기 위해 기어 나오기도 했습니다. 참 재미있었습니다. 먹는 것도 맛있었지만 가재잡이가 참으로 재미있었지요.

　얼마나 지났을까 시간을 잊고 놀다가 어느덧 저녁답이면 고모할머니가 부르는 소리에 집으로 달려가곤 했습니다.

　봄이면 만수네 산에서 온종일 뻐꾸기가 울어댔습니다. 학교에서 돌아오면 따뜻한 봄볕에 흙으로 만든 봉당에 앉아 까무룩하니 졸았습니다. 그러면 고모할머니는 혹시라도 잠든 내가 깰까 봐 '저 놈의 뻐꾸기는 왜 저리도 우노……' 하셨지요.

　고모할머니께 가져다 드리는 밥은 쌀이 섞이지 않은 꽁보리밥과 열무김치, 겨울에는 김장김치 외엔 아무 반찬도 없었지만 김치와 밥을 먹어도 참 맛이 있었습니다. 그것만이라도 양껏 먹어 보았으면 하는 마음이었습니다. 늘 허겁지겁 드시는 고모할머니를 보면서 어렸지만 가슴이 아팠습니다. 아프기 전에는 그렇게 깔끔하던 성격이었는데 당신 혼자서 씻지도 못하고 머리를 감을 수 없다며 머리를 모두 밀었습니다.

　하루종일 할 수 있는 일이라고는 문을 열어놓고 하늘과 산을 하염없이 바라보던 고모할머니. 그때 고모할머니는 무엇을 생각하셨을까요.

혼자 있는 시간이 대부분인 고모할머니는 어느 날은 바람과 이야기를 했고, 또 어떤 날은 내리는 비와 이야기를 했습니다. 자유롭게 날아다니는 새에게 안부도 전하셨을까요. 내가 학교를 마치고 돌아오면 고모할머니는 아프지 않은 한 손으로 반가움의 표시를 하셨습니다. "어서 오느라…… 고생했다" 포근한 미소로 나를 맞아 주시곤 했습니다.

내가 화가 나는 일이 있거나 속이 상하는 일이 있으면 고모할머니에게 푸념을 했습니다. 그런 나의 푸념을 모두 들어주셨지요. 그리고는 "어이구~ 우리 새끼 힘들었겠네. 괜찮아 다 잘될 거야!" 그러면서 옛날 신자들이 와서 주고간 꼬깃꼬깃 감추어 두었던 보물 같은 십 원짜리 지폐를 쥐어 주곤 했습니다. 나에게 늘 무엇인가를 주고 싶어 하시던 고모할머니. 당시에는 몰랐었지만 지금 와서 생각하니 그것은 한없이 큰 사랑이었습니다.

고모할머니는 그렇게 세상과 단절된 혼자만의 골맛집에서 반신불수의 몸으로 바람과 눈과 비와 새들과 함께하면서 3년여를 살다가 돌아가셨습니다.

내가 초등학교를 졸업하고 호계지서 급사가 되어 첫 월급 5천 원을 받았을 때 제일 먼저 고모할머니에게 막걸리 한 되와 용돈 3백 원을 드렸습니다. 얼마나 좋아하시던지 쉬이 맛이 변하는 막걸리임에도 마치 보물처럼 아껴두고 드셨습니다. 내가 드린 용돈 3백 원을 다 사용하고 돌아가셨는지는 확인하지 못했지요. 그리고는 얼마 지나지 않아 돌아가셨으니까요. 돌아가시는 날 누구도 고모할머니 곁을 지키지 못했습니다. 나는 지서에 출근해 있었고 명옥이도 남의 집 애보기로 가 있었기 때문이지요. 나와 명옥이가 없었으므로 그동안 외할아버지와 외할머니가 밥을 가져다 드리곤 했으니까요.

고모할머니가 돌아가시던 날은 아침부터 이상하게 기분이 좋지 않았습니다. 나는 그날 출근하여 심부름을 끝내고 지서로 들어가다 갑자기 고모할머니가 생각이 나서 서둘러 골맛집에 들렀습니다. 그날 따라 집 안은 조용하고 고모할머니는 계시지 않았습니다. 움직이지도 못하는 분이 어떻게……? 이상한 생각이 들었습니다. 그러고 있는데 만수네 산 쪽에서 외할아버지가 지게를 지고 내려 오셨습니다. 설마……? 만수네 산 깊은 골짝에선 마치 산불이 난 것처럼 검은 연기가 꾸역꾸역 피어 오르고 있었습니다. 순간 스치는 느낌! 마음은 그곳으로 가고 있는데 몸은 반대로 자꾸 뒷걸음질을 치고 있었습니다. 외할아버지가 조용한 목소리로 "고모할머니가 돌아가셨다. 좋은 곳으로 보내드렸으니 가볼 필요 없다"고 하셨습니다. 결국 나는 산으로 올라가 고모할머니의 마지막 가시는 길을 지켜보지 못하고 발걸음을 돌렸습니다. 꼭 가고자 했다면 가서 고모할머니의 마지막을 지켜보고자 했다면, 그리 할 수 있었음에도 말입니다. 그리고는 두고두고 그것이 마음에 걸렸습니다. 많은 세월이 지났음에도 잊혀지지 않고 있습니다. 한편으론 위안도 가져 보았습니다. 열네 살짜리 꼬마가 무엇을 할 수 있었을까 하고 말입니다.

그날 이후 골맛집은 몇 년간 빈집으로 남아 있다가 그마저도 없어져 빈터만 남았습니다. 뽕나무에 오디가 주렁주렁 열리고 앵두나무 가지가 찢어지도록 앵두가 열려도, 그걸 따먹는 사람 하나 없어도 나는 다시는 골맛집에 가질 않았고 만수네 산도 가질 않았습니다. 가재가 많았던 골짝도 가지 않았습니다.

고모할머니께서 생의 마지막 가시는 길. 화려한 꽃상여에 상두꾼을 앞세운 상여가로 이어지는 길은 아니더라도 조촐하게나마 마지막을 보내드릴 수는 없었을까를 생각해 봅니다. 지켜보는 사람 하나 없이 장작개비 위에 자신의 몸을 태우면서 고모할머니는 무슨 생각을 하셨을까요. 그나마 조금이라도 다행스러운 것은 이른 봄이면 아련한 뻐꾸기 소리가 들리고 진달래꽃 만발한 만수네 산 주변에 계시니 그렇게 외롭지만은 않으시리라 생각합니다. 지금도 가끔씩은 해가 지는 시간이면 고모할머니가 집 주변을 돌면서 하시던 독경 소리가 들리는 것 같습니다.

호계초등학교 시절

국민교육헌장을 외우고

"오정산 따사로운 품에 안기여 영강수 맑은 흐름 젖줄을 삼아 스스로……" 입학할 때 배운 교가를 6년 동안 부르면서 40여 년이 지난 지금까지 그 일부를 기억하고 있습니다.

경북 문경군 호계면 막곡1리. 교문 양쪽으로 어른 키 높이만 한 기둥이 장승처럼 서 있고 기둥 왼쪽에 '호계초등학교'라는 현판이 붙어 있습니다

커다란 플라타너스나무 서너 그루와 철봉이 전부인 조그만 운동장 그리고 1층짜리 슬래브로 된 지붕과 2층 시멘트 건물이 나의 모교인 호계초등학교입니다.

내가 학교에 다니던 시절에는 학생수가 많았지요. 학년별로 80여 명 정도는 되었으니까요. 전교생을 합하면 400~500명은 되었습니다.

아이들이 거의 집으로 돌아가고 난 다음 몇 명 남지 않은 아이들과 선생님이 함께 교실에서 치던 풍금 소리가 더없이 정겹게 어울어 지던 학교였습니다. 참으로 넉넉한 평화로움이었지요. 3, 4학년 겨울쯤이었던 것 같습니다. 그때 담임이던 이동희 선생님이 나를 부르더니 종이 한 장을 내밀었습니다. 펼쳐보자 '국민교육헌장'이었고 맨 아래쪽에 대통령 박정희라고 쓰여 있었습니다. 겁이 났습니다. '이런 것을 왜 나를 주는 거지?' 이야기인즉 그날 집에 가서 국민교육헌장을 모두 외워서 전체 조회시간에 학생들 앞에서 큰 소리로 선창을 하라는 것이었습니다. 죽어도 무조건 외워야 하는 것인 줄 알았지요. 지금 같으면 글쎄요, 못 외우면 조금씩 보면서 할 수도 있었겠지요. 나는 그날 전깃불도 들어오지 않는 골 맛집에서 아주까리기름 닳는다는 고모할머니의 잔소리를 뒤로 하고 열심히 중얼거렸습니다. 결국 그날 밤 꿈을 꾸면서도 국민교육

헌장을 외웠습니다.

다음 날 전교생이 모인 운동장 앞 단상 위 교장 선생님 앞으로 나아가 내 키에 맞추어 놓은 마이크 앞에서 떨리는 목소리로 외치면 학생들은 따라 했습니다. "우리는 민족중흥의 역사적 사명을 띠고 이 땅에 태어났다……"

그날 이후 조금은 공부 잘하는 어린이로 다른 선생님들이나 다른 반 아이들도 나를 보면 아는 체를 해주었습니다. 나는 얼굴은 가무잡잡하고 키는 작은 편이었습니다. 옷은 늘 외할머니가 동네 형들이 입던 옷들을 얻어다가 줄여 주거나 아니면 떨어지고 구멍 난 곳을 기워서 입혔기 때문에 늘 기가 죽어 있었습니다. 조금 내성적이기도 했지요. 아이들이 많이 모이는 곳은 피했고 학교에선 있는 듯 없는 듯 조용하게 지냈습니다.

소풍 그리고 수학여행

나는 모두 손꼽아 기다리는 소풍이 정말 싫었습니다. 아이들이 새 옷 한 벌씩 얻어 입고 김밥, 빵, 사이다 같은 것을 잔뜩 싸가지고 올 때 나는 밥과 김치가 전부인 도시락밖에는 가지고 가지를 못했으니까요. 그래도 그날은 흰쌀이 조금은 섞인 보리밥을 싸가기는 했지만 그것마저 싫었습니다. 소풍 가서도 점심시간이 되면 모두들 모여앉아서 자랑하듯이 도시락을 펼칠 때면 나는 혼자 먹을 수 있는 자리를 찾아 숨어서 점심을 먹었습니다. 무슨 잘못을 하고 숨어 있는 사람처럼, 어린 마음에 무엇이 그렇게 부끄럽고 창피하다고 생각했는지 모르겠습니다. 많은 세월이 지나버린 지금 생각해도 아마 그렇게 했지 않았을까 생각해 봅니다. 몇 푼 되지도 않은 돈을 낼 수 없어서 수학여행도 가지 못했습니다. 1박 2일로 버스를 타고 가는 수학여행, 정말 가보고 싶었지만 외갓집에 떼를 쓸 수가 없었습니다. 형편을 뻔하게 알고 있기 때문이지요. 졸업식을 하면서 돈을 내야 하는 앨범 신청도 할 수 없었지요. 왜 그렇게 돈이 없었을까요. 왜 그렇게 가난해야 했던 것일까요.

가정방문

한번은 집으로 가정방문을 나온 이동희 선생님이 골맛집에서 중풍으로 앓고 있는 고모할머니와 사는 나의 모습을 보고 돌아가서 다음 날 우리 반 학우들에게 불우한 친구를 돕기 위한 것이니 편지 봉투에 쌀 한 봉투씩 가져오라고 지시했습니다. 그리고 그것을 모아 아이들이 고모할머니 집으로 몰려와 밥도 해주고 청소도 해주고 나를 위로해 주고 돌아갔습니다. 아! 그땐 정말이지 딱 죽고만 싶었습니다. 창피했습니다. 손발을 못 쓰고 있는 고모할머니도 창피했고, 단칸방에서 그 고모할머니와 둘이서 달랑 사는 모습을 보여준 것도 어린 마음엔 몹시 창피했습니다. 그후론 학교마저 가기 싫었습니다. 하지만 그런 환경에서도 "위 학생은 품행이 단정하고 성적이 우수하여…… 호계초등학교 교장 최굉진" 우등상도 몇 번 받았습니다. 가끔씩 생활이 어려운 나에게 노트와 연필을 사주시던 남규태 선생님과 이동희 선생님 등이 추억의 저편에 아련히 남아 있습니다. 그래도 교정의 플라타너스, 노랗게 물든 은행나무, 초여름부터 시끄럽게 울어대던 매미 소리, 고운 빛깔로 물들던 교정 한쪽의 예쁜 단풍나무, 학교 울타리를 쓸고 지나가던 상쾌한 바람…… 그 모든 것이 그립습니다. 할 수만 있다면 다시 한번 그때로 돌아가고 싶습니다.

중학교 진학 포기

그때 시험을 치러서 입학하던 중학교에서 장학생으로 받아주겠다고 제의를 했지만 교복도 없고, 3년 동안 먹고 다닐 보금자리가 없어서 중학교 진학을 포기해야만 했습니다. 따라서 호계초등학교가 나에게 있어서는 처음이자 마지막인 모교가 되었습니다.

호계지서 사환

괴탄을 깨고 체송일을 하며

외갓집에서 10분여 거리. 구멍가게도 있고, 작은 약방도 있고, 막걸리 파는 곳도 있는 장텃길 그 중간쯤에 호계지서가 있었습니다. 정문 입구에 모래주머니를 쌓아서 만든 초소가 있었고 초소를 지나면 조그만 마당에 오토바이 1대와 자전거 2대가 서 있었습니다. 조그만 마당을 가로지르면 지서 정문. 바로 맞은편에 지서장 책상이 있고 그 오른쪽에 책상 한 개, 왼쪽에 두 개 그리고 문 앞에 나무로 만든 긴 의자가 있었는데 가끔씩은 그곳에 보기만 해도 으스스한 은빛 수갑이 덩그렇게 혼자 걸려 있을 때도 있었습니다. 쪽문을 열고 나가면 직원들이 잠을 자는 숙소가 있었고, 그것이 호계지서 사무실의 구조였습니다.

지서 마당 옆엔 무기고가 있었는데 무기고 앞은 철망으로 된 이중 철책이 있었습니다. 철책에는 육중한 자물쇠가 항상 채워져 있었고 해가 지고 밤이 되면 머리를 박박 깎은 방위병이 얼룩무늬 옷을 입고 나타났습니다. 그리고 항상 술에 취해 코가 벌겋게 물든 50대 중반의 남 순경이 무기고 문을 열고 실탄 없는 칼빈 소총을 꺼내주면 방위병은 밤새 무거운 소총을 어깨에 메고 근무를 서곤 했습니다.

그는 초저녁까진 지서 앞에 만들어 놓은 초소에서 근무를 하는 듯하다가 밤이 이슥해지면 소총을 어깨에 메고 영기 아저씨 가게 주변이나 약국 주변을 어슬렁거리며 폼을 잡았습니다. 무기고 담장 사이로 쪽문이 있었고 그 문을 지나가면 지서장이 잠을 자는 방과 다른 방 1칸 그리고 부엌 1칸이 붙은 그런 집들이 3동이 있었습니다. 그곳은 직원들이 사용하는 사택이었지요.

그 사택에 사는 이는 엄 순경네 가족뿐이었습니다. 엄 순경은 젊었고 아주머니도 젊고 예뻤습니다. 그리고 4~5세가량 된 남자아이 한 명이 있었습니다. 이름도 기억나지 않는 그 아이는 함께 놀아줄 친구가 없었지요. 가끔 아이의 엄마와 뒤쪽 작은 냇가에 빨래를 하러 갈 때면 나는 사기대접과 삼베를 준비해 함께 가곤 했습니다. 물 속에 있는 돌맹이를 들추면 무한정 붙어 있는 골뱅이를 잡아 그것을 돌로 찧어 사기대접에 삼베를 덮어씌운 다음 중앙에 조그만 구멍을 내고 그 주위로 골뱅이 찧은 것을 발랐습니다. 그런 후 비교적 물살이 잔잔하거나 물살이 빠른 곳은 돌을 쌓아 물살을 잔잔하게 만든 다음 그 대접을 물속에 넣어두면 되었습니다. 그렇게 20여 분이 지난 다음 대접을 들어올리면 그 안에 물고기(피라미)가 가득했습니다. 그러면 아이는 "쥐다, 쥐다"면서 무척 좋아했습니다. 그렇게 그의 엄마가 빨래하는 1시간가량이면 점심에 먹을 매운탕거리는 충분히 건져 올릴 수 있었습니다.

호계지서에는 지서장과 남 차석(남 순경), 엄 순경이 근무를 했습니다. 내가 지서에 대해 속속들이 알게 된 이유는 지서의 급사(사환)로 일을 했기 때문이지요.

그때 초등학교 2학년까지 다니다가 그만두고 지서의 급사일을 하던 친구 중배에게 자주 놀러갔습니다. 중배는 우리에게 부러움의 대상이었습니다. 우리는 일 년에 한 번 타 보기도 힘든 합승버스를 하루에 한 번 이상 타고 다녔기 때문입니다. 그것도 차비를 주고 타는 것이 아니라 하루에 몇 번 들어오지도 않는 합승버스를 타고 "체송이요!" 하면 되었으니까요. 하루에 한 번씩 점촌에 있는 경찰서에 서류를 가져다주고 또 경찰서에서 서류를 받아 지서로 가져오는 일을 체송이라고 했습니다. 누런색 헝겊가방에 서류를 넣어 입구를 지퍼로 채우고 그 위에 자물쇠를 채워 떠억 하니 들고 버스에 타면 감히 아무도 시비를 하지 못했습니다. 그것이 그렇게 부러울 수가 없었지요.

나는 초등학교를 졸업하고 중학교 진학을 포기한 그해 2월에 중배에게 자주 놀러 갔지요. 속마음이야 중배에게 잘 보이면 점촌

갈 때 버스라도 한번 태워 주려나 하는 기대감 때문이었지만. 그때 지서에는 괴탄난로를 사용하고 있었습니다. 그래서 불을 피우기 위해서는 어느 광산에서인가 가져다 준 큰 덩어리 탄을 사용하기 좋게 잘게 부수는 일이 큰일이었지요. 왜냐하면 괴탄을 5분만 깨다보면 온몸이 새카맣게 되어 버리니까요. 그래서 중배가 괴탄을 깰 때 함께 해주거나 중배가 심부름을 가고 없을 때도 가끔은 창고에 가서 혼자 열심히 괴탄을 깨기도 했습니다.

그해 2월 어느 날 남 차석이 외갓집으로 나를 찾아왔습니다. 골맛집에 있는데 외할머니가 헐레벌떡 오셔서 다급하게 "지서에서 너를 찾는데 뭔 일이냐"며 걱정을 했습니다. 서둘러 지서로 달려갔더니 중배가 며칠째 지서에 나오지 않고 집에도 없다는 것이었습니다. 우선 중배가 올 때까지만이라도 지서일을 해줬으면 하는 내용이었습니다. 아, 합승 한번 타 보는 꿈이 이루어지는 순간이었습니다.

나는 행여 남 차석 맘이 변할까, 아님 그가 금방이라도 돌아올까 걱정하면서 재빨리 창고로 달려가 괴탄부터 깨기 시작했습니다.

중배는 그 이후로도 연락이 되지 않았고 돌아오지도 않았습니다. 자연스럽게 나는 그때부터 직장인이 되었습니다. 지금으로 말하면 연봉 6만 원짜리 직장인으로 한 달에 월급 5천 원짜리였습니다. 외가에도 한 달에 3천 원쯤은 터억 내놓을 작정이었습니다. 내가 돈벌이를 시작하자 고모할머니 밥은 외할아버지나 외할머니가 가져다 주었습니다.

나는 매일 시커먼 탄을 뒤집어쓰고 이빨만 하얗게 되어 괴탄을 깨면서도 행복했습니다. 매일같이 꿈꾸던 합승버스도 타게 되었습니다. 꿈은 이루고 나면 허무한 것이라고 했던가요. 그래도 행복했습니다. 적어도 급사일을 하던 6개월 동안 그리고 자전거포 댁 아주머니의 꼬임에 빠지기 전까지는 말입니다.

지서 사택에서 생활하던 엄 순경의 부인이 작은 냇가에 빨래를 하러 갈 때면 가끔 나도 함께 갔습니다. 엄 순경의 아이가 고기를 잡아 달라고 보채기도 했지만 나 역시 그것이 재미있었기 때문이었지요.

냇가에 나가면 가끔 빨래를 하러나온 동네 아주머니들을 만날 기회도 있었습니다. 그때 유독 나에게 친절을 베풀던 자전거포 댁과 조금은 더 친하게 되었지요. 동네 사람이니 평소에 알고는 있었지만 그냥 얼굴을 아는 정도였는데 말입니다. 그녀의 남편은 의용소방서 앞에 조그만 점포를 내어 자전거를 팔거나 고장난 자전거를 고쳐주는 일을 했습니다.

시골 동네에서 자전거를 팔기는 조금 요원한 일이었고 주로 체인을 갈아주거나 펑크가 나면 때워 주는 일을 했습니다. 부부 모두가 얼굴이 살짝 곰보였지요. 그 자전거포 댁이 나를 보면 은근히 말을 걸곤 했습니다. "얘, 너는 애가 참 영리하게 생겼구나. 그런데 왜 기술도 배우지 못하는 그런 곳에서 급사일을 하니? 그래도 앞으로 먹고살기 위해서는 기술이 최고지. 사람은 자고로 한가지 기술 정도는 배워둬야 한단다. 그리고 급사 노릇 하다가 나이 먹으면 뭐 할 거야? 그때도 급사로 써줄 것 같니?"라고 말하는 것이었습니다. 여러 차례 그런 말들을 듣다 보니 마음이 조금씩 흔들리기도 했습니다. 그때쯤은 꿈이던 합승 타는 일도 시들해 졌고 급사를 해서는 성공할 수 없다는 사실 정도는 알게 되었기 때문이지요.

그러던 어느 날 내가 결심을 하게 된 결정적 계기가 생겼습니다. 그때는 고모할머니도 세상을 떠나 골맛집 갈 일도 없어 외가에서 생활하고 있을 때였지요.

명희는 오래전에 이곳을 떠났고 명옥이도 점촌에서 돌아와 있다 가 서울 어느 댁에 애보기로 집을 떠나 나만 외갓집에 큰외숙모 등과 함께 생활하고 있을 때였습니다.

내가 점심을 먹으러 집에 들어가는데 갑자기 비가 내리기 시작 했습니다. 그런데 집에 도착하자 마당 한쪽에 몇 개 되지도 않은 내 옷만 덩그러니 걸려 있는 게 보였습니다. 순간 화가 났습니다. "외숙모 왜 내 옷은 젖도록 그냥 두었어요?"라고 했더니 "네가 봤으면 걷어 가면 되지, 웬 호들갑이냐?" 쏘아붙였습니다. 아마 그날 따라 기분이 좋지 않은 일이 있었던가 봅니다. 하지만 나는 서운했습니다. '내가 얹혀산다고 무시하는구나…… 그래도 요즘 은 밥값은 내고 있는데……' 지금에 와서 생각해 보면 참 어린 아 이다운 생각이었습니다. '씨, 얹혀산다고 너무 무시하지마. 나도 독립해서 성공해 보란 듯이 다시 올 테니까' 이를 앙다물었습니다. 옷가지래야 두세 벌밖에 없었으니 주섬거리고 들고 나오면서 다시는 외갓집에 들어가지 않겠다고 다짐을 했습니다. 하지만 막 상 갈 곳이 없었지요.

사람이 살지 않아 전깃불도 들어오지 않는 사택 빈 방에 박스를 깔고 신문지를 덮고 이틀 밤을 떨었더니 더 이상 버틸 자신이 없었습니다. 그때 나는 고향을 떠나기로 마음먹었습니다. 더 큰 성공을 위하여……

첫 가출

나보다 큰 짜장면 배달통

나는 자전거포 댁이 작은 냇가로 빨래하러 나오기를 기다렸습니다. 하지만 그녀는 평소와 달리 빨래터에 나타나지 않아 몇 번을 확인했지만 만나지 못했습니다. 그날 오후쯤 아예 지서에 세워져 있던 자전거를 끌고 그녀가 살고 있는 자전거포로 갔습니다. 일부러 자전거 타이어에 공기를 빼내고 다시 타이어에 공기펌프로 공기를 넣으며 집 안을 기웃거리고 있는데 때마침 자전거포 댁이 밖으로 나오자 기다린 듯 물었습니다. "기술을 배울 수 있는 곳이 어디고 지금이라도 당장 갈 수 있느냐"고 말입니다. 그랬더니 물론 지금 당장 갈 수 있고 그곳은 중국집인데 그곳에 가면 짜장면과 다른 요리를 만들 수 있는 기술을 배울 수 있을 뿐 아니라 재워주고 먹여주고도 한 달에 월급 2천 원 정도는 준다는 것이었습니다.

나는 며칠 생각 끝에 외가에도 알리지 않고, 지서에도 그만둔다는 말을 전하지 못한 채 결국 닷새 만에 돌아오는 점촌 장날 조그만 손가방 하나 챙겨들고 합승버스를 탔습니다. 낯익은 예쁜 버스 차장 누나가 "오늘도 체송 가니?"하는 것을 모른 척하고 차비를 내밀었습니다. 그 누나는 내가 장난 치는 것으로 알고 "됐어 애! 너 눈깔사탕이나 사먹어라"하면서 웃었습니다. 다시는 체송도 하지 못하고 차장 누나를 못 본다는 생각을 하자 괜스레 눈물이 날 것 같았습니다. 지서에는 그만둔다는 소리도 하지 않고 줄행랑을 쳤으니까요. 점촌에 도착해 내릴 때까지 한번도 그 누나를 보지 못하고 입술을 깨물며 창 밖을 내다보았습니다. 나의 열네 살 가출과 객지생활은 그렇게 시작되었습니다.

시오 리 정도 떨어진 시내에 있는 중국집에서 먹여주고 재워주는 것은 물론 기술도 배울 수 있고 한 달에 월급도 2~3천 원 정도 준다고 하니 꿈에 부풀었습니다. 그때의 내 꿈은 무엇이었을까요. 하루빨리 기술을 배워 돈을 많이 벌어 중국집도 하나 차리고 외가에 가서 짜장면도 만들어 주고 싶었을지도 모릅니다. 그때 가서 내가 외숙모 아는 체 하나 봐라. 항상 나를 군식구 취급하던 외숙모 앞에서 큰소리를 치고 잘난 척하고 싶었던 것이 열네 살 남자 아이의 생각이었겠지요. 그런 꿈을 안고 나보다 더 큰 철가방을 들고 배달하느라 쉴새없이 뛰어다녔습니다. 그렇게 하루 일을 끝내고 늦은 밤 지친 몸으로 가게 안에 있는 의자를 붙여 잠자리를 만들어 누우면 시오 리쯤 떨어진 고향이 왜 그리도 그립고 서러움이 몰려 오던지요. 신장1미터 50센티도 되지 않는 조그만 아이의 가슴에도 아픔이 있었고 힘들 때 생각나는 사람이 있었습니다.

정신없이 바쁜 낮이면 괜찮다가도 늦은 밤 비라도 주룩주룩 내

리는 날이면 왜 그리도 서럽고 그리움이 많던지요. 소리죽여 많이
도 울었습니다.

창신식당은 점촌 중앙통 사거리에 있는 조그만 중국집이었습니
다. 내가 그곳에서 일을 시작할 때에는 무더운 여름날이었습니다.
남자 사장은 뚱뚱한 40대 초반이었고 그의 부인은 30대 중반의
눈매가 매섭게 생기고 쌀쌀맞은 성격이었습니다. 그리고 30대 초
반의 깡마르고 신경질적인 주방장 김씨 아저씨, 그의 밑으로 매일
밀가루 반죽을 하여 나무판에 탕탕 치며 그것을 최고의 기술로 알
고 있는 20대 중반의 시다 정씨, 그가 어린 나에게는 가장 어렵고
힘든 사람이었습니다.

가게에 아가씨 손님이라도 들라치면 주방을 나와 흰색 가운을
뽐내며 마치 자신이 주인인 양 카운터 앞에서 괜히 나에게 "야, 꼬
마야 빨리 못해. 저 손님 물 갖다 드려야지. 뭐 해!"라는 등 소리
를 지르다가 주인아주머니의 호통이 있어야 머리를 긁적이며 주
방으로 들어가곤 했습니다.

짜장면 만드는 기술, 내가 정말로 그것을 배웠을까요? 그곳에서
내가 가서 한 일이라고는 나보다 큰 배달통을 들고 근처 주차장이
나 사무실 등으로 짜장면이나 우동 그리고 짬뽕을 배달하는 일이
었습니다. 그리고 잠깐 동안 배달이 없을 때는 테이블이 10개 정
도인 홀에서 손님에게 엽차와 주문한 음식을 날라다 주는 일을 한
것이 전부였습니다. 그렇게 일을 하고 있던 어느 날 자전거포 댁
아주머니가 소개를 해서 종업원 한 명이 더 늘었습니다.

내가 살던 동네 뒤 구막실에 살던 배불뚝이네 집(아주머니는 늘 배

가 불러 있었고 1년에 아이 1명씩 낳아 살림살이는 어려웠지만 아이들이 많았음) 몇째 딸인지는 몰라도 항상 코를 흘리고 다니던 어린 여자애 한 명을 데리고 왔습니다. 그 애는 초등학교도 다니지 못했고 내가 학교를 파하고 집으로 돌아갈 때 보면 가끔씩 학교 앞 가게에서 비가나 눈깔사탕을 파는 가게 안을 기웃거리며 몇 시간을 그렇게 서 있는 모습을 보았던 기억이 있습니다. 아마 이름은 순덕이었고 나보다 두 살 아래였습니다.

그 애도 나와 함께 홀에서 일을 했습니다. 아직 일을 하기는 어렸지만 내가 배달을 가고 나면 빈 그릇을 치우기도 하고 때로는 설거지도 하곤 했지요.

어느 날 가게로 맞선을 보려고 단체손님들이 찾아와 방에 앉아 있었습니다. 그들은 손님들이 좀체 주문하지 않던 탕수육을 시켰습니다. 순덕이가 노랗게 생긴 먹음직스러운 탕수육을 방으로 가져가는 것을 보면서 나는 순간 간절한 마음이 들었습니다. 단 한 점이라도 좋으니 남기라고. 맛이라도 보고 싶었습니다. 얼마나 기다렸을까 손님들이 나가고 난 뒤 나는 재빨리 쟁반을 들고 그릇을 치운다는 구실로 방문을 열었습니다. 아, 실망…… 탕수육 접시 위에 남은 것은 어린애 새끼손가락만한 노란 탕수육 한 조각. 그것이라도 얼른 집어서 입에 넣으려고 하는 순간 어린 순덕이가 상을 치우려고 방으로 들어오다가 이 모습을 보았습니다. 그런데 그 눈빛이 너무도 간절해 나는 들고 있던 탕수육 조각을 얼른 순덕에게 내밀었습니다. "자, 이것 먹어 봐. 이게 바로 탕수육이란 거야" 라며 건네주었더니 낼름 받아먹고는 손가락까지 쪽쪽 빨았습니다. 내가 그렇게 먹고 싶었던 탕수육을 빼앗아 먹은 순덕은 일한 지 15일 만에 식당을 그만두고 대구 어디엔가 식모살이한다고 떠나갔습니다.

나는 그후부터 먹는 것에 대해서는 욕심을 내지 않았습니다. 지금도 그것이 습관이 되었습니다.

불어터진 짜장면

나의 하루 일과는 오전 7시 주방시다 정씨의 고함 소리에 눈을 뜹니다. 내가 잠을 자는 곳은 가게 안에 몇 개의 의자를 붙여놓은 곳이었습니다. 가게 문을 열고 실내와 화장실 청소, 테이블 정리 등을 하고 나면 오전 9시쯤 아침을 먹었습니다. 중화요릿집이라 짜장면을 실컷 먹어 보고 싶었으나 그림의 떡이었습니다. 아침 점심 저녁 모두 국물에 밥을 말아 먹었고 반찬은 시어터진 김치 한 가지였습니다. 하지만 그곳에서 일한 지 3일이 지나서인가 처음으로 짜장면을 맛볼 수 있었습니다. 그것도 배달갔다가 반품되어 불어터진 짜장면을 말입니다.

오전 11시가 넘어서면 정신없이 배달을 다니기 시작합니다. 일명 철가방을 들고 이리저리 정신 빠진 놈처럼 뛰어다니다 보면 훌쩍 오후 3시가 넘습니다. 그때서야 한숨을 돌리고 늦은 점심을 허겁지겁 먹고 그릇을 찾으러 다니느라 또다시 정신이 없습니다.

주방일은 원래 정씨가 해야 함에도 나에게 종주먹을 대면서 강제로 시키기도 했습니다. 그러다 보면 늦게까지 그릇을 찾으러 다니고 가게 청소까지 하다보면 어느덧 오후 6시쯤부터는 또다시 배달과 가게 손님을 받아서 정신없이 일을 하고 밤 9시가 넘어서야 한가해집니다. 이것저것 정리하다 밤 10시쯤 돼서야 또 늦은 저녁을 먹고 가게 청소와 주방 청소, 가게 바닥에 마포걸레질을 끝으로 의자를 붙여 침대를 만들면 어느새 자정이 가까워집니다. 그때부터는 나만의 시간입니다.

내가 스스로 선택한 일이었기에 누구를 원망할 수도 없는 일이었습니다. 내가 미워했던 외숙모마저도 보고 싶고 그리워졌습니다. 그리고 지서에서 급사를 할 때가 생각났고, 체송도 다니고 싶었고, 지서 마당에 있던 자전거도 타고 싶었습니다. 모든 것이 아름다운 그리움으로 다가오며 그날 밤은 눈물만 하염없이 흘렀습니다.

그후 어느 날 장에 나온 자전거포 댁 아주머니를 통해 들은 이야기는 외가에서 내가 없어졌는데도 불구하고 며칠만 나를 찾는 시늉을 했다는 것과 오히려 호계지서 남 차석과 엄 순경 아들이 나를 많이 찾더라는 이야기를 듣고 다시 호계지서로 달려가고 싶었습니다. 그러나 호계지서에는 떠났던 친구 중배가 다시 와서 급사를 하고 있다고 했습니다.

그렇게 여름이 다 가도록 비지땀을 흘리며 배달을 다니고 청소를 하고 손이 부르트도록 접시를 닦았는데도 나의 생활에는 변화가 없었습니다. 월급을 준다는 이야기도 듣지 못했고 시간이 가면 짜장면 만드는 기술이라도 배울 줄 알았는데 주방에 들어가서 내가 손댈 수 있는 것이라고는 짜장이 묻어 있는 그릇과 단무지 접시들 뿐이었습니다.

그러던 어느 날이었습니다. 나는 주인아주머니에게 "돈이 좀 필요한데요" 했습니다. "돈은 어디 쓰려구?" 주인아주머니는 곱지 않은 표정으로 나를 쏘아보았습니다. "저, 여름옷이 없어서 옷도 사야 하구요……" 대답이 없는 주인아주머니는 5일장이 서는 장터에 가서 200원이나 될까 하는 푸른색 반바지 하나를 사다주었습니다. 그것이 전부였습니다.

빈손으로 중국집을 나오고

그리고 며칠이 지나서 나는 주인아주머니에게 "월급은 안 줘요?" 했더니 "나이도 어린 것이 돈은 무슨…… 열심히 일하고 있으면 어련히 알아서 해줄까. 나중에 적금을 들어주든지. 먹여주고 재워주는데 뭔 돈이야 돈은." 아무리 어렸지만 알 수 있었습니다. 월급 받는 것은 요원한 일이고 짜장면 만드는 기술을 배우는 것도 요원한 일이라는 것을……

나는 며칠 동안 생각한 끝에 짐을 싸기로 했습니다. 지금 생각하면 일을 하면서 잘못한 것도 없는데 왜 새벽에 돈 떼어먹고 도망가듯 조그만 손가방 하나 달랑 들고 줄행랑을 쳐야 했는지 모르겠습니다. 바지 주머니 속엔 10원짜리 동전 하나 없이 여명이 어스름히 터오는 새벽 시오 리 길을 걸어 외갓집으로 향했습니다.

성공하기 전에는 돌아오지 않겠다고 다짐했던 길을 따라 다시 걸어갔습니다.

아침 7시가 조금 지나 삽짝 문을 들어서니 부엌에서 나오던 외할머니가 나를 보더니 아무렇지도 않은 표정으로 평소처럼 "들어

와서 아침 먹어라" 하면서 꽁보리밥에 열무김치 한쪽이 담겨진 상을 들고 들어오는 모습에 눈물이 핑 돌았습니다. 배가 고팠지만 아무 말도 못하고 흐르는 눈물 때문에 숟가락조차 제대로 들지 못했습니다. 그러자 흐느끼는 나의 등을 토닥여 주시는 외할머니의 따스함에 더욱 서러움이 북받쳐 올라 소리내어 울었습니다.

그때 태어나서 처음으로 한 가출이었고 사회의 첫걸음을 내딛었던 열네 살의 늦여름이었습니다.

오뎅 가게 배달부

간판도 없는 무허가 도매상

가출에서 돌아온 나는 외갓집 식구들의 눈치를 보며 산으로 다니며 땔나무도 하고 남의 밭에서 이삭도 줍곤 했습니다. 그도 여의치 않으면 작은 냇가에 나가 골뱅이도 몇 되씩 주워 나르며 시간을 보냈습니다.

그러던 어느 날 산 너머에 사는 할머니가 갑자기 외할머니를 찾아와 자신의 사위가 '경상도 구미' 어디선가 큰 가게를 하는데 일하는 아이를 구한다며 상기된 얼굴로 나를 보았습니다.

그곳은 큰 도매상이고 차가 있어 가게를 볼 아이 한 명과 운전조수를 할 아이 한 명을 구한다면서 나보고 "너는 조수를 해서 운전

기술을 배우면 좋겠다"고 하셨습니다. 다시 희망이라는 놈이 고개를 들었습니다. 자면서 꿈을 꿉니다. 내가 운전 기술을 배워서 멋지게 차를 운전하는 꿈을 말입니다. 그때쯤이면 고향에 돌아와 외할아버지, 외할머니를 태우고 폼을 재고 다니겠다고 다짐을 하면서요.

가게는 '약목'에 있다고 했습니다. 그때는 약목이 어느 곳에 있는지 몰랐습니다. 경상도인지 전라도인지도 몰랐습니다. 차량이 많지 않았던 시절 운전을 배우려면 조수로 시작해서 기술을 배우고 운전을 배워야만 했습니다. 차 조수를 할 기회가 흔치 않던 시절이니 나름대로 꿈을 꿀 수밖에요. 얼마 지나지 않아 우리보다 더 산골인 '농암'에 산다는, 나보다 조금 더 어려 보이는 아이(이름은 기억나지 않음)와 함께 소개한 할머니를 따라 처음으로 대구로 가는 완행버스에 몸을 실었습니다.

외할머니는 거의 오 리가량을 잰걸음으로 따라오면서 치마꼬리로 눈물을 찍어냈습니다. "애야, 객지에서는 부지런해야 한다. 주인아저씨 말 잘 들어야 한다. 기술 열심히 배워야 한다"고 하며 걱정이 많았습니다. 셋째 밤바우를 돌 무렵 외할머니는 속옷 안에 '간직해 두었던 꼬깃꼬깃한 십 원짜리 쌈짓돈 서너 장을 내 손에 꼭 쥐어 주셨습니다. 그리고 "부디 몸조심하고 말 잘 듣고 눈 밖에 나지 않도록 해라"며 입술을 깨물며 신신당부하였습니다.

그 모습을 뒤로 하고 나는 완행버스를 타고 가면서도 마음도 둥둥 기분도 둥둥 마치 구름 위에 떠 있는 것 같았습니다. 외할머니의 아픈 마음은 둘째이고 내게 다가올 일 때문에 희망이 생겼기 때문입니다. 창 밖을 스치는 바람이 후텁지근하고 에어컨이 제대로 작동되지 않았지만 상쾌하고 시원했습니다. 털털거리는 완행버스를 몇 번 갈아탄 다음에야 이윽고 '선산'이라는 곳에 도착을 했습니다. 그곳이 경북 '구미' 근처라는 사실도 나중에야 알게 되었지만 말입니다.

큰 가게라고 하던 곳을 가보니 간판도 없는 무허가 도매상으로 다섯 평 정도 되는 창고와 구석에 작은방이 딸려 있는 것이 전부인 곳이었습니다. 그리고 창고에는 오뎅과 덴뿌라를 담는 노란색 큰 광주리가 쌓여 있었습니다.

주인아저씨는 40대 초반으로 보이는 무섭게 생긴 사람이었고 그곳에 바퀴가 3개 달린 용달차와 그 차를 운전하는 20대 총각으로 보이는 영덕 아저씨와 내 덩치보다 2배는 큰 짐자전거 2대가 있었습니다.

이름도 모르는 할머니를 따라 그 가게 안으로 들어서던 순간 꿈에 부풀었던 나는 실망했습니다. 다시 돌아서 외갓집으로 가고 싶었습니다. 첫눈에 정이 안 간다는 말이 이해가 갔습니다.

나는 순간 눈칫밥을 먹더라도 이 삭막한 곳보다 그래도 다정한 이들이 있는 고향으로 돌아가고 싶었습니다. 돌아갈 수 있다면 아무리 힘든 일을 해도 좋겠다는 생각이 들었습니다.

그러나 그것은 어디까지나 어린 내 마음이었지요. 주인아저씨는 나와 함께 간 아이를 쳐다보더니 할머니에게 "장모님이 잘못 알았나 보네예. 아이 둘은 필요 없고 하나만 있으면 되는데 어쩌지요? 그리고 하나도 그렇지 아가 너무 작구마는…… 짐자전거 하나는 끌 수 있어야 하는데 할 수 없지. 그래도 하나는 오늘 도로 데려가 이소마" 나는 그 이야기를 들으며 다시 집으로 돌아가는 아이가 진심으로 나였으면 했습니다. 이곳에 올 때 호기롭게 자동차 기술을 배워서 폼 잡고 돌아가겠다고 했던 다짐이 한순간에 무너져 버린 것이지요. 나의 간절한 소망을 알았는지 어쩐지는 몰라도 주인 아저씨와 할머니 그리고 운전사 영덕 아저씨가 한동안 수군거리더니 주인아저씨가 나와 함께 온 아이에게 "아무래도 너는 할머니를 따라 돌아가거라. 나중에 장사가 잘되면 다시 불러주마"고 했습니다. 하지만 그 아이도 나와 같은 생각을 하고 있었던 것인지 서운한 기색 하나 없이 히히거리며 "그러지요"라면서 할머니를 따라가는 뒷모습이 참으로 부러웠습니다. 눈물 나도록……

짐자전거에 오뎅바구니를 싣고

내가 가게에 오기 전 들은 이야기는 물건을 떼어다 인근 구멍가게들로부터 주문받은 식재료들을 배달해 주는 큰 도매상이라고 했는데 사실은 간판도 없는 조그만 오뎅 가게였습니다. 그리고 운전도 배울 수 있다고 했지만 운전 기술을 배우기는커녕 용달차 근처에도 가보지 못했습니다.

내가 그곳에서 배운 것이라곤 나보다 커다란 짐자전거 타는 법이었지요. 짐자전거 뒤에 큰 바구니를 달고 그 안에 오뎅을 가득 싣고 다니면서 구멍가게에 배달하는 일이었습니다.

무거운 짐자전거를 타고 다닐 때는 그런대로 괜찮았지만 자전거에서 내려 자전거를 세울 때마다 무게를 못이겨 무척 힘이 들었습니다. 가게 문을 닫고 주인아저씨가 집으로 들어가고 운전기사 영덕 아저씨마저 지방으로 물건 배달하러 출장을 간 날이면 가게 안에 있는 조그만 방은 나만의 공간이었습니다. 혼자 누워 있으면 지난날의 그리움이 밤하늘의 별처럼 반짝반짝 빛나며 어린 마음을 저며왔습니다. 그런 날이면 뜬눈으로 밤을 새기도 했습니다.

　나와 영덕 아저씨는 가게 안에 있는 작은 방에서 함께 잠을 잤습니다. 하지만 영덕 아저씨는 지방으로 물건 배달을 가는 날이 많아서 혼자 잘 때가 더 많았습니다. 오전 6시 30분쯤 일어나면 양은냄비에 쌀을 씻어 연탄불에 올려 아침밥을 해서 먹었습니다. 설거지와 가게 청소를 하고 나면 오전 7시 30분. 그때쯤 주인아저씨가 가게에 출근을 합니다.

　영덕 아저씨가 용달차를 몰고 장사를 나가고 나면 나는 짐자전거 뒤에 오뎅과 덴뿌라를 싣고 전날 미리 주문받은 곳이나 주인아저씨가 주문을 받은 가게에 배달하는 일을 했습니다. 매일 반복되는 일을 하면서도 적응이 안 되는 것이 있었습니다. 그것은 짐이 잔뜩 실린 자전거를 세우는 것이었습니다. 자전거와 실린 짐이 너무 무거워 세울 때마다 안간힘을 써야 했고 넘어질 뻔한 적도 많았습니다. 그렇게 오전 배달을 끝내고 나면 가겟방에서 나 홀로 라면이나 국수를 끓여 점심을 먹었습니다.

　주인아저씨는 그의 집으로 가서 밥을 먹으면서도 나에게는 가게를 비울 수 없으니 가게 안에서 해결하라고 했습니다. 가끔씩 주인은 시어터진 김치를 내다주고 쌀을 들여놓아 주지만 그때마다 덩치도 작은 놈이 쓸데없이 밥을 많이 먹는다고 잔소리를 해대곤 했습니다. 그래서 나는 주인아저씨 눈치 때문에 국수를 자주 끓여 먹었습니다. 라면은 국수보다 비쌌기 때문이지요. 가난하던 시절 냉장고가 있을 리 없었습니다. 냉장고 대신 커다란 대야에 물을 받아 김치통을 그곳에 담가놓고 먹는 시어터진 김치가 유일한 반찬이었지만 그렇게 꿀맛일 수가 없었습니다.

오후가 되면 배달할 곳이 없었기 때문에 조금 한가한 나만의 시간을 가질 수가 있었습니다. 그런 날이면 가게에서 물건 정리도 하고 주인아저씨 눈치를 보면서 멀뚱거리거나 가게 문 밖에 의자를 내 놓고 앉아 지나가는 사람들을 보기도 하고 건너편에 있는 중국집에서 흘러나오는 짜장면 냄새를 맡으면서 지난번 중국집을 생각하기도 했습니다. 그러한 여유도 처음의 며칠뿐이었습니다.

어느 날 주인아저씨가 나를 불렀습니다. "사람은 밥을 먹으면 밥값을 해야 한다. 나 배달 다했네 하고 놀면 되겠나. 니가 아무리 나이가 어리다고 해도 남의집살이하려면 그 정도 눈치는 있어야지. 배달할 곳이 없다고 노는 법이 아니다. 사람이 일을 찾아서 해야 하는 것 아니냐. 오후에는 배달할 곳 없으니 남은 오뎅과 덴뿌라를 자전거에 싣고 가게에 다니면서 팔아라"고 했습니다.

처음에는 별거 아니려니 하고 기대 반 두려움 반으로 시작했습니다. 차라리 가게에서 무서운 주인아저씨 눈치를 보느니 그 쪽이 훨씬 나을 것 같아서였습니다. 그렇지만 그것은 어린 내 생각일 뿐이었습니다. 물건을 파는 일이 그렇게 어려운 줄 미처 몰랐습니다. "오뎅 사세요. 덴뿌라도 있어요" 처음에는 이 말 한마디 하는데도 한나절이 걸렸습니다. 겨우 말을 하게 되면서 조금씩 이력이 붙었습니다. 그렇다고 장사가 잘되는 것은 아니었습니다. 수십 군데 해가 지도록 그 무거운 자전거를 끌고 다녀도 몇 개 팔지 못하고 돌아오는 경우가 많았습니다.

그런 날은 어김없이 주인아저씨에게 싫은 소리를 들어야 했습니다. "밥은 거저 생기는 것이 아니다. 밥값을 해야지. 하루종일 이 것을 팔았단 말이냐? 에이 사람을 잘 써야 되는데……"라며 악을 쓰며 죄인 다루듯 했습니다.

그런 밤이면 구석방에 팔을 배고 누워 고향 뒷산의 따스한 햇볕을 느낍니다. 그곳에 따뜻한 눈으로 나를 바라보고 있을 외할머니가 보고 싶어서 숨소리조차 죽여 가며 하염없이 흐느끼곤 했습니다.

영덕 아저씨가 용달차를 몰고 먼 곳으로 장사를 나가고 나 혼자 잠을 자는 밤이면 더욱 서러움이 복받쳐 올라왔습니다. 그날은 눈치 보지 않고 마음놓고 울 수 있어서 괜찮기도 했습니다.

그렇게 울보 생활이 두어 달 되면서 우는 횟수가 차츰 줄어들었습니다. 하루하루 자전거를 끌고 오뎅을 팔러 다니면서 낯익은 가게 아주머니들이 웃어주면서 "아이고, 조그만 게 고생이 많네. 여기 오뎅 몇 개만 주고 가라" 할 만큼 일도 몸에 익어가면서 마음도 한결 가벼워졌습니다.

흙투성이 된 오뎅

그러던 어느 날 간판도 없는 우리 오뎅 가게 인근에 초등학교 운동회가 있는 날이었습니다. 이날은 주인아저씨가 말하는 '대목'이었지요. 전날부터 오뎅을 2배는 더 떼어다가 나름대로 준비를 했습니다.

운동회날 아침 일찍 자전거에 평소보다 2배는 많은 양의 오뎅을 싣고 학교로 향했습니다. 학교를 오르기 위해 오르막에서 내려 자전거의 중심을 잡아가며 안간힘을 쓰며 끌고 가던 중에 그만 힘에 부쳐 자전거와 함께 넘어지고 말았습니다. 순식간에 자전거에 실려 있던 오뎅이 길바닥으로 쏟아져 흙이 묻고 엉망진창이 되어 버렸습니다.

아! 큰일 났다. 어떡해야 하나. 그 순간 하늘이 노랗게 변했고 아무런 생각이 나지 않았습니다. 어떻게 해야 하나…… 벌벌 떨리는 손으로 허겁지겁 흙투성이가 된 오뎅을 정신없이 바구니에 담았지만 눈앞이 캄캄했습니다.

아무 생각 없이 운동회가 열리는 운동장 구석을 찾아 쪼그리고 앉았습니다. 그 순간 주인아저씨 얼굴만 자꾸 떠올랐습니다. 너무도 무서웠습니다. 아침도 점심도 굶었지만 배가 고프다는 생각은 나지 않았습니다. 얼마 동안을 있었을까. 그렇게 멍하니 몇 시간을 앉아 있다가 운동회가 끝나 가는 오후 서너 시 무렵 죽을지 살지는 모르겠지만 일단은 가게에 들어가기로 했습니다.

지친 몸으로 자전거를 끌고 가게에 돌아왔을 때 가게를 지키고 있던 주인아저씨는 내 몰골과 흙 묻은 오뎅을 보더니 아무 말도 하지 않고 한참을 있다가 동전을 포함하여 5백 원 정도의 돈을 내밀었습니다.

"자, 이것이면 집으로 가는 차비는 될 터이니 돌아가라."

5백 원을 받고 라면땅을 먹으며 외갓집으로

밤마다 울면서 꿈에도 그리던 고향으로 돌아가라는 주인의 말이었는데 왜 그렇게 눈물이 나던지요. 멈추려 해도 눈물은 자꾸 흘렀습니다. 씨팔, 남자는 우는 게 아니라는데……. 그러나 굵디굵은 눈물방울은 자꾸만 내 발등 위로 떨어졌습니다.

나는 5백 원을 손에 쥐고 완행버스를 타고 선산이 어디고 약목이 어딘지도 모른 채 물어물어 약목에서 김천으로 상주를 거쳐 점촌에 도착했는데 어느덧 한밤중이 되었습니다. 아침부터 밥을 굶어 힘이 없었습니다. 차비하고 주머니 속에 남은 돈은 몇십 원이 전부였습니다. 그중 십 원을 주고 '라면땅'을 사서 먹으면서 시오리 밤길을 터벅터벅 걸었습니다.

얼마나 걸었을까. 셋째 밤바우를 지날쯤 옛날 누군가 이곳에서 목을 매어 죽었다고 했고 두 번째 밤바우에서도 물에 빠져 죽은 사람이 있다는 이야기를 들은 적이 있어서 무서웠지만 뒤도 돌아보지 않고 걸음을 재촉했습니다. 조금만 더 가면 외할아버지, 외할머니를 볼 수 있다는 현실에 무서움도 잊어버렸습니다.

밤하늘의 달빛은 어머니의 품 속같이 따스했습니다. 그렇게도 그리워했던 고향인데도 외갓집 사립문 앞에서 선뜻 외할머니를 부르지 못했습니다.

갑자기 외할머니를 생각하자 목이 메어 왔습니다. 올려다본 밤하늘은 눈이 시리도록 아름답고 평화로웠습니다. 열네 살의 가을밤은 그렇게 깊어갔습니다.

풍기에 있는 작은 이발소

머리 감기고 청소하는 일

오뎅 가게에서 쫓기듯이 돌아와 미안한 마음에 더욱 열심히 산에 다니면서 나무도 하고 토끼풀도 뜯고, 가끔씩 외할아버지를 따라 밭에 가서 콩도 따고 고구마도 캐면서 지내고 있었습니다

외갓집으로 돌아온 지 보름 정도 지난 어느 날이었습니다. 밭에서 외할아버지와 일을 하고 있는데 외할머니가 헐레벌떡 비탈진 밭으로 올라오셨습니다. "야야, 빨리 와 봐라. 너랑 같이 일을 하던 사람이라 카던데 너 보러 왔단다. 빨리 가 보자" 외할머니가 나보다 더 급해보였습니다. 서둘러 집으로 달려갔더니 오뎅 가게에서 용달차를 운전하던 영덕 아저씨였습니다. 나는 그의 뜻밖의 방문에 잠시 말을 잊고 우두커니 서 있었습니다. 그는 나를 보더니 웃어 보이며 오랜만에 만난 친구처럼 말을 했습니다. "그냥 그렇게 보내는 사람도 참 그렇지만 가란다고 바로 보따리를 싸서 가는 놈은 또 뭐냐. 잘못했다고 빌고서라도 남아서 일을 해야지…… 그리고 임마, 정 가고 싶으면 나에게도 간다고 인사는 하고 가야지 맘고생 했겠구나 어린애가……" 나는 그 말이 서러워 하마터면 소리지르며 울 뻔했습니다. 하긴 그때 영덕 아저씨와 같이 지내긴 했지만 출장이 잦아 나의 생활을 잘 모를지도 몰랐습니다. 그는 또다시 나를 향해 말을 꺼냈습니다.

"내가 볼 때는 너는 나이에 맞지 않게 똑똑하고 착실하고 괜찮

은 아이 같아서 그러는데, 내 친동생이 영주 근처에 있는 풍기에서 이발소를 하고 있어. 그곳에 머리도 감겨주고 기술을 배울 수 있는 사람이 한 명 필요하다고 하니까 그리로 가자. 밥 먹여주고 잠재워주고 그리고 용돈도 조금씩 줄 수 있도록 할 테니까. 이발 기술 배워 놓으면 먹고사는 걱정은 하지 않아도 될 거다"였습니다.

나는 그날로 작은 보따리 하나를 싸 가지고 또 타향살이를 떠났습니다.

영덕 아저씨를 따라 버스를 타고 2시간가량 비포장도로를 달려 경북 영주란 곳에 도착했습니다. 그곳에서 다시 버스를 갈아타고 30여 분 달려서 풍기라는 곳에 도착했을 때는 이미 저녁때를 지나 어둠이 덮여올 때쯤이었습니다.

풍기에서도 외곽 작은 동네에 있는 그야말로 조그마한 이발소였습니다. 이발소 주인은 영덕 아저씨의 친동생으로 20대 초반의 영철이라고 했습니다. 동네 사람들 상대로 이발을 하고 일요일이면 이발 기구를 싸들고 농어촌을 돌면서 이발을 하기도 했습니다. 이발소에는 의자가 3개 있었고 하루 평균 열댓 명 정도가 이발을 하고 갔습니다. 내가 하는 일은 머리를 깎은 다음 머리를 감겨주는 것과 바닥을 쓸고 손님들이 사용한 수건을 빨아 말리는 일이었습니다.

라면과 국수를 함께 넣어 끓여 먹고

이곳을 찾는 사람들은 거의 농사를 짓거나 잡일을 하는 사람들이었습니다. 그러다 보니 머리를 자주 감지 않아서 머리를 감기면

땟물이 많이 나왔고 악취도 심했습니다. 그렇지만 어쩌겠습니까. 이제 나의 직업이 되어버린 것을요. 그날부터 나는 손님들의 머리를 감기고 수건을 빨고 머리카락을 쓸어내고 그러는 사이 점심때가 되면 석유난로에 냄비를 얹어 라면과 국수를 함께 끓여 먹었습니다. 가끔씩 음식을 끓이다 보면 간간이 머리카락이 음식물에 들어가 처음엔 역겨웠지만 시간이 지나면서 대수롭지 않게 여기며 주린 배를 채웠습니다.

내가 거쳐하는 곳은 이발소에서 걸어서 20여 분 정도의 거리에 있는 영철 아저씨네 본가였습니다. 그의 집은 옛날식 집으로 대문을 들어서면 마당에 수도가 있었고 내가 사용하는 방은 뒷방으로 불리는 조그만 굴 속 같은 곳이었습니다.

메주가 천장에 매달려 있었고, 방 한 구석에 고구마, 수수 등 여러 가지 곡식들이 쌓여져 있어서 내가 사용할 수 있는 공간은 겨우 작은 몸 하나 누일 수밖에 없는 방이었습니다.

이 방은 곡식을 저장하는 곳이었기 때문에 불을 넣지도 못했습니다. 불도 넣지 못하는 그 방에서 나는 겨울을 나야 했습니다. 새우잠을 자고나면 온몸이 오그라드는 것 같았습니다. 날씨가 추운 날이면 더욱 견딜 수가 없었습니다.

오전 7시에 일어나 세수하고 밥 먹고 부지런히 가게에 나가 문을 열면 오전 8시가 됩니다. 그때부터 가게 안 청소와 수건 정리, 가게 앞도 쓸고 하다 보면 오전 9시가 되고 그때부터 이른 손님들이 이발을 하러 찾아옵니다. 어쩌다 점심시간을 놓치면 늦은 점심으로 역시 라면과 국수를 함께 넣어 끓여 먹습니다. 그 당시 라면이 비쌌기 때문에 주로 국수를 끓여먹었는데 함께 넣고 끓이면 양도 많아 배불리 먹을 수 있었습니다.

그리고 문을 닫는 오후 8시까지 같은 일을 되풀이했습니다. 마치 다람쥐 쳇바퀴 돌 듯이 변하지 않는 생활이었지요. 이것저것 정리를 하고 집으로 돌아오면 밤 9시쯤 늦은 저녁을 먹고 씻고 누우면 밤 10시가 훌쩍 지납니다. 벌써 세 번째 객지생활이어서 그랬는지 점촌 창신식당이나 약목의 오뎅 가게에서처럼 울지는 않았습니다.

차츰 그곳 생활에 적응이 되어 간 것이겠지요. 이렇게 이발소에서 늦은 가을부터 겨울을 보냈습니다. 그렇게 3~4개월을 지내고 봄이 시작될 무렵쯤 문제가 생겼습니다.

우리 이발소에 손님이 조금씩 늘어나기 시작한 것입니다. 그러다 보니 주인인 영철 아저씨 혼자 하기에는 힘도 들고 바빴습니다. 그래서 그 동네에 살고 있는 나보다는 몇 살 많은 '만석'이라는 남자 한 명을 더 채용했습니다.

반년 일한 대가 겨우 5백 원

그는 이미 다른 이발소에서 몇 년 일을 한 경력이 있어 어른들 면도도 했고 꼬마들 머리는 직접 깎기도 했습니다. 물론 얼마 정도의 월급은 주었겠지만 작은 이발소에서 3명이 일을 하기에는 무리가 있었습니다.

조금씩 내가 하는 역할이 줄어들었습니다. 만석이도 눈치가 있는 사람이라 월급을 받으며 눈치 보기 싫어서 그런지 그가 면도를 한 사람 그리고 머리를 깎아준 사람들의 머리는 자신이 직접 감겨 주고 수건도 빨고 했습니다. 그 일은 내가 하겠다고 하면 "야야, 됐다. 제대로 할 줄도 모르면서 꺼져 있어"라고 면박을 주곤 했습니다.

하루종일 가게 안을 쓸고 라면과 국수나 끓이면서 밥을 얻어먹기는 정말 눈치가 보였습니다. 영철 아저씨 입장에서도 아마 내가 어찌할 수 없는 짐보따리였을 것입니다. 월급을 주는 것은 아니지만 데리고 있기에는 부담스러웠겠죠. 처음 이야기했던 것처럼 나에게 면도하는 기술, 이발하는 기술을 가르쳐 주기는 어려웠을 것이라 이해는 했지만 답답했습니다.

그때부터 주인은 틈만 나면 구박이었습니다. 수건을 제대로 못 빨았다, 바닥이 지저분하지 않느냐, 라면도 제대로 못 끓이느냐 등등이었습니다.

만석은 걸핏하면 내 머리를 쥐어박았습니다. "이 새끼, 조그만게 일도 할 줄 모르는 놈이" 하면서 갈수록 심한 욕설을 침을 튀기며 해 댔습니다.

나는 결국 겨울의 끝자락, 만수네 산 진달래가 만발할 때쯤인 3월 내 스스로 집으로 돌아가겠다고 주인에게 이야기를 했습니다. 거의 반년을 일을 했는데 영철 아저씨는 차비하라며 5백 원을 주었습니다. 도대체 5백 원은 나에게 있어 무슨 의미였을까요. 물어 물어 외갓집으로 돌아왔을 때 차비하고 남은 돈은 겨우 동전 몇 닢뿐이었습니다.

호계면사무소 임시직

월급 7천 원을 받는 어엿한 직장인

이발소에서 일을 그만두고 외갓집으로 돌아와 외할아버지와 외할머니 외숙모 등의 눈치를 보면서 지내던 어느 날이었습니다. 호계면사무소에서 청부(고용직)로 일을 하던 동네 상현 형이 외갓집으로 나를 찾아왔습니다. "너, 요즘 논다면서? 전에 지서에서 급사를 해본 경험도 있고 하니 면사무소에서 급사일을 해 보는 것은 어떠냐"고 했습니다. 뜻밖의 반가운 소식에 몸둘 바를 몰랐습니다.

그날부터 호계면사무소 급사가 되었습니다. 호계면에서 가장 큰 관공서인 면사무소. 마당 한쪽엔 커다란 플라타너스 나무 한 그루가 서 있고 건물은 고풍스런 단층이었습니다. 당시 면사무소에는 청부가 있었고 그 보조로 급사가 있었지요. 다시 말해 나는 임시직이었지요. 지금 말로 하면 지서 급사일을 할 때보다 소위 끗발은 없었습니다. 그래도 합승버스를 타고 "체송이요"하면 차비를 내지 않아도 되었습니다. 그리고 면사무소에서 공용으로 이용하는 자전거는 심부름할 때 타고 다닐 수 있었습니다.

호계면사무소 관내에 17개의 동네가 있었습니다. 가까운 동네 두세 개를 제외하고는 수십 리 떨어진 산골짝 마을 이장에게 심부름이라도 가는 날이면 걸어서 한나절은 가야 하는 곳도 있었습니다. 그래서 자전거를 타고 심부름을 다녔는데 그것이 너무 좋았습니다. 당시는 자전거 구경하기도 힘들 때였으니까요.

우리 동네에서도 경화네 아버지만이 자전거를 가지고 있었습니다. 어떻든 그때부터 나는 월 7천 원을 받고 다시 어엿한 직장인이 되었습니다.

외갓집에 밥값으로 3천 원 정도를 내 놓고 나머지는 외할머니에게 드리고 용돈을 타서 썼는데 얼마를 썼는지는 잘 기억이 나질 않습니다.

면사무소에서 생활은 이틀에 한 번씩 숙직을 해야 했고 그날은 직원들이 자는 숙직방 구석에서 잠을 잤습니다.

다음 날 오전 7시쯤 일어나 사무실 문을 열고 청소를 합니다. 그런 다음 마당을 쓸고 큰 대문까지 열면 오전 8시 가까이 되지요. 숙직을 하던 직원들은 그때서야 일어나 세수를 하고 아침을 먹으러 나가고 오전 8시 30분쯤 되면 직원들이 출근을 합니다.

나는 그때쯤 외갓집에 들어가 아침을 먹고는 다시 면사무소로 출근해 평상시와 같이 일을 했습니다. 직원들 심부름, 사무실 주변 청소, 등사, 체송 같은 것들이었지요.

숙직을 하는 날이면 직원들이 모두 퇴근한 시간 사무실을 다니며 문단속과 전기점검도 했고 겨울철에는 숙직실 연탄불 관리 등 잡일을 했습니다.

나의 주요업무는 산업과, 총무과 등에서 먼 산골짝에 있는 마을 이장들에게 공문서, 전달사항 등을 받아서 심부름을 가는 것이었습니다. 그때는 전화가 없는 마을이 많았으니까요. 회의공문이나 전달사항을 배달할 때면 청부와 나는 지역을 나누어 하루종일 돌아다녀야 했습니다. 열다섯 살의 나에게는 벅찬 일이기도 했지요.

더욱 힘든 날은 면사무소에서 생활보호 대상자들에게 밀가루 배급을 하는 날이었지요. 창고에 쌓인 밀가루 포대를 뜯어 배급을 받기 위해 온 사람들이 내 놓은 자루에 눈금 저울에 달아 담당이 불러주는 만큼 배급을 하는 일이었는데 한 달에 한 번씩 나누어 줄 때는 거의 중노동을 해야 했습니다. 그런 다음 날은 끙끙거리며 앓기도 했습니다.

재미있는 일도 있었습니다. 가끔씩 점촌읍내로 체송을 나갔다가 일을 마치고 시간이 나면 읍내에서 유일한 '삼일극장'에서 영화구경을 하는 것이었지요. 그 당시에 인기 있었던 영화는 '분노의 왼발' 등이었고 중국영화로는 주로 왕유가 주인공으로 나오는 '돌아온 외팔이' 등이 있었습니다. 그렇게 가끔 한 편씩 영화를 보고나면 나는 한동안 으스대곤 했습니다. 진규, 광식 등 마을 친구들이 내 뒤를 따라 다니면서 영화 이야기를 해 달라고 졸랐기 때문이지요. 또 다른 즐거움은 숙직을 하는 날 직원들이 잠을 자는 시간이면 관물함에 있는 공용오토바이 90cc를 끌고 나와 시동을 걸기도 해보고 자리에 앉아 중심잡기도 하면서 오토바이를 배우는 일이었습니다. 결국 한 달이 채 가기도 전에 혼자 터득한 방법으로 가만가만 오토바이를 몰고 다니기도 하면서 즐거워했습니다.

미지의 세계로

그렇게 나는 호계면사무소에 근 2년간 급사로 일을 했습니다. 어쩌면 오랫동안 면사무소에서 급사를 할 것은 아니었는지 생각해볼 만도 했을 나이였는데 말입니다.

그럴 즈음 중학교에 다니는 초등학교 동창들을 만나는 날이면 왠지 검은 교복이 조금씩 부러워지기 시작했습니다. 그리고 진학을 하지 못한 선배들이나 친구들은 이미 객지로 기술을 배운다고 나갔다가 추석이나 설 명절에 고향으로 오곤 했지요. 그런 날이면 그들은 새로 산 멋진 옷을 입고 가족들에게 줄 선물을 한 아름씩 가슴에 안고 오는 것을 보면서 내 마음은 조금씩 미지의 도시를 향하기 시작했습니다. 어딘가에 있을 나의 꿈을 찾기 위해서…… 어쩌다 강 건너 점촌과 가은을 오가는 열차의 기적소리가 뽀—옥 하고 울릴 때마다 나는 그 기차를 타고 있었지요. 몸은 비록 시골에 있었지만 말입니다.

결국 나는 열여섯 살이던 추석에 꿈을 향해 문경군 호계면 막곡을 떠나기로 했습니다. 서울로 가는데 촌티를 낼 수 없어 새 옷도 한 벌 사서 입었습니다. 지긋지긋한 가난을 벗어나 서울로 가서 돈을 많이 벌어 다시 고향으로 돌아오리라 다짐을 했습니다.

그날이 1975년 10월 어느 날이었습니다.

제2부

돌아갈 수 없는
날들의 풍경

무작정 상경 그리고…

서울로의 상경

열여섯 살 되던 추석에 큰외삼촌을 따라 경북 김천으로 가서 그곳에서 서울로 가는 고속버스를 탔습니다. 내가 세상에 태어나 처음으로 타보는 고속버스, 참으로 멋있고 편안했습니다. 잠시 눈을 감았습니다.

아, 서울로의 상경…… 꿈과 함께하던 나날들……

늘 꿈을 꿉니다. 동무들과 함께 뛰어놀던 양지바른 뒷동산, 흐드러지던 진달래, 그리고 만수네 산에서 하루종일 울어대던 뻐꾸기 소리, 잠을 자기 위해 눈만 감으면 보이는 모든 것들이 이제 그리움이 되었습니다. 꿈은 깨어지는가 그리움과 함께…… 스피커에서 흘러나오는 음악도 좋았고 창 밖을 스치는 경치도 그만이었습니다. 스피커에서는 가수 김세환의 '사랑하는 마음'이라는 제목의 노랫소리가 감미롭고 상쾌하게 흐르고 가슴이 설레기만 한 고속도로의 상경이었습니다. 무작정 상경이었지요.

서울에는 나보다 세 살 많은 누나의 주소 하나밖에는 믿을 것이 없었습니다. 지금 생각해 보니 북가좌동 어느 쪽이었던 것 같습니다.

나를 데리고 온 외삼촌은 누나가 살고 있다는 주소를 찾아가서 벨을 눌렀습니다. 그 집 안에서 나온 사람은 누나가 아니라 젊은 남자였습니다. 그 순간 알 수 없는 절망감에 빠져 들었습니다. 나중에 알게 된 사실이지만 나와 외삼촌이 찾아간 곳은 누나와 사귀고 있는 최선재라는 사람의 집 주소였고 그는 우리에게 현재 누나는 이곳에 없고 시골에 가 있다는 얼토당토 않는 말을 했습니다. 그러자 큰외삼촌은 "우리가 지금 시골에서 올라왔는데 무슨 소리 하는 거냐"고 따지듯 말을 했지만 아무 소용이 없었습니다. 어쨌거나 큰외삼촌은 자신은 할 일을 다했다는 듯 나를 그곳에 데려다 놓았으니 알 바 없다는 듯 그의 처갓집이 있는 영등포로 가 버렸습니다. 나는 너무나 황당하고 어처구니가 없었습니다. 정말 아무도 아는 이 없는 낯선 서울에서 졸지에 미아가 되었습니다. 우두커니 서 있는 나를 보고 그는 딱했는지 마지못해 집으로 들어오라는 눈치였습니다.

나는 처음 보는 그의 할아버지, 할머니 그리고 최선재의 누나들이 있는 집에서 엉거주춤하고 불안한 마음으로 이틀을 보냈습니다. 어떻게 잠을 잤는지 밥을 먹었는지 굶었는지도 기억에 없습니다.

이틀을 무엇을 하면서 보냈는지 아무 생각도 나지 않았습니다.

그리고 이틀 뒤 최선재를 따라 신촌로터리와 연세대 앞 굴다리를 지나 육교 근처쯤에서 보고 싶었던 누나를 만났습니다. 누나는 나를 반가워하지 않았습니다. 그때 나이 열아홉 살밖에 되지 않았던 누나는 일을 다닌다고 했는데 내가 보기에는 야간 직장을 다니는 것 같았습니다. 누나는 나를 쳐다보면서 니가 뭔데 갑자기 나를 찾아와 힘들게 하느냐, 나를 찾아온 이유는 뭐냐, 하면서 갖은 욕을 퍼부어 댔지요. 하지만 어쩌겠습니까. 서울 하늘 아래 아는 사람 하나 없고 갈 곳도 없으니 그냥 꿀 먹은 벙어리가 될 수밖에 없었습니다. 그렇게 욕을 먹고는 누나 친구라는 여자의 집 방 한 구석에서 이틀을 끼어 있다가 최선재의 주선으로 동대문구 답십리에 있는 '(주)한성실업'이라는 회사에 취직을 할 수 있었습니다.

그 회사는 와이셔츠 등을 만들어 외국으로 수출하는 쉽게 말하면 당시 산업역군으로 불리는 봉제공장이었고 나는 재단을 하는 샘플실 시다로 일을 하게 되었습니다.

봉제업체인 (주)한성실업 샘플실 시다로 취직

답십리 경미극장 앞에 있던 8층짜리 건물 1층에서 3층까지는 같은 봉제업체인 '한화실업'이었고, 3층 일부와 4층에서 7층까지는 내가 일하는 (주)한성실업이었습니다.

회사 앞에 있던 조그만 경미극장에서 그때 '시골길' 노래로 히트를 했던 임성훈 씨의 쇼도 볼 수 있었지요. 서울에 오니 가수도 직접 보고 촌놈이 출세한 것인가요. 연예인을 직접 보고 노래를 들었다는 그 이유만으로 시골에 가면 촌놈들 상대로 으스댈 수도 있겠다 싶었습니다.

그때가 1975년 10월 중순쯤으로 기억됩니다. 회사 3층에 있는 샘플실 시다로 일을 하게 되었고 내가 하는 일은 원단을 나르거나 재단을 할 때 옆에서 이런저런 잔심부름을 하면서 업무를 배우는 것이었습니다. 그나마 참 행복했지요. 정식으로 회사원이 된 것이었으니까요. 그리고 중학교 다니다가 실습을 하고 있다는 경기도 마석인가에서 온 같은 또래의 친구가 있어서 그리 외롭지는 않았습니다. 하지만 좋은 일만 있었던 것은 아니었습니다.

내가 잠을 자고 생활해야 하는 기숙사가 그렇게 무서운 곳인 줄 그때까지는 정말 몰랐습니다. 기숙사는 공장에서 걸어서 5분 정도 거리에 있는 단층짜리 건물이었고 경비실을 지나 안으로 들어가면 한쪽은 염색을 하는 염색공장이 있었습니다. 그 염색공장을 중심으로 오른쪽과 왼쪽으로 나뉘어 군인 막사같이 지어진 가건물들이 꽤 있었는데 오른쪽은 남자 기숙사 왼쪽은 여자 기숙사였습니다.

그들이 사용하는 식당과 빨래터는 남녀 공동으로 사용을 했습니다. 말이 기숙사지 피난민 수용소 같았고 방 한 칸에 보통 5~8명가량 함께 사용을 했습니다. 비키니 옷장이 유행이었으나 방장 정도나 되어야 비키니 옷장이 하나 있을까 나머지는 벽에 옷걸이를 박아 걸어놓거나 자신의 가방에 넣어놓고 생활했습니다. 그렇게 열악한 환경이었음에도 공원들 거의가 기숙사 생활을 했습니다.

나는 기숙사를 관리하는 관리부에 가서 서류작성을 한 후에 8호실로 배치를 받아 조그만 가방을 들고 방으로 들어갔습니다.

그곳엔 20대 중반으로 보이는 방장이라는 사람이 방 가운데 떡 하니 앉아 있었고 그 주면으로 5~6명이 둘러앉아 있었습니다.

잔혹한 신고식

'무슨 일이지? 촌놈이라고 겁주려고 그러나.' 앉지도 못하고 멀뚱거리고 서 있자 앉아 있던 그들 중 한 명이 큰소리로 "이거 뭐 하는 놈이야. 야, 신고식해야지" 신고식, 뭔 신고식. 내가 군에 왔나. 신고식이 뭔지를 알 수가 없었습니다. 그래도 멀뚱히 서 있자 앉아 있던 그가 일어서더니 "신고식하라니까 뭐 하는 거야. 이 새끼 개기는 거야 뭐야. 싸가지 없는 놈이구만" 갑자기 그가 주먹으로 배를 쳤습니다. 숨이 막혀서 꼬꾸라져 껄껄거리고 있는데 다른 한 명이 다가와 "이게 어디서 엄살이야, 제대로 맛을 봐야겠네" 꼬꾸라져 있는 나를 발로 차고 때리기 시작했습니다. 그것이 신호였는지 모두 합세해서 나를 두들겨 패고 짓밟았습니다. 숨쉬기조차 힘들 정도로 한참을 얻어맞았습니다. 어디를 어떻게 맞았는지 기억도 나지 않았습니다. 이유 없이 사람을 때리는 것이 신고식이라니요. 아무리 생각해도 이해가 되지를 않았습니다. 그날 참 많이도 맞았습니다.

나중에야 알았지만 그렇게 몇 대 맞고 일어서서 자기 소개와 앞으로 이러이렇게 잘하겠다. 그리고 선배님들 잘 알아 모시겠다. 청소 알아서 다 하겠다 등의 말을 했어야 했다는 것이었습니다. 일러준 사람도 없었고 몰라서 하지 않은 것을…… 그들은 실컷 때린 다음 거의 녹초가 된 나를 다시 무릎 꿇리고 종아리 사이에 각목을 넣고 다시 온몸에 멍이 들도록 무자비하게 때렸습니다. 열여섯 살이라고는 하지만 나는 정말 키도 작고 덩치 또한 작았습니다. 어디 그렇게 무식하게 때릴 곳이 있었는지, 그리고 무엇을 그렇게 잘못했길래 무자비하게 맞아야 했는지 이해가 되지 않았습니다.

나는 그후로 기숙사에 있는 동안 신임이 들어와 신고식을 하는 날이면 잔업 핑계를 대고 들어가지 않았습니다.

그렇게 호된 신고식을 치른 다음 날과 그 다음 날까지 이틀을 일을 나가지 못하고 혼자 빈방에 누워 끙끙거려야 했습니다. 물 한 그릇 떠다주면서 위로해 주는 사람 없는 빈방에서…… 갑자기 서러움이 북받쳐 올라 눈물 범벅이 되도록 울었습니다. 참 서러웠습니다. 나는 맞아 터진 입술을 깨물었습니다. 죽기야 하겠어?

혹독한 신고식을 경험한 나는 차츰 악바리가 되어 갔습니다. 독한 놈이라는 소문 때문이었는지 그때부터는 나를 때리거나 시비를 거는 사람들은 없었습니다. 그나마 참 다행이었습니다.

그곳에서의 생활은 오전 7시면 모두 일어나 이불을 개고, 나와 같은 방에서 생활하고 있는 꼬마 아이 두세 명과 함께 방 청소를 한 다음 세수를 하고 오전 7시 30분쯤 식당으로 가서 식판을 들고 줄을 서서 밥을 받아 아침을 먹습니다. 오전 7시 50분쯤 걸어서 회사로 가면 오전 8시부터 작업이 시작됩니다. 정신없이 오전을 보내고 12시에 점심 사이렌이 울리면 8층까지 뜁니다. 일찍 밥을 먹으면 쉬는 시간이 그만큼 많아지기 때문에 조금이라도 먼저 줄을 서기 위해 헉헉거리며 뛰었습니다. 그렇게 밥을 먹고 나면 12시 20분쯤 되었고 1시까지 옥상이나 여공들이 일하는 4층 봉제실 주변을 기웃거렸습니다. 그렇게나마 객지생활의 외로움과 시름을 달래는 것이지요.

퇴근은 오후 5시지만 기본적으로 2시간 잔업은 의무사항이었기 때문에 오후 7시에 퇴근을 해서 기숙사에 내려가 저녁을 먹는 시간은 오후 7시 30분쯤이었습니다. 그리고는 세면장에서 밀린 빨래를 하거나 세면을 하고 그도 아니면 기숙사 한쪽에 있는 포도나무 넝쿨 아래에 있는 나무 벤치에 삼삼오오 모여 앉아 세면장으로 들어가는 여공들을 힐금거리며 말을 걸기도 했습니다.

기숙사 내에 있는 조그만 매점도 인기 있는 모임의 장소였습니다. 그 앞에는 항상 몇 명의 남녀가 모여 과자를 사서 나누어 먹으면서 은근히 만남을 약속하거나 산행 약속을 하면서 그들만의 은밀한 데이트를 즐겼습니다.

회사 밖으로 외출을 하기 위해서는 경비실을 통과해야 했습니다. 하지만 언제나 쉽게 드나들 수 있는 것은 아니었습니다. 부서장의 확인증이 있거나 아니면 방장의 심부름, 그것도 아니면 경비 아저씨에게 잘 보이면 잠깐씩 나갔다 올 수 있는 정도였습니다. 공식적으로 외출할 수 있는 날은 수요일과 토요일 그리고 쉬는 날 정도였고 그것도 밤 10시 이전에는 돌아와야 했습니다.

매월 첫째, 셋째 주 일요일은 모든 직원들이 쉬는 날이었습니다. 그 전날은 잔업이 없는 날이기도 했지요. 쉬는 날 토요일은 외박도 허용이 되는 날이었습니다.

나는 매월 외박을 할 수 있는 첫째, 셋째 토요일을 목이 빠지게 기다리곤 했습니다. 서울에 아는 곳도 없고, 찾아가 볼 곳도 없고, 딱히 가보고 싶은 곳도 없는데 왜 그날을 그렇게 기다렸는지 모르 겠습니다.

한성실업에 입사해서 처음으로 맞는 토요일. 그날 따라 시간은 왜 그리 더디게 가던지 아침부터 무척이나 기다렸습니다.

첫 외출

가슴이 얼마나 설레었던지 퇴근 후 저녁도 먹지 않았지만 배고 픈 줄 몰랐습니다. 며칠 전부터 빨아서 빌린 다리미로 다려놓았던 검은 바지와 빨간 남방 그 위에 곤색 얇은 점퍼를 걸쳐 입었습니 다. 그리고 외출증 외박란에 동그라미를 치고 보란 듯이 경비 아 저씨에게 내밀고는 기숙사를 나왔습니다.

그때쯤 이름을 알게 된 경기도 마석이 집이던 금석이가 청량리 역에서 집으로 가는 차를 탄다고 해서 그와 함께 청량리역으로 걸 었습니다. 낯선 도시의 정취에 한껏 젖어 있었습니다. 청량리역이 가까워지면서 역 주변의 환락가를 지나게 되었습니다. 일명 588 이라고 유명한 곳이었지요. 가슴과 허벅지가 다 드러나 보이는 짧 은 옷을 입은 젊은 아가씨들이 골목마다 서 있었고 커튼이 가려지 지 않은 유리창 너머로는 야하게 빨간 불빛이 작은 가슴을 설레게 했습니다. 지나가는 사람들을 보면 누구나 잡고 "놀다가세요. 잘해 드릴게요" 등 애교를 떨곤 했지만 나와 금석은 아무리 천천히 느긋 하게 지나가도 본 척도 하지 않았습니다. 그들의 눈에도 참 어려 보였을테니까요.

청량리역 버스정류장에 도착하자 금석은 멀뚱히 서 있는 나를 뒤로 하고 "갔다 올게"하고는 버스를 타고 훌쩍 떠났습니다. 그가 떠나고 나자 갑자기 외로움이 밀려왔습니다. 멍하니 청량리역 시계탑 아래서 가로등에 얼씬거리는 내 자신의 그림자를 보면서 시간을 보냈지만 갈 곳이 없기는 마찬가지였습니다. 저녁을 먹지 않고 나와서 배가 고파왔지만 돈도 없었고 혼자 어디서 무엇을 먹을 생각도 하지 못했습니다. 결국 외박란에 동그라미를 치고 보란 듯 나온 첫 외출은 저녁 9시쯤 지친 몸으로 국화빵 한 봉지를 사 들고 기숙사로 돌아오는 것으로 끝을 맺었습니다.

평소에는 혼자 있으면 그렇게 편하고 좋던 기숙사 방이었지만 그날 따라 국화빵을 먹는데 왜 그렇게 목이 메이던지요. 순간 아무도 없는 방이 너무 커 보이고 사람이 그리워졌습니다. 서울이라는 큰 도시에 혼자만 있는 것 같은 그런 기분이 들었습니다.

객지생활의 외로움

때로는 갈 곳 없는 촌놈 두세 명이 함께 할 때도 있었습니다. 그럴 때면 우린 방장이 없는 방에서 커다란 소리로 떠들다가 쓸쓸하게 잠을 자곤 했습니다. 조금은 여유로운 일요일 아침 식사를 하고 나면 빨래를 하거나 집으로 편지를 쓰는 이들도 있었습니다. 기숙사 방바닥에 엎드려 편지지에 꾹꾹 눌러서 정성스럽게 쓴 편지를 고향으로 보내면 그것이 고향에 남아 있는 사람들에게는 그리움이자 희망이던 시절이었습니다. 괜스레 우체부 아저씨가 기다려지고 정겨워 보이던 시절이었습니다. 객지에 가 있는 일명 공돌이들은 그렇게 고향에 편지를 쓰면서 외로움을 달랬습니다. 나도 외갓집에 몇 번 편지를 보냈는데 그럴 때면 글씨를 모르는 외할머니가 앞집 상영이네로 편지를 가져가 읽어 달래서 들으면 한동안 치마로 눈물을 찍어내곤 했다는 이야기를 들었습니다.

나는 틈틈이 빌려온 귀한 전기다리미로 정성을 들여 바지를 다리기도 했고, 누군가 외출 때 사온 주간지 뒷장에 나와 있는 펜팔란을 뒤적거리기도 했습니다. 그때 우리의 생활은 외로움뿐이었습니다. 원해서 시작한 객지생활이 얼마나 있었을까요. 모두 어쩔 수 없는 생활고에 밀려 서럽게 시작한 고생길이었지요. 그런 서로의 가슴을 서로가 채워줄 수 없었습니다. 모두가 서러움과 외로움을 가지고 있었던 것이지요. 잘 치지도 못하는 기타를 뚱땅거리며 보내기도 했습니다. 그래도 쉬는 날이면 그냥 지나가는 것이 아쉬워 꼬깃꼬깃 숨겨 두었던 비상금을 가지고 몇 명씩 함께 극장을 다녀오기도 했습니다. 그때 청량리에 있던 오스카 같은 일류극장은 돈이 비싸서 가지 못하고 두 프로에 3백 원 하던 신답극장에 가서 영화를 보면서 서로의 마음들을 달래곤 했습니다.

노상강도 그리고 피부병을 앓고

어느 토요일, 금석이와 함께 외출하여 신답극장에서 영화 두 프로를 보고 밤 9시쯤 기숙사로 돌아오던 길이었습니다. 둘이서 이야기를 하면서 오는데 우리보다 키도 크고 나이도 몇 살 더 먹어 보임직한 낯선 청년이 지나가다가 우리를 불렀습니다. "지금 몇 시나 됐지?" "저, 시계 없는데요" 청년은 우리에게 다짜고짜 시비를 걸었습니다. "야, 시계가 없으면 없는 거지 왜 인상을 써. 뭐, 기분 나빠?" 하며 언성을 높이고 눈을 부라렸습니다. 우리는 온몸이 오그라들었습니다. "아니요" 라고 했지만 나와 금석은 으슥한 골목 안으로 끌려 들어가 우리가 가지고 있던 돈 5백 원 가량을 모두 털어주고도 "잘못했어요" 라며 몇 번씩이나 빌었습니다. 그러고도 그의 주먹에 머리를 두 대씩 맞았습니다.

그는 우리를 향해 목에 핏대를 세우며 "잘해 임마. 지금부터 뒤도 돌아보지 말고 뛰어 알았지. 내가 조금 있다 뒤쫓아 가는데 만약 나에게 잡힌 놈은 가만 안 둘 거야" 라고 했습니다. 그 말이 떨어지자 우리는 죽기 살기로 뛰었습니다. 학교 다닐 때 100미터 달리기도 그렇게는 하지 않았을 것입니다. 우리는 기숙사 정문 앞까지 헉헉거리며 뛰어와서야 한숨을 돌렸습니다. 정말 억울했습니다. 나중에 들으니 우리가 당한 것이 '노상강도'였다는 것이었지요.

그때 내가 한성실업에서 받은 첫 월급은 기숙사비를 제외하고 6천 원 정도였습니다. 쉬는 날 영화도 보고 시골에서 온 다른 아이들과 어울리면서 그곳 생활에 적응을 했습니다. 그렇게 살 만한 듯 정을 붙여 갔습니다. 그들과 함께 재잘거리며 함께 웃기도 하고 꿈도 이야기해 가면서 고향 생각에 가슴 먹먹해지는 횟수도 줄어들었습니다.

세월은 소리 없이 지나고 초겨울이 되었습니다. 그러던 어느 날인가부터 온몸이 가렵기 시작했습니다. 가려워지면서 조그만 반점 같은 것이 생기기 시작했고 며칠 지나서는 온몸이 빨간색 반점으로 뒤덮였습니다. 도저히 견딜 수가 없고 사람 앞에 나설 수 없게 되자 일을 할 수 없었습니다. 병원에 갔더니 '피부병'이라고 하면서 먹고 바르는 약을 주었지만 차도가 없었습니다. 무엇보다 문제는 다른 사람들에게 옮길 수 있으니 함께 생활하거나 일을 할 수가 없다는 것이었습니다. 기숙사 빈방에서 혼자 쪼그리고 잠을 자야 했습니다. 부서장은 나을 때까지 회사에 나오지 않아도 좋다고 했지만 다른 곳에 가 있을 곳이 없었으니까요. 병원에서 준 약을 먹어도 도대체 낫지를 않았습니다.

피부병이 점점 심해지자 회사에서 나에게 집에 가서 치료를 하고 완전히 나으면 오라고 하면서 일자리는 그대로 비워놓겠다고 했습니다. 그렇지 않아도 몸이 아프니 고향에 계시는 외할머니가 그리워지던 때이기도 했습니다. 그래 돌아가자. 아파서 가는 건데 뭘…… 핑계도 생겼습니다. 고향으로 돌아간다고 생각하자 갑자기 모두가 보고 싶었습니다. 마음이 급해졌습니다. 서둘러 가방에 짐을 챙겼습니다. 그동안 모은 몇천 원은 속주머니 깊숙이 찔러 넣은 채 마장동 버스터미널로 갔습니다. 1,500원을 주고 점촌 가는 직행버스에 몸을 실었습니다. 덜컹거리며 5시간 반을 달려 점촌에 도착했을 때는 싸늘한 저녁달이 떠 있는 초겨울 밤이었습니다. 이제는 습관이 되었을 법도 한 시오 리 길을 곧 만나게 될 외할아버지 외할머니를 생각하며 발걸음을 재촉했습니다.

어느덧 외갓집 안방 문 앞에 도착했을 때 창호지 문에 비치는 외할머니는 도수 높은 돋보기안경을 코에 걸고 바느질을 하고 있었습니다. 방문을 열고 들어가자 외할머니는 깜짝 놀라는 표정으로 안경 너머로 나를 보며 "아니, 재덕이 아니냐! 어서 오너라. 밥은 먹었냐?"고 말하며 손을 꼭 잡아 주었습니다. 씨…… 할매는 맨날 날 울려. 코끝이 시려오며 눈물이 났습니다. 반가움의 눈물이었습니다. 그날 밤은 고향의 품속에서 포근히 잠이 들었습니다.

다음 날 아침부터 외할머니는 분주했습니다. 시골이라 병원도 없었고 있다고 한들 돈이 없어 가지를 못할 형편이었습니다. 외할머니는 동네를 다니며 피부병을 잘 낫게 한다는 약초와 조언을 들어가며 매일 같이 민간요법을 알아가지고 왔습니다. 먹는 것과 바르는 것 모두 외할머니가 손수 만들어서 그렇게 치료했습니다. 참으로 신기한 일이었습니다. 병원에서 지어준 약을 먹고도 차도가 없던 피부병을 외할머니가 민간요법으로 나의 피부병을 낫게 했습니다. 의사도 아닌 외할머니의 민간요법 처방으로 그렇게 심하던 내 피부병이 거짓말처럼 깨끗이 나았습니다. 외할머니의 지극한 정성이 나의 피부병을 낫게 한 것이라고 지금까지도 확신하고 있습니다.

그렇게 겨울은 깊어갔습니다. 피부병이 낫고 다시 서울행을 준비하던 나에게 외할머니는 "날씨도 추운데 겨울이나 보내고 올라가라"고 따뜻하게 보듬어 주며 말했습니다. 나는 그해 겨울을 그렇게도 그리워하던 고향, 외할머니의 따뜻한 손길 속에 행복하게 보낼 수 있었습니다.

또다시 서울행

1976년 봄이 시작되고 있었습니다.

고향에서 겨울을 보낸 나는 설을 지내고 겨울바람이 채 가시지 않은 날 가방 하나 달랑 들고 다시 서울행 버스를 탔습니다. 그날도 외할머니가 밤바우까지 근 오 리를 따라 나오면서 꼬깃꼬깃 5백 원짜리 한 장을 내밀었습니다. 그때의 5백 원이면 시골에서는 꽤 큰돈이었지요. 내가 서울에서 한 달 내내 잔업 포함해서 일을 해야 기숙사비를 빼고 6,000원을 받을 때였으니까요. "네 외할아버지가 너 주라고 오랫동안 모아 왔던 것이다" 외할머니는 눈물을 훔쳤습니다. 이번에는 꼭 성공하고 돈 벌어서 올게요.

나는 1976년 봄이 시작되는 계절에 서울로 상경을 했습니다.

한성실업으로 재취업

한성실업을 다시 찾아갔습니다. 하지만 전과는 사뭇 분위기가 달라 있었습니다. 피부병을 치료하고 올 때까지 기다려 주겠다던 자리는 경기도 어느 산골에서 온 아이가 일을 하고 있었습니다. 그래서 나는 5층에 있는 씽을 가공하는 부서에서 프레스 일을 하게 되었습니다. 새로운 일이어서 그랬는지 3층에 있을 때보다 몇 배 힘이 들었습니다. 하루종일 서서 프레스 작업을 하는 것도 그랬고 새로운 사람들과 사귀는 것도 낯설었습니다. 모두가 적응이 안 되었습니다. 재단이 있을 때에는 하루종일 50미터 달리기를 해야 했습니다. 돌돌 말린 천을 펴서 쌓기 위한 작업이었지요. 그리고 기숙사도 낯선 방으로 배정을 받았습니다. 그래도 한 번 갔다가 왔다고 신고식은 면제시켜 주었습니다.

그렇게 또 새로운 생활에 적응을 해 갈 무렵인 어느 날 빨랫거리를 들고 세면장엘 갔습니다. 4층에서 가끔 얼굴을 본 적 있는 아가씨가 나를 보더니 자신이 빨래를 해줄 테니 놓고 가라고 했습니다. 나보다는 두세 살 더 많아 보이는 아가씨였습니다.

머쓱한 마음에 서성거리는 나에게 빼앗듯이 가져가 빨래를 해주었습니다. 그 인연으로 식당이나 작업장에서 마주치면 웃어주곤 했습니다. 그렇게 예쁘지는 않았지만 순하고 착하게 보이는 아가씨였습니다.

그때쯤 열일곱 살이 시작된 나에게도 비밀이 생겼습니다. 가끔씩 씽을 날라다 주러 4층에 가보면 그 아가씨 옆에 시다가 붙어있는 것으로 봐서 그녀는 숙련공이었습니다. 미싱 숙련공이면 어느 곳에 가든 우대받던 시절이었으니까요. 담벼락이나 전봇대마다 미싱사 구함이라는 전단지가 참으로 많이도 붙어 있었습니다. 그녀는 아마 나보다 월급도 훨씬 많았을 것입니다. 다른 회사에서 좋은 조건으로 모셔가려고 했던 것이 미싱 숙련공이었으니까요.

첫 데이트

쉬는 일요일이었습니다. 갈 곳이 없던 나는 그날 아침에 혹시 그 아가씨를 만날 수 있을까 싶어 티셔츠 한 개를 들고 세면장으로 나갔습니다. 일찍부터 그녀는 세면장에서 빨래를 하고 있었습니다. 나는 부끄러워 우물쭈물하고 있는데 그녀가 먼저 말을 걸었습니다. "영화 좋아해요?" "그럼요, 얼마나 좋아하는데." 우리는 그날 의기투합되어 영화를 보기로 했습니다. 남들의 눈을 피해 답십리에 있는 신답극장 앞에서 만났습니다. 그날 그녀와 함께 영화를 보는 내내 영화 제목은 물론 줄거리마저도 생각나지 않았습니다. 내가 태어나서 처음으로 한 데이트였고 그때는 열일곱 살이 아닌 어른이고 싶었습니다.

그녀가 갑자기 나에게 나이를 물어 왔습니다. 나는 어려 보이는 것이 싫어 두 살을 올려서 대답을 했습니다. "열아홉 살요. 그쪽은요?" "그래도 생각보다는 더 먹었네요. 상당히 어려 보여서 동생인 줄 알았는데…… 그래도 내가 한 살 더 먹었어요" 갑자기 좋았던 기분이 나빠졌습니다. 아, 동생처럼 보였구나. 그래서 안돼 보여서 그렇게 잘해 준 것이구나 생각하자 순간 외로워졌습니다.

내가 태어나서 가진 첫 데이트는 그렇게 처음이자 마지막이 되었습니다. 그후 그녀를 보면 내가 외면을 했으니까요.

어느덧 도시의 담장에 개나리가 노랗게 절정을 이루며 봄이 무르익었습니다. 1976년 그해 봄은 평화로웠습니다.

그즈음 나는 직장을 옮기기로 했습니다. 적응도 힘들었고 도무지 회사에 정이 들지 않았습니다. 쉬는 날이면 잠시 밖으로 나가 벽에 붙은 구인 전단지도 보고 그 회사의 전화번호를 적어 2년쯤 경력이 있다고 하며 공중전화에 5원짜리 동전을 많이도 넣었습니다. 마침내 '침식제공 유경험자 환영. ○○주식회사 월수 1만5천 원.' 오렌지색 공중전화에 투자한 보람이 있었습니다.

나는 다음 날 서대문구 남가좌동에 있는 봉제공장에 면접을 보러 갔습니다. 총무과장이라는 사람은 20대 중반쯤 되어 보였고 사장은 그의 어머니라고 했습니다. 공장에는 아줌마들 20명 정도와 재단실 4~5명, 완성반 3~4명 등 모두 30명의 직원들이 있었고 밥을 해주는 조그만 식당도 한 칸 딸려 있었습니다. 그리고 기숙사라고 하는 조그만 여자들 방 두 칸, 남자들 방 한 칸, 모두 세 칸의 방이 상가 내에 있었습니다. 특히 그곳엔 경비실과 방장도 없는 가족 같은 분위기가 너무 좋았습니다.

이튿날 작은 보따리를 들고 시내버스를 탔습니다. 동대문에서 서대문으로 가는 길 양쪽에 서 있는 가로수는 참으로 푸르고 싱싱했습니다. 무작정 차를 타고 어디론가 멀리 가고 싶은 마음이 들 정도의 상큼한 초여름이 시작되는 어느 날이었습니다. 나는 또다시 새로운 삶을 위해 도전하고 있었던 것입니다.

모래내 봉제공장

○○실업. 지금은 이름조차 기억이 나지 않습니다. 공장은 모래내 시장 뒤 상가 1층에 있는 조그만 사무실과 공장 그리고 기숙사는 상가 내에 있는 방을 빌려 쓰고 있었습니다. 2층에는 '은좌극장'이라는 간판과 함께 울긋불긋한 상영 간판이 가슴을 설레게 했습니다. 위층에 극장이 있었으므로 마음만 먹으면 매일 그렇게 좋아하던 영화를 실컷 볼 수도 있을 것 같았으니까요. 그러나 이곳에서 생활하는 동안 단 한 번의 영화구경도 하지 못했습니다.

이곳의 생활은 한성실업보다도 더 바빴습니다. 재단실에서 재단을 하고 그것을 봉제실로 직접 옮겨줘야 했으며 어떤 날은 봉제실에서 재봉하는 실밥도 따 주곤 했습니다. 또 완성반에서 박스 포장도 하고, 옷을 포장하기 전 다리미질도 해야 했습니다. 정말 정신없이 하루하루를 보내야 했습니다.

오전 8시에 시작한 일은 매일 오후 9시가 되어야 끝이 났습니다. 그럼에도 불구하고 매주 2일 이상은 철야를 해야 할 정도였으니까요. 이유인즉 수출을 해야 할 물건인데 납기를 맞추어야 한다는 것이었습니다. 그렇지 않으면 수출을 할 수 없고 월급마저 주기 어렵다는 말에 아무 불평도 없이 졸린 눈으로 일을 했습니다. 그런 일이 늘 반복이 되자 빨래도 밀리고 방 청소도 하지 못하고 모든 것이 뒤죽박죽되면서 모든 직원들은 지친 까닭으로 말이 없었습니다. 모두의 눈에는 핏발이 서 있었고 한 달에 한 번 쉬는 날도 없이 일을 했습니다. 그래도 한 가지 위안이 되는 것은 이렇게 잔업을 많이 하니까 월급도 많이 받을 수 있을 것이라는 생각이었지요. 이것이 우리들의 유일한 꿈이었고 희망이었으니까요.

내가 이 회사로 옮겨와 일한 지 23일째 되는 날이 첫 월급날이었습니다. 그날은 마침 토요일이어서 그 다음 날은 쉬는 날이었습니다. 꿈을 꾸었습니다. 바쁜 날들 보내느라 이 좋은 날씨에 외출한 번 하지를 못했으니 월급 타면 신나게 남산이라도 한번 다녀오리라 생각했습니다. 그리고 멋있게 남산 계단에서 파전을 시켜 시원한 막걸리라도 한잔 마시겠다고 생각했지요.

그날도 우리는 오전까지 열심히 일을 했습니다. 그런데 갑자기 오후가 되자 공장이 술렁거렸습니다. 기다리던 월급이 월요일이

나 되어 나온다는 것에 모두 낙심하여 일손을 놓고 있었지요. 우리는 금방이라도 금목걸이, 금팔찌를 주렁주렁 차고 다니는 살집 좋은 여사장과 금테안경에 거만을 떠는 아들인 총무과장이 나와서 무슨 말을 해 주기를 목 빠지게 기다렸습니다. 하지만 그들은 끝내 나타나지 않았습니다.

오후 5시쯤 되자 생산과장인 정씨가 사무실에서 전화 한 통을 받고는 월요일에 월급을 지급한다는 것이었습니다. 그리고 모두 고생했으니 퇴근하고 내일은 푹 쉬라고 했습니다. 너무 황당하고 어이가 없었습니다. 잘 쉬기는 월급도 안 주고…… 돈이 있어야 놀러 가던지 할 거 아니야…… 씨…… 덕분에 일요일 밀린 빨래를 원없이 할 수 있었습니다. 나는 그날 오후 같은 방에 있는 친구 성구와 함께 걸어서 30분 정도 걸리는 연세대학교 캠퍼스에 들어가 저녁이 다 되도록 이곳저곳을 기웃거리고 다녔습니다.

이곳을 오가는 또래 아니면 나보다 몇 살은 더 들어 보이는 대학생들과 나는 서로 다른 세상에서 살고 있는 사람들이었습니다. 내가 가까이 갈 수 없는 세상에 살아가는 사람들…… 나와는 전혀 다른 세계에 살고 있는 사람들…… 괜히 목울음이 차올랐습니다. 신촌 거리에도 가 보았습니다. 아름답고 건강한 젊은이들이 활기차고 생기 있는 모습으로 다니는 것을 보면서 이곳 역시도 내 세상과는 동떨어져 보였습니다. 차분히 가라앉은 마음으로 어깨를 늘어뜨린 채 기숙사로 돌아왔습니다. 그날은 저녁도 먹지 않고 속앓이를 했습니다. 괜스레 고향 생각이 났습니다.

월요일이 되었지만 준다던 월급은 아무 말도 없이 지나가고 화요일 점심때쯤 느닷없이 여사장이 나타나 종업원들을 모두 불러 모았습니다. 그리고는 격앙된 목소리로 "지금 우리가 하고 있는 작업을 빨리 마치고 배에 실어야 돈이 나옵니다. 내가 여러분들 월급을 주기 위해서 어제 새벽까지 여러 곳을 다녀 보았지만 돈을 구하지 못했습니다. 여러분이 함께 도와주지 않는다면 우리 모두 힘들 거니까 도와주세요"라고 했습니다. 결국은 우리가 지금 하고 있는 작업을 모두 끝내고 물건을 모두 배에 실어야 돈을 받아 월 급도 줄 수 있다는 것이었습니다.

우리는 한마디 불평의 말이나 내색조차 하지 못한 채 다시 잠을 설쳐가며 박스를 붙이고 나르면서 월급이 나올 희망에 부풀었습니다.

이윽고 우리가 만들었던 물건이 완성되고 수십 대의 차량이 회사에 들락거리면서 컨테이너에 물건을 싣고 나갔습니다. 그렇게 일을 하면서도 힘든 줄 몰랐습니다. 이것만 다 실어 보내면 그동안 고생한 대가를 받을 수 있다는 사실 때문이었습니다.

두 달치가 넘는 월급에 잔업을 많이 했으므로 기숙사비를 뺀다 하더라도 4만 원 정도는 되지 싶었습니다. 월급을 받으면 은좌극 장에서 영화를 보고 남산에 올라 막걸리 한잔도 하고…… 벌써 어 떻게 쓸 것인지 생각하면서 꿈에 부풀었습니다.

종업원 월급과 물품대금 챙겨 도주

물건을 실은 차량이 떠난 지 이틀이 지났습니다. 우리는 정상 출 근하여 아침 일찍부터 삼삼오오 모여앉아 다른 일거리가 들어오기를 기다렸습니다. 그것보다도 빨리 사장이 돈을 받아와서 월급 주기를 간절한 마음으로 기다렸습니다. 그러나 하루하루가 지나고 일주일이 지났지만 총무과장이나 사장은 회사에 나타나지 않았습니다. 식당에서 밥을 해 주는 아주머니는 가게에서 더 이상 외상으로 쌀도 주지 않고 반찬도 주지 않아서 밥도 해줄 수 없다고 했습니다. 차츰 불안한 생각이 들었습니다.

생산과장은 계속 사장 집으로 전화를 했지만 연락이 되지 않는다고 했습니다. 그는 서둘러 사장 집으로 찾아가 당장이라도 돈을 받아올 기세로 그곳으로 갔고, 우리는 밥도 해주지 않는 식당에서 교대로 라면을 끓여 먹으면서 소식 오기를 기다렸습니다.

얼마나 시간이 흘렀을까. 밤늦은 시각에 핼쑥한 모습으로 들어온 생산과장의 소식은 우리들을 절망하게 했습니다.

아들과 여사장이 살던 집은 이미 팔렸고 확인해보니 수출대금도 벌써 찾아갔다고 했습니다. 그리고 주변에서 돈 받으면 준다고 하고 꽤 많은 돈을 빌려 어디론가 사라졌다고 했습니다.

다음 날 우리는 생산과장을 앞세워 건물 주인을 찾아갔습니다. 남아 있는 보증금이라도 확보하기 위해서였습니다. 하지만 주인의 말은 벌써 오래전부터 월세를 내지 않아서 보증금은커녕 오히려 돈을 더 내야 한다는 것이었습니다. 건물주인은 한술 더 떠서 우리가 기숙사로 사용하고 있는 방을 비워달라고 했습니다. 하지만 당장 갈 곳이 없는 우리는 주인의 눈치를 보면서 한 달을 더 그곳에서 기다렸습니다. 무엇을 해야 먹고살 수 있을까 하는 고민을 하면서 말입니다. 그동안 한 방에서 함께 지내던 몇 명은 그들이 알고 있는 사람들을 통해 여사장 욕을 퍼부어 대며 가방을 챙겨 다른 공장으로 떠나갔습니다. 또 다른 희망을 안고 그렇게 한 명씩 기숙사를 떠나갔습니다.

여름이 오고 근처 미루나무 꼭대기에서 목청껏 울어대는 매미소리가 슬픔으로 다가왔습니다.

서울역 노숙자 생활

화장실 수돗물로 배를 채우고

취직이라는 것이 생각처럼 그리 쉽지 않았습니다. 그동안 봉제공장에서 몇 달 일을 했다고는 하지만 사실 제대로 할 수 있는 일은 거의 없었습니다. 게다가 기숙사를 완비하고 사람을 구하는 곳은 대개 재봉일을 할 수 있는 미싱사를 구하는 정도였고 재단마저도 할 수 없는 초보자 시다를 위한 기숙사가 있는 곳은 드물었습니다.

일자리는 잘 나타나지 않고 건물 주인의 방을 비워달라는 독촉은 점점 심해지자 마음이 급해졌습니다. 아침 겸 점심을 라면으로 때워가며 5원짜리 동전을 한 주먹씩 가지고 주변의 전봇대와 게시판에 붙어 있던 모집공고를 보고 전화를 했습니다. 그동안 한성실업에서 챙겨두고 조금씩 쓰던 돈도 거의 떨어져 버렸습니다.

여사장이 도망가 버리고 한 달이 지난 어느 날 아침 갑자기 건물

사장이 공사를 하는 인부들을 데리고 늦잠을 자던 나와 성구가 있는 방으로 들이닥쳤습니다.

그들은 방 안에 있던 비키니 옷장 등을 마구잡이로 들어내고 벽지를 뜯고 공사를 시작했습니다. 나와 성구는 잠을 자다가 날벼락을 맞았습니다. 겨우 가방에 옷가지만 챙겨 헐레벌떡 나왔지만 갈 곳이 없었습니다. 땡전 한 푼 없었습니다. 배는 왜 또 그리도 고픈지…… 그래도 서울 생활 몇 년째라는 박성구는 크게 걱정하지 않았습니다. 그는 안절부절못하고 있는 나를 보고 자신만 따라오라고 했습니다. 갑자기 그가 커 보이고 믿음직스러워 보였습니다. 나는 박성구를 따라 여름의 따가운 햇살을 받으며 걸었습니다. 그때 나는 서울 지리에 어두워서 어디를 어떻게 걸었는지는 몰랐지만 나중에 알았습니다. 모래내에서 연희동, 연세대, 신촌 등을 지나 서울역으로 갔던 것이었습니다. 그때 처음으로 말로만 듣던 서울역사를 보았습니다.

1977년 8월이 얼마 남지 않은 날이었습니다.

박성구를 따라 서울역과 남대문 사이에 있는 조그만 직업안내소 여러 곳을 찾아다녔습니다. 하지만 가는 곳마다 첫마디는 소개비를 가져왔느냐는 이야기였습니다. 소개비가 없으면 조금 기다리라는 거였지요. 하루종일 서울역 주변에 있는 수많은 직업소개소를 다녔지만 취직을 할 수 없었습니다. 소개비가 없어서 그랬을 것입니다. 해는 지고 어둠이 몰려왔습니다. 배는 오래전부터 고파서 고픈지 아픈지 잘 몰랐습니다. 아침부터 저녁까지 아무것도 먹지 못했으니까요. 나는 성구를 따라 서울역 화장실에서 고개를 처

박고 수돗물로 배를 채우는데 자꾸 눈물이 나왔습니다.

노숙 3일째

한낮 무더위는 밤이 이슥해질수록 으슬거리며 한기를 느끼게 했습니다. 나는 얼른 가방에서 봄에 입던 긴소매 옷을 꺼내 입고 성구와 함께 육교를 건너 서부역공원 벤치에서 주워온 신문지를 몸에 덮고 잠을 청했습니다.

새벽녘 어디론가 떠나는 열차의 기적소리에 자꾸 외할머니의 모습이 떠올랐습니다. 외갓집도 생각이 나고 골맛집도 그리워졌습니다. 눈물이 났습니다. 밤새 잠이 들다가 깨다가 하면서 아침이 왔습니다.

그날도 우리는 여러 곳의 직업소개소를 돌았지만 결과는 없었습니다. 이틀을 굶고 나니 현기증이 났습니다. 어떻게 하루를 보냈는지 기억도 나지 않았습니다.

3일째 되는 날 아침에 눈을 뜨자 옆 벤치에서 잠을 자던 성구가 어디를 갔는지 보이지 않았습니다. 화장실에 갔으려니 기다렸는데 오전 10시가 되도록 나타나지 않았습니다. 저 혼자 갈 길을 간 모양이었습니다. 독한 놈 가면 간다고 말이나 하고 가지……

나는 10시가 넘어 비틀거리며 성구를 따라 다녔던 직업소개소를 다시 찾아갔습니다. 다리에 힘이 없어 계단을 올라가지 못하고 직업소개소 입구에 쪼그리고 앉았습니다. 그리고 한참을 졸았나 봅니다. 갑자기 떠드는 소리에 고개를 들자 누군가 나를 내려다보고 있었습니다. 배가 나온 40대 초반의 무섭게 생긴 아저씨였습니다. 슬리퍼를 신고 반팔티에다 검은 반바지를 엉덩이쯤에 걸친 턱수염이 북슬북슬 많이 난 덩치가 큰 아저씨였습니다. "어디, 취직할 거야?" 나는 무조건 머리를 끄덕였습니다. "아라이 구하는데 할 거야?" 그래도 끄덕였습니다. 아라이가 무슨 뜻인지 무얼 하는 것인지 알 수는 없었지만 무조건 한다고 했습니다.

설렁탕집 '아라이' 생활

그 아저씨를 따라 택시를 타고 어디를 얼마나 달렸을까, 나중에 알았지만 점심때쯤 도착한 곳은 강동구 길동 작은 도로변에 위치한 설렁탕을 전문으로 하는 식당이었습니다. 그는 나를 데리고 식당 안으로 들어가더니 조그만 구석방에 가방을 두고 따라오라고 했습니다. '밥을 주려나 보다. 배가 고파 죽을 뻔했는데 잘되었다.' 근데 웬걸 나를 주방으로 데리고 갔습니다.

주방에는 여러 명이 일을 하고 있었는데 눈코 뜰 새 없이 바빠 보였습니다. 그는 나를 주방 한 구석에 그릇이 산더미처럼 쌓인 곳에 데려가더니 여기서 그릇을 닦으라는 것이었습니다. 그때 나는 비로소 '아라이'가 그릇을 닦는 일인 것을 알았습니다.

그릇은 닦아도 닦아도 끝도 없이 쏟아졌고 나는 정신없이 닦았습니다. 접시를 깨뜨리기라도 하는 날엔 어김없이 주방시다의 국자가 내 머리통을 사정없이 내려쳤습니다. 하루종일 설거지를 해서 저녁이면 손이 불어터져 있었고 지문도 없어졌습니다. 그래도 때가 되면 밥을 먹을 수 있고 밤이면 작은 구석방에서 잠을 잘 수 있다는 사실이 참으로 행복했습니다. 그러고 보면 행복이라는 것도 별것 아니었습니다. 배부르게 밥 먹고 일하고 잘 곳 있으니 당장 행복해 지는 것을…… 그런데 왜 사람들은 쉽게 행복해 하질 못하는 것일까요.

여름이 가고 어느덧 가을이 성큼 다가왔습니다. 식당에서 일을 한 지 2개월이 넘어서였습니다. 가로수 나뭇잎들이 노랗게 옷을 갈아입기 시작할 무렵이었지요. 그때 문제가 생겼습니다. 처음에는 밥 먹고 편히 잘 수만 있어도 행복했는데 조금씩 욕심이라는 놈이 고개를 들기 시작한 것입니다. 월급을 받고 싶어진 것이지요. 주인 부부는 그때까지 월급에 대해 한 마디도 하지 않았습니다. 한 달에 한 번씩 쉬는 날이면 목욕탕 다녀오라며 3백 원이나 5백 원 정도를 준 것이 전부였으니까요. 하루에 10시간 이상을 손이 퉁퉁 불어터지고 허리가 끊어질 정도로 중노동을 했는데도 말입니다. 그렇다고 음식 만드는 기술을 배우는 것도 아니고 걸핏하면 주방시다에게 국자로 맞고 시달려 가면서 말입니다. 이유는 별것도 아니었지요. 그릇 닦는 속도가 너무 느리다, 쉬는 시간에는 주방 청소를 해라, 대답이 늦다 등등이었습니다. 사는게 참 고달프다는 생각을 했습니다

어느 날 점심시간이 끝난 조금 한가한 시간에 주인에게 월급 이야기를 했습니다. 주인아저씨가 눈을 부라리며 "이제 배때기에 기름이 끼었구나. 우리는 재워주고 먹여주는 외에는 줄 수 없으니 알아서 해라"였습니다. 순간 속에서 무언가 끓어오른 나는 마음을 다잡지 못하고 작은 가방에 주섬주섬 옷을 챙겼습니다. 그러자 신경질적이고 말라비틀어진 주인 여자도 악을 쓰며 욕설을 퍼부었

습니다. "은혜도 모르는 새끼. 다 죽어가는 것을 데려다가 배때기에 기름 끼게 해 줬더니, 이 새끼야, 그동안 니가 먹고 잔 게 얼만데 도로 토해 놓고 가 이 새끼야!" 참 나쁜 사람들이었습니다.

지금까지 모두 그런 식으로 배달하는 아이들이나 아라이를 구해서 한 달이나 두 달가량 일을 시키고는 월급 이야기를 하면 부부가 악다구니를 하며 내쫓아 버리곤 했다는 이야기를 일하는 사람들에게 들었습니다.

그렇게 지긋지긋한 식당에서의 아라이 생활은 두 달만에 끝이 났습니다.

황금마차다방 주방시다

침식제공 월 5천 원

그래도 한번의 경험이 많은 도움이 되었습니다. 식당에 들어가 한 달에 한 번씩 노는 날 목욕비용 등으로 그동안 모아 두었던 몇 백 원의 돈이 있어서 다행이었습니다.

25원의 차비를 내고 버스를 타고 다시 서울역으로 갔습니다. 서울역 주변 낯익은 직업소개소들을 찾아 다녔습니다. 하지만 역시 소개비 없이 취직을 하려니 괜찮은 공장 같은 곳은 없었고 갈 수 있는 곳이라고는 신발 밑창을 붙이는 본드공장, 막일을 하는 농장 같은 곳밖에는 자리가 없었습니다. 다시 서울역과 서부역 공원을 오가며 3일을 보냈습니다.

날씨가 두 달 전과는 많이 달라져 있었습니다. 늦은 밤이 되면 추위에 몸을 떨었습니다. 사람이 죽으란 법은 없나 봅니다. 떨다가 방법을 생각해냈습니다. 추운 밤에는 공원을 서성이며 추위를 견디고, 햇살이 따뜻한 낮에는 벤치에서 잠을 잤습니다. 나는 직업소개소에서 소개를 받는 것을 그만두고 직접 직장을 구하기로 했습니다.

나흘째 되는 날 아침. 직업소개소 계단 앞에 쪼그리고 앉아 이곳을 드나드는 사람들을 관찰했습니다. 사람을 구하러 온 것 같으면 내가 먼저 물었습니다. "사람 구하세요?" 그들에게서는 여러 가지 반응이 왔습니다. "무슨 일을 하는데, 기술 있어? 어디서 왔니. 나이는?" 등을 묻고 사라지곤 했습니다.

그런데 그날 오후 해가 뉘엿뉘엿할 무렵 스무서너 살은 되었음직한 남자가 다가왔습니다.

"사람 구하세요?"

"그래, 다방에 주방시다 구하는데 할래?"

얼마나 듣고 싶었던 말인지 모릅니다.

나는 마포대교 건너기 전 마포 가든호텔 뒤 건물 1층에 있는 30여 평 규모에 테이블 열여섯 개 정도가 있는 '황금마차다방'에 주방시다로 취직이 되었습니다. 침식제공하고 월 5천 원을 준다고 했습니다.

그날 다방의 큰 창 밖으로 보이는 나무에는 노랗게 물든 은행잎이 참으로 아름다워 보였습니다. 그곳에서 나의 이름은 '장 군'이었습니다. 나이가 조금 든 남자에게는 성씨 앞에 미스터를 넣어서 불렀지만 나는 아직 어리기 때문에 장 군이 된 것이지요. 이곳에서 생활은 오전 7시에 일어납니다. 물론 내가 잠자고 사용할 방이 있을 리 없었지요. 다방에 딸린 조그만 방 두 칸이 있었지만 이곳에서 침식을 하는 아가씨들이 방 한 칸을 사용했고 나머지 한 칸은 주방장인 미스터 리가 사용을 했습니다.

나는 영업이 끝난 뒤 홀의 의자를 붙여 만든 간이침대에서 잠을 잤습니다. 아침마다 대걸레로 홀 청소를 끝내고 주방의 연탄불 위에 커피잔 소독과 석유 난로에 불을 붙여 주방장이 느긋하게 일어나 커피 끓일 물을 준비해 두면 되는 것이었습니다.

아가씨들은 가게 주방에서 밥을 해서 먹었습니다. 가게 안에 냄새가 배인다는 이유로 찌개 같은 것은 끓이지 못하게 했기 때문에 밑반찬과 김치 등으로만 식사를 했습니다.

오전 8시에 다방 문을 열면 그때부터 주변 회사나 사무실 등에서 일명 모닝커피 배달을 시켰기 때문에 아가씨들은 주로 배달을 다녔습니다.

그리고 오전 10시쯤 늦은 아침을 먹고, 곧바로 점심 손님 맞을 준비를 했습니다. 이윽고 12시가 지나면 점심을 먹은 주변 회사원들을 상대로 또 전쟁 같은 시간을 보내고 오후 2시가 넘어서 점심을 먹지요. 그러고 나면 일명 단골손님들이 찾아와 아가씨들을 옆에 앉혀놓고 커피나 쌍화차 등을 시켜 죽 때리면서 피아노(몸을 만지는 것을 말함)를 칩니다. 그것은 아가씨들의 은어이기도 했고 그 시절에는 그러한 모습들이 자연스러웠습니다.

저녁 퇴근시간이 되면 샐러리맨들의 이런저런 약속 때문에 또 한바탕 손님 전쟁을 치르고 밤 8시쯤 저녁을 먹습니다. 그리고 늦은 시간 찾아오는 손님들은 몇 명 되지 않은 아가씨들의 단골들이었습니다. 그들은 일명 위스키를 시켜 마셨습니다. 커피 한 잔에 130원 하던 시절에 위스키는 조그만 요구르트 잔으로 한 잔에 천 원씩을 받았으니까요. 위스키라고 해야 정말 위스키는 아니었고 슈퍼에서 구입한 캡틴큐에 커피 몇 방울 떨어트려 주는 것이었습니다.

밤 10쯤이면 다방 문을 닫았습니다. 설거지와 홀 청소 등을 끝내고 나면 밤 11시. 의자를 붙여 간이침대를 만들면 비로소 나만의 시간이 되었습니다.

가끔씩은 꿈을 꿉니다. 아라이를 하면서 꾸지 않았던 고향의 꿈을 다시 꾸기 시작했습니다. 뭔가 외로움이 있었던 게지요. 내가 뛰어놀면서 삐삐를 뽑아먹던 만수네 산, 뻐꾸기 소리가 이곳까지 아련하게 들려왔습니다. 그럴 때면 늘 골맛집 봉당에 앉아 졸고 있었습니다. 하지만 행복한 마음에 눈을 뜨면 낯선 곳의 천장이 보이곤 했습니다. 무엇이 나를 그렇게 외롭게 했던 것일까요. 눈물이 흘러내려서 베갯잇이 축축했습니다.

어느덧 시다가 된 지 한 달이 되어 첫 월급으로 5천 원을 받았습니다. 감격스러웠습니다.

월급을 받은 다음 날은 다방이 쉬는 날이었습니다. 아침 일찍 목욕탕으로 가서 2백 원을 주고 목욕을 하고 가게로 돌아왔을 땐 가게 안에는 아무도 없었습니다.

계절은 늦가을로 접어들어 나뭇가지에는 몇 잎 남지 않은 나뭇잎이 바람에 떨고 있었습니다. 그때 문득 누군가가 보고 싶었습니다. 그러자 봉천5동 101번지에 작은이모(김영희)가 산다는 이야기를 언젠가 들은 기억이 있었습니다. 갑자기 그토록 그립던 이모가 보고 싶어 지자 작은 가슴이 뛰기 시작했습니다.

봉천동 101번지

작은이모네 집

물어물어 시내버스를 갈아타고 내린 곳은 봉천동 85번 종점이었습니다. 종점에서 내려 101번지를 찾았습니다. 옛날에는 큰 산이었지 싶은 커다란 언덕이 있었고 그 언덕에 다닥다닥 붙어 있는 판잣집들, 그곳이 옛날 산이었던 101번지라고 했습니다.

수도 서울에 산동네 판자촌이 있다는 사실이 놀랍기만 했습니다. 판잣집 사이로 사람 한 명 겨우 다닐 만큼의 길도 그러했고 비탈진 길을 걸어 올라가자니 산에 오르는 것처럼 숨이 찼습니다. 다행이었던 것은 작은이모가 살고 있는 주인댁 이름이 민석이네 집이라고 알고 있다는 것이었지요. 그렇게 수소문해서 찾은 민석이네 집은 산 중턱을 훨씬 넘어 비탈에 위태로이 서 있는 판잣집이었습니다.

판자로 된 문을 밀고 들어섰습니다. 삐거덕거리는 문소리가 났지만 아무도 내다보는 사람이 없었습니다. 마당도 없는 집은 방이 여러 개 붙어 있었고 방들의 문고리에는 큰 자물쇠가 굳게 채워져 있었습니다. "아무도 안계세요" 라고 두세 번 소리쳐 불렀더니 잠시후 어느 방에선가 얼굴이 하얗고 키가 작은 30대 초반의 남자가 부스스한 머리를 하고 나왔습니다. "누구를 찾아요?" 나는 이모를 찾아왔다는 것과 이름이 김영희라는 것을 한참 동안 설명한 끝에 그 사람이 뜻밖에도 작은이모와 동거를 하고 있는 소위 이모부라는 사실을 알았습니다. 그래도 그는 처음 보는 나를 반겨주며 방으로 들어오라고 했습니다.

방은 두 사람이 누우면 비좁을 정도로 좁았고 방과 붙어 있는 부엌은 더 작았습니다. 바람이 불면 판자로 된 벽이 흔들렸습니다. 얼마나 시간이 흘렀을까 한동안 이모부라는 사람과 서먹한 분위기 속에서 앉아 있는데 이모가 들어왔습니다. 이모는 어린 나이에 객지에 나왔으므로 나는 이모를 몇 번 보지 못했습니다. 그런데도 정이 많은 이모는 진심으로 나를 반겨 주었습니다. 밥은 먹었냐, 뭐 먹고 싶냐, 지금 어디서 무슨 일을 하냐, 일은 할 만하냐, 놀다가 밥 먹고 자고 가라 하면서 등을 토닥여 주었습니다. 오랫동안 서러움만 받고 살아와서 그런지 이모의 그런 말과 행동에 콧등이 시큰거렸습니다. 나는 그날 이모네 집에서 자고 가라는 말에 정말 자고 오고 싶었습니다. 그러나 돌아가야 했으므로 저녁에 이모네 집을 나서면서도 그 미련에 자꾸만 뒤를 돌아보았습니다.

그때부터 쉬는 날이나 힘든 일이 있으면 작은이모네 집을 찾아

갔습니다. 부탁을 하기 위해서도, 하소연을 하기 위해서도, 도움을 받기 위해서도 아니었습니다. 그냥 가서 이모 얼굴만 보고 오기만 해도 좋았습니다. 아직은 열일곱 살 마음에 기댈 수 있는 사람이 무척 그리웠나 봅니다.

작은이모네는 산 중턱에 방 한 칸짜리 월세를 살고 있지만 그곳에서는 우리네 사람 냄새가 났습니다. 화장실은 얼기설기 만들어 놓은 푸세식으로 월세를 사는 사람들이 공동으로 사용했습니다. 때로는 아침 시간에 줄을 지어 차례를 기다리고 있는 모습을 보기도 했습니다.

가뭄이 드는 여름에는 수돗물이 나오지 않았습니다. 그런 날이면 산동네 사람들은 물차가 오는 날 산 아래 마을까지 물지게를 지고 내려가 길게 줄을 서서 한 통에 5원씩 하는 물을 사서 짊어지고 언덕배기를 올라와야 했습니다.

공동 수돗가에는 물을 받기 위해 언제나 사람들이 줄을 지어 서 있었습니다. 어떤 날은 사람대신 물동이만이 남아서 하염없이 차례를 기다리기도 했습니다.

찬바람이 불어오는 가을이 시작되면 연탄과의 전쟁이 시작됐습니다. 산 아래 마을이 아니면 연탄배달 아저씨들이 산꼭대기 집까지는 배달을 해주지 않았습니다. 가끔 이모네 집에 놀러왔다가 연탄을 들여오는 날이면 함께 거들기도 했습니다. 나는 얼굴과 손에 시꺼멓게 연탄가루를 묻히고 헉헉거리며 연탄을 산 중턱으로 옮기면서도 즐거워했습니다. 그렇게 이모는 오랫동안 봉천동 101번지를 떠나지 못하고 살았습니다. 나도 이모네 집을 들락거리면서 조금씩 봉천동에 정이 들어 갔습니다.

그러면서 이모가 살고 있는 봉천동 현대시장 좌판에 앉아서 먹는, 엄청 양이 많았던 비빔국수와 102번 종점 앞에 있는 할아버지 할머니가 운영하는 선지해장국집의 해장국을 좋아하게 되었습니다.

을지로 매다방 시절

월급 1만5천 원

황금마차 주방시다 생활 3개월 만에 다방이 다른 사람에게 팔렸습니다. 주인은 나보고 계속 남아서 일을 하라고 했지만 그동안 알고 지냈던 다방에 재료들을 대주는 재료상회 사장의 소개로 중구 을지로에 있는 다방으로 자리를 옮기게 되었습니다. 쉽게 말해서 더 좋은 조건으로 스카우트를 당한 것이지요.

기왕이면 시내에서 생활하는 것도 좋겠다 싶었습니다. 다음 날부터 을지로 상가에 있던 매다방의 주방시다로 자리를 옮겨 일을 하게 되었습니다. 주방장은 나이가 조금 들어 보이는 장창권 씨로 나와 같은 성씨였고 다방에선 그를 미스터 장으로 불렀습니다. 나는 숙식제공을 받고 월급 1만5천 원을 받기로 했으니 많이 성장한 것이었습니다.

이곳의 생활도 마포에서와 비슷했지만 일은 훨씬 바빴습니다.

그래도 이곳에는 내가 잠을 잘 수 있는 방이 한 칸 있었습니다. 아가씨들이나 주방장이 출퇴근을 했기 때문에 혼자 다방에서 잠을 잤습니다.

시내라서 아무래도 격이 달랐습니다. 가게에는 마담을 포함하여 대여섯 명의 아가씨들이 있었습니다. 새벽부터 밤늦도록 눈코 뜰 새 없을 정도로 손님이 많았습니다. 언제 아침을 먹었나 생각하면 어느새 저녁이 되어 있었고, 밤 11시쯤 되어서야 모두 퇴근하고 혼자 텅 빈 다방에 앉아 있으면 자유인이 되었습니다. 그때부터 다음 날 오전 7시, 가게 셔터 문이 올라가기 전까지 혼자만의 공간이지요. 그래서인지 이곳에서 생활하는 동안 외로움은 덜 탔습니다. 나는 나지막하게 유선방송을 틀어 놓고 음악을 듣기도 했고 일기를 쓰기도 했습니다. 가끔은 고향에 있는 친구들에게 보낼 편지를 쓰기도 했지만 보낸 기억은 없었습니다. 조금씩 서울 생활에 적응이 되어가고 있었던 것입니다.

다방은 2층에 있었고 그 건물 지하에 '희원'이라는 술집이 있었습니다. 조금 한가한 오후 시간에 아가씨들이 다방에 가끔씩 들러 주위의 눈치도 아랑곳하지 않고 담배를 피우고 커피를 시켜 마시며 이야기를 하다가 돌아가기도 했습니다. 촌놈인 내가 보아도 모두 예뻤습니다. 그렇게 모여 앉아 당당하게 담배를 피우는 모습이 그리 나쁘게 보이지 않았던 것은 그들에게서 동병상련을 느꼈기 때문이었을 것입니다. 그때 가수 혜은이의 '진짜 진짜 좋아해'라는 노래와 '제3한강교'가 히트곡으로 자주 방송을 타고 흘러 나왔습니다.

나는 그해 겨울이 지나고 훈풍이 불어오는 1978년 봄이 올 때까지 살아 있는 것에 감사하며 조금씩 서울 생활과 다방 생활에 적응해 가며 열심히 살았습니다.

곪아 썩어가는 발목

이윽고 봄이 시작되고 꽃소식이 왔습니다. 매다방에서 어느 정도 인정을 받아서 조금씩 꿈이라는 것을 꿀 수도 있을 때였습니다. 그런데 호사다마라고 했던가요. 어느 날인가 일이 끝나고 저녁때쯤 왼쪽 발목이 아프기 시작했습니다. 다음 날 파스를 사다가 붙였는데도 통증은 더욱 심해져만 갔습니다. 며칠이 지났지만 나아지지 않고 발목 부위가 붓기 시작하더니 잠을 잘 수 없을 만큼 통증이 왔습니다. 그렇다고 일을 하지 않을 수도 없으니 절뚝거리면서 일을 해야 했습니다. 그러다가 일과가 끝난 밤이 되면 40도를 넘나드는 고열 때문에 밤을 새우곤 했습니다. 얼음물을 갖다 놓고 찜질을 해도 그때뿐이었습니다. 급기야 참을 수 없는 고통 때문에 병원을 찾았는데 의사는 뼈가 곪아 썩어가고 있으니 당장 수술을 해야 한다고 했습니다. 의료보험이 없었던 시절이라 돈이 없으면 치료를 받을 수도 없었습니다. 수술비용은 얼마나 필요하냐고 물었더니 적어도 10만 원 정도는 있어야 한다고 했습니다. 어떻게 그 큰돈을……

그동안 몇 개월 일을 하며 알뜰하게 모은다고 했지만 고작 2~3만 원이나 될까.

의사는 서둘러 수술을 하지 않으면 발목을 절단해야 할지도 모

른다고 했습니다. 정말 큰일이었습니다. 그러면서도 아픈 다리를
절뚝거리며 일을 했습니다.

아픈 놈만 서럽다고 주인이나 주방장, 아가씨들도 "큰일이다, 빨
리 치료를 해야지" 하면서도 그야말로 말뿐이었습니다. 어느 누구 신
경 쓰는 사람 없었습니다. 날이 갈수록 아픈 것은 더욱 심해졌고
계속 열은 올랐다 내렸다 했습니다. 도저히 견딜 수 없을 만큼 되
었을 때 큰맘 먹고 주인에게 가불 이야기를 꺼냈습니다. 병원비가
10만 원 정도는 든다고 하니 가불해 주면 치료하고 열심히 일해서
갚겠다고 했습니다. 그러자 주인은 "글쎄, 딱하기는 하지만 요즘 사
정이 어려워서 안되겠다"고 했습니다. 눈앞이 캄캄했습니다. 다른
방법이 없었기 때문이지요.

햇살이 등허리를 따갑게 할 정도로 여름이 가까워지고 있었습니
다. 거리의 가로수가 연한 녹색에서 짙은 색으로 변해 갈 때쯤 더
이상 걸어 다닐 수 없을 만큼 힘이 들었습니다. 어디로 가야 할까,
어떻게 해야 하나 하지만 아무리 생각을 해봐도 서울에서 내 작은
육신 하나 갈 곳이 없었습니다. 작은이모네를 생각했지만 사정을
뻔하게 알고 있는데 가봐야 걱정만 하겠지요.

10만 원, 꿈에서나 생각해 볼 금액을 무슨 수로 구해야 할지. 나
는 진통제 몇 알로 아픔을 견뎌야 했습니다. 통증이 너무 심할 때
면 죽고 싶다는 생각도 들었습니다.

그러던 어느 쉬는 날 안양에 있는 큰이모네를 찾았습니다. 집 안
에 아무도 없어 문 앞에서 기다리고 있는데 조그만 아이 하나가
들어오더니 나를 쳐다보았습니다. 그 애는 나에게 이종사촌 동생

이 되는 상연이었지요. 저녁 무렵이 다 되어 들어온 큰이모가 내 발을 보면서 혀를 찼습니다. "어찌 이래 가지고 다니느냐. 객지에서 살아남으려면 몸이라도 건강해야지"라며 금방 밖으로 나가더니 약국에서 약을 사다가 발라 주고 나머지는 싸 주었습니다. 그리고는 따뜻한 밥을 해서 차려주면서 다독였습니다. "객지에서는 뭐니뭐니 해도 건강이 제일이다. 아프면 바로 병원에 가보고, 니 몸 니가 건사해야지. 돌봐줄 사람 없이 살아야 하는 곳이 객지라는 곳이란다" 나는 큰이모의 따뜻한 말을 가슴에 안고 돌아왔지만 결국 며칠 만에 짐을 싸야 했습니다.

명덕 형의 도움으로 발목 수술을 하고

다음 날 나는 가방 한 개를 들고 마장동 버스터미널에서 점촌 가는 버스에 몸을 실었습니다. 문경새재를 넘어가는 버스 안에서 다리에 오는 통증보다 앞으로 어떻게 해야 할지가 더 걱정이었습니다. 외갓집에 도착해서 그간의 사정 이야기를 하자 외할아버지와 외할머니는 한숨만 내 쉴 뿐 방법이 없었습니다.

결국 외할머니와 당시에 안불정에 살고 계시는 어머니에게 찾아 갔습니다. "빨리 수술해주지 않으면 애 다리 잘라야 한다는데 우짜 노……" 그곳이라고 뾰족한 수는 없었습니다. 한숨만 내쉬었습니다. 어떻게 해야 하나…… 이대로 두면 뼈가 썩어 들어가서 발을 잘라 내야 한다고 하는데 더럭 겁이 났습니다. 다리를 잘라내고 절름발이로 살아야 하는 것은 아닌지 하고 말입니다. 그렇게 시골에 내려온 지 며칠이 지났습니다.

궁하다면 통한다고 나와 배 다른 명덕 형이 안불정에서 광산에 다니고 있었습니다. 그런데 광산에 다니는 사람들은 카드가 있어 먼저 치료를 받고 월급에서 몇 개월에 걸쳐 돈을 갚을 수 있는 방법이 있다는 사실을 알았습니다.

나는 어머니와 함께 명덕 형을 찾아가 상의를 했습니다. 우선 광산 지정병원에서 외상으로 치료를 받게 해주면 서울 올라가 돈을 벌어 갚겠다고 했습니다. 나로서는 최선의 방법이라고 했고 더 이상의 다른 방법이 없다는 이야기도 했습니다. 하지만 그것은 내 생각이었을 뿐이고 명덕 형은 굳은 표정으로 대답을 하지 않았습니다. 갑자기 서러움과 오기가 한꺼번에 밀려왔습니다. 치료고 뭐고 다 필요 없으니 당장 서울로 가겠다고 했습니다.

서울. 그곳에 나를 기다리는 사람이 있는 것도 아니고 거처할 곳이 있는 것도 아닌데 왜 서울로 간다고 했는지 모르겠습니다.

나는 외갓집으로 돌아와서 가방을 싸놓고 북받치는 서러움에 밤새 울었습니다. 두고 보자고, 돈 벌면 다 두고 보자고……

그런데 다음 날 느닷없이 어머니가 명덕 형의 병원 카드를 들고 왔습니다. 눈물이 날 정도로 고마운 일이었습니다.

나는 그날 오후 아픈 다리를 끌며 서둘러 점촌 문경가도에 있는 평안병원에서 진료를 받았습니다. 의사는 다리를 살펴보더니 "어떻게 이 지경까지…… 엄청 아팠을 텐데. 지금 당장 수술을 하지 않으면 큰일 날 수도 있어요." 순간 가슴속에서 깊은 슬픔이 밀려 왔습니다. 내 몸이 불쌍하다는 생각이 들어서였습니다. 주인을 잘 만났으면 호강을 했을 수도 있을 텐데. 나 같은 놈을 만나 변변히 치료도 받지 못하고 고생을 하고 있다고 생각하니 왠지 콧등이 시큰해졌습니다. 어쨌거나 그날 부분마취를 하고 수술을 했습니다. 뼈가 곪아 가고 있다고 하면서 뼈를 긁어 낼 때 정신이 아득해졌습니다. 이러다가 죽는 것은 아닐까 걱정이 되었습니다.

두어 시간 동안 걸린 수술이 끝나고 입원을 하라고 했지만 퇴원을 하고 통원치료를 받겠다고 했습니다. 그놈의 원수 같은 돈 때문이지요. 병원 침대에서 한 시간가량 마취가 풀리면서 오는 통증을 견디며 누워 있다가 외갓집으로 가기 위해 막차 시간에 맞춰 버스터미널로 갔습니다.

막차 버스는 학생들과 사람들로 만원이었습니다. 자리가 없어 한쪽 다리로 병원에서 빌려온 목발을 짚고 서 있는데 수술한 곳에서는 피가 계속 흘러내리고 있었습니다. 누군가 자리를 양보해 줘 앉았지만 통증과 흐르는 피 때문에 어떻게 외갓집에 도착했는지 기억이 없었습니다. 병원에서 준 진통제를 먹었지만 통증은 계속 이어졌고 그날 밤은 꼭 죽는 줄만 알았습니다. 밤새 악몽에 시달리면서 정말이지 다시는 기억하기 싫은 밤이었습니다.

그날 이후 매일같이 합승을 타고 병원을 오가면서 치료를 받았고 수술부위도 시간이 갈수록 조금씩 아물어 갔습니다.

한 달 정도가 지난 어느 날 나는 다시 서울행을 준비했습니다. 서울에서 조금 생활을 해본 탓인지 이제 겁은 나지 않았습니다. 어쩌면 서울이라는 도시에 중독이 되어 가고 있었는지도 몰랐습니다.

날씨는 이미 한여름으로 접어들고 있었습니다. 그렇게 마음을 다스리며 떠날 날을 기다리던 나는 떠나기 하루 전날 친하게 지내던 밀거등 밑에 사는 친구인 진수와 냇가에 앉아 시간을 보냈습니다. 밤하늘의 별빛은 무수히 떠 있고 금방이라도 쏟아질 것만 같았습니다. 우린 서로 말은 없었어도 서로에 대한 아쉬움 그리고 잘돼서 만나자는 생각을 했지요. 그날 밤이 이슥하도록 별을 헤아리며……

다방 주방장이 되다

다방 생활 1년 만에 주방장이 되고

나는 다시 서울로 올라와 이곳저곳 직장을 찾던 중 사당동 구 시장 앞 건물 지하에 있는 조그만 샘물다방에 직업소개소를 통해 주방장으로 취직이 되었습니다.

다방 생활을 시작한 지 불과 1년 만에 홀로서기로 주방장이 된 것이지요. 주방장이라고 해야 커피만 잘 끓이면 되었습니다. 당시엔 원두커피가 아니라 물에 커피 알맹이를 넣고 끓여 내었기 때문에 어느 정도 기술이 필요하기도 했습니다. 그동안 어깨 너머로 배우기는 했지만 커피 끓이기가 그리 만만한 것은 아니었습니다.

어느 날은 커피가 맛있다고 하다가 어느 날은 탄내가 난다든지, 배달 나갔던 커피가 맛이 없다고 다시 돌아오면 그야말로 죽을 맛이었습니다.

그때 나는 주방장으로 침식제공에 월 2만5천 원의 월급과 이틀에 한산도 담배 한 갑을 받기로 했거든요. 그동안 객지 생활을 하면서 가장 많은 돈을 받게 되었습니다. 그리고 나이도 두세 살 정도 속였습니다. 나이가 너무 어리면 주방장으로 받아주는 곳이 없었고 또 아가씨들에게 만만하게 보일 수 있기 때문이었습니다. 물론 주인은 내 나이를 알고 있었지만 호적이 잘못 되었다고 박박 우기곤 했습니다. 그리고 보건증을 만들어야 했으니까요.

작은 다방이었기 때문에 주방시다는 없고 나 혼자 모든 일을 다 해야 했습니다. 다방에서 일하는 식구들은 나를 비롯 주인의 친척인 카운터 아줌마 한 명, 30대 초반인 김 마담, 배달과 홀 서빙을 하는 아가씨 김 양과 박 양 등 5명이 샘물다방의 종업원들이었습니다. 김 마담은 주방장인 나에게 '장 군'이라고 불렀고, 김 양, 박 양은 '미스터 장' 아니면 '주방장님'으로 불러 주었습니다. 내가 워낙 덩치도 작고 어려 보였던 이유이기도 했고 실질적인 나이도 18살이었으니 그들 눈에도 조금은 어려 보였던 것일까요. 그래도 나이를 올려서 말했기 때문에 스무 살이던 박 양은 나보고 가끔은 '주방장님' 아니면 '오빠'라고 부르기도 했습니다. 누나에게 오빠라는 소리를 들으며 그렇게 객지 생활을 했습니다.

주방은 장판을 깔고 방처럼 꾸며 신발을 벗고 사용했으며 일이 끝나면 나는 그곳에서 잠을 잤습니다. 그리고 주방 뒤편에 딸린 작은방에는 마담이 그리고 아가씨들은 홀에서 의자를 붙여놓고 잠을 잤습니다. 식사는 아가씨들이 해서 먹었고 나는 늘 커피 맛 스트레스 때문에 신경이 곤두서 있었습니다. 그러나 가끔은 마담의 눈치 아가씨들의 눈치를 보면서 주인아주머니 모르게 모닝커피용으로 들여놓은 계란으로 후라이를 한 개씩 해서 마담과 아가씨들에게 인심을 쓸 양이면, 배달 나갔다가 커피 맛이 없다고 손님들이 불평을 해도 주인에게 이야기 하지 않고 나에게만 살짝 알려주는 호의를 보이기도 했습니다.

그런 날들을 보내던 중 나에게 좋은 소식이 전해졌습니다. 그때 원두커피가 처음으로 나왔던 것이지요. 그동안 사용했던 커피 알맹이를 끓는 물에 넣고 적당 시간, 온도, 불의 세기와 물의 양 등에 의해 커피 맛을 내야 하는 레귤러 커피 대신 마침내 원두커피가 나온 것이지요.

원두커피는 커피 알맹이를 기계로 곱게 갈아서 냅킨 몇 장을 깔고 그 위에 일정량의 커피가루를 넣고 끓는 물로 내리면 되는 것이었습니다. 지금보다 훨씬 쉬웠고 커피 맛도 좋았습니다. 이제 떳떳하게 할 수 있을 것 같았습니다. 그러다 보니 좋기만 한 것은 아니었습니다. 부작용도 있었지요.

그동안 주방장들이 나름 큰 소리를 친 것은 커피 끓이는 기술을 가지고 있는 것이었는데 이제는 기술 따원 필요 없게 된 것이지요. 그 말은 방법만 알면 누구나 쉽게 할 수 있다는 것이었습니다. 주방장이 없는 곳은 아쉬운 대로 누군가도 커피를 뽑아낼 수 있었기 때문이었습니다. 아무튼 그 조그만 다방에서 어른스러워 보이기 위해 기침을 해대며 담배를 배웠고 월급을 받으면 발목 수술 때문에 10여만 원 정도는 빚을 진 명덕 형에게 1만5천 원씩 보내주었습니다.

어느덧 푸르던 가로수의 나뭇잎들이 짙은 녹색으로 변해 갔고 지하 다방에 있다가 밖으로 나오면 햇살이 눈을 따갑게 했습니다. 그러면서 여름이 무르익었고 산이나 계곡, 바다 구경 한 번 하지 못하고 여름을 보냈습니다. 그래도 그리 덥지 않은 지하 다방에서 가끔 유선방송을 틀면 지지직거리는 스피커를 통해 '해변으로 가요' 등 여름을 대표하는 노래들을 들으며 아쉬움을 달랬습니다.

그해 여름은 나름 행복했습니다. 아픈 곳 없었고, 먹고 잘 곳이 있고, 직장이 있었으니까요. 사실 부러울 것이 없었습니다.

막연히 성공을 꿈꾸다

그러나 늘 행복했던 것은 아니었습니다. 하루 일과가 끝나고 이불을 펴고 누우면 가슴 한쪽이 비어왔습니다. 그런 밤이면 마담과 아가씨들의 눈치를 보면서 위스키를 만들기 위해 사다 둔 캡틴큐와 계란 후라이를 만들어 한두 잔을 마시고 잠을 청해 보지만 쉽게 잠들지 못했습니다.

지난날 고향으로 가는 버스를 타고 6시간을 달려가며 차창 밖으로 스쳐가던 싱그러운 바람, 고향의 터미널, 그 앞에 있던 찐빵집, 만수네 산 잎새 뒤에서 익어가는 산딸기, 낚싯대 하나 가지고 나가면 피라미 한 사발은 금방 잡을 수도 있는 상선네 집 앞 작은 냇가, 영강 너머 들려오던 열차의 기적 소리 등이 그리움으로 밀려왔습니다. 그렇게 모든 것이 그리워지는 밤이면 자꾸만 슬픔이 차올랐습니다. 어느 누구에게도 마음을 털어놓고 이야기할 사람도 없고 참으로 외로웠습니다.

이 세상에 혼자밖에 없다는 생각, 세상에 잊혀진 채 있어도 그만 없어도 그만인 것으로 살아가는, 꿈도 없고 바람도 없이 그냥 그렇게 살아 있으므로 살아가는 세상이었던 것입니다.

꿈, 꿈이라는 것, 혼자 꾸기에는 힘든 것이었습니다. 꿈도 나눔이 있어야 했고 교감이라는 것이 필요했었나 봅니다. 그렇게 외로움을 견디며 몇 개월이 지나가며 조금씩 안정을 찾았습니다.

그동안 주인아저씨와 아주머니도 나에게 일을 잘한다고 칭찬하면서 월급도 올려 주었습니다. 깐깐하다는 마담, 아가씨들과도 잘 지냈습니다. 명덕 형에게 빚진 돈도 거의 갚았습니다.

한 달에 한 번씩 쉬는 날. 뜨거웠던 햇살이 조금씩 누그러지는 초가을로 접어들 무렵 티셔츠와 검정바지 그리고 하얀 운동화로 한껏 멋을 내고 남산으로 향했습니다. 버스를 타고 남산 밑에서 내려 오르막길을 걸어 셀 수 없는 수많은 계단을 올라 정상에 섰습니다. 돈이 없어서 전망대는 올라가지 못했지만 도시를 내려다보았습니다. 산 위는 뿌옇게 흐려 있었고 사방으로 우뚝우뚝 서 있는 건물들과 아파트, 차량의 물결 등 눈앞에 펼쳐진 광경을 보면서 나는 이를 물었습니다. 가슴속으로 무엇인가 하나 가득 들어차는 듯한 느낌이었습니다. 성공하리라…… 지금은 비록 돈 때문에 전망대도 오르지 못하는 처지이지만 꼭 성공하리라…… 그때의 꿈은 그냥 '성공'이었던가 봅니다. 구체적으로 어떠한 성공을 하리라는 생각도 없이 말입니다. 그러면서 조금씩 고향을 생각하며 외로움을 견뎠습니다. 그렇게 마음을 다진 저녁이면 쉽게 잠들지 못했습니다. 무엇인가를 해서 성공을 하고 싶지만 무엇을 어떻게 해야 하는지 그 누구에게도 물어보거나 의논해 볼 사람은 아무도 없었습니다.

누군가 그랬던가요. 사는 것이 고통이라고…… 우리는 어디서 와서 어디로 가는 것일까. 무엇을 위해 우리는 살고 있는가. 무엇을 얻기 위해서……

가끔 쉬는 날 저녁 술에 취해 들어온 박 양은 혀 꼬부라진 목소리로 처량하게 노래를 부르기도 했습니다. 사-아-랑해선 안 될 사-아람을……

그러한 밤이면 나 혼자 '고향의 봄' 노래를 나지막이 부르곤 했습니다.

사당동 대성다방

월급 3만 원 받고 대성다방으로

샘물다방 주방장으로 제법 자리를 잡으면서 1978년의 봄과 여름을 보냈습니다. 그동안 봉천동에 살고 있는 작은이모도 샘물다방에 두어 번쯤 다녀갔고 나도 쉬는 날이면 봉천동 산동네 판자촌을 오르내리기도 했습니다.

다방이라는 곳이 그랬습니다. 오랫동안 한 곳에서 장사를 하는 사람들이 흔치 않았습니다. 그들은 다방을 구입해 장사를 하다가 다른 주인이 나타나면 팔고 또 다른 곳에서 장사를 하곤 했지요.

샘물다방도 그해 가을에 주인이 바뀌었습니다. 이곳에서 일하는 동안 재료상회를 통해 주변 다방 주방장들과 교류하면서 가끔 정보도 듣곤 했습니다.

나는 샘물다방 주인이 바뀌면서 재료상회 배 사장의 소개로 사당동 남성극장 옆 지하에 있는 대성다방으로 자리를 옮겼습니다. 대성다방은 샘물다방보다는 규모나 시설이 큰 곳이었습니다. 나는 그곳에서 3만 원의 월급과 하루에 한산도 한 갑을 받기로 했습니다. 주방이 넓었고 조그만 음악실과 카운터를 포함하여 여섯 명의 아가씨들이 있었습니다. 식사는 아가씨들이 주방에서 교대로 해먹었고 설거지도 자신들이 모두 알아서 했습니다.

그즘 주방장에 대한 예우가 조금 높아졌다고 해야 하나요. 다방 2층은 대성여관이었습니다. 방이 20여 개 되는 그리 크지 않은 여관이었습니다. 여관 주인이 건물 주인이기도 해서 대성다방도 그 주인에게 월세를 내고 있었지요. 그리고 2층 여관에 있는 조그만 구석방 한 칸을 주방장인 내가 쓸 수 있도록 해주었습니다. 대성다방은 방이 하나도 없었고 아가씨들은 모두 출퇴근을 했습니다. 그때의 다방 체제로서는 조금 특이한 일이었지만 할 만했습니다.

서울에 와서 한 번이라도 혼자만의 방에서 잠을 자본 적이 있었던가. 골방 아니면 창고 같은 방이 고작이었으니까요. 내 옷 한 벌 어디 걸어둘 곳 없이 생활하다가 어엿하게 구석방이나마 내 방이 생겼으니 얼마나 좋던지요.

대성다방의 생활도 다른 곳과 크게 다르지는 않았습니다. 오전

8시에 문을 열고 저녁 10시면 영업이 끝나는데 주방 청소와 홀 청소 그리고 셔터를 내리고 여관방으로 올라가면 밤 11시쯤 되었습니다. 여관은 그때부터 바빴고 여관 카운터에 앉아 손님을 맞고 방을 안내하고 심부름 하는 내 또래의 이영학이라고 하는 조바가 있었습니다. 충남 천안이 고향이라고 하는 그는 얼굴이 하얗고 나보다 키가 큰 편이었지요. 그리고 눈웃음이 고운 남자였습니다. 그도 외로웠나 봅니다.

그는 내가 다방 문을 닫고 올라가면 카운터 방으로 끌어들여 이런저런 이야기를 하면서 놀기를 좋아했습니다. 때로는 그에게 이끌려 밤을 새운 적도 많았고 가끔씩은 소주와 오징어 한 마리를 가지고 둘이서 홀짝거리기도 했습니다. 그러다 보면 대개 새벽 2시가 넘어가고 그때부터 그는 더욱 바빠져 나는 방으로 가서 잠을 잤습니다. 그렇게 함께 할 친구가 생겨 위안이 되었고 나와 영학이는 차츰 좋은 친구가 되어 갔습니다.

그렇게 대성다방에서 적응해 가고 있던 어느 날이었습니다. 주방일을 하고 있는데 느닷없이 카운터 김 양이 누군가 나를 찾아왔다고 했습니다. 나는 얼른 생각해보았지만 작은이모 아니고는 찾아올 사람이 없는데 기대 반 궁금증 반으로 홀로 나갔습니다. 그곳엔 내 또래의 한 남자가 앉아서 반가운 표정으로 웃고 있었습니다. 눈매가 성깔 있게 보이기는 했지만 귀공자풍이었고 아무렇게나 걸치고 있는 점퍼가 왠지 잘 어울리는 남자였습니다.

내가 그의 앞에서 쭈뼛거리고 서 있자 그 남자가 활짝 웃었습니다.

"반갑습니다. 저는 김수암이라고 하는데예. 저, 형씨가 샘물다방에 있었지예."

경상도 사투리가 심했습니다.

"예, 그런데요."

"제가 형씨 그만두고 그곳에서 주방을 보고 있는데예. 물어보고 싶은 것이 있어서예."

무엇이 궁금해서일까?

그가 돌아간 뒤에 나는 한참을 키득거리며 웃었습니다. 자신이 그곳에서 주방을 보고 있는데 손님들이나 아가씨들이 하나같이 커피 맛이 없다면서 자꾸 전에 있던 주방장의 커피 맛 이야기를 했다는 겁니다. 웃음이 났습니다.

그 일 이후 알게 된 수암은 자주 전화를 했고 일을 끝내고 대성 여관으로 나를 찾아오기도 하면서 나와 수암, 영학이는 말로만 듣던 사회 친구가 되었습니다.

우리 세 명은 대성여관에 모여 소주도 한잔 마시고 세상 이야기를 하며 서로의 우정을 다져갔습니다. 그런 날이면 수암은 나와 함께 구석방에서 자고 새벽 일찍 그가 일하는 다방으로 돌아가곤 했습니다. 그 친구들 덕분에 혼자 누워서 우는 횟수도 줄어 갔고 일에 즐거움을 느끼며 그렇게 시간은 흘러갔습니다. 속절없이……

영학이는 영리한 친구였습니다. 여관 조바로 일을 하면서도 손님들이 여자를 원하면 근처 사창가에 전화를 해 불러 주고는 소개비 명목으로 돈을 받고 또 숙박 손님들이 맥주와 땅콩 같은 것을 시키면 슈퍼에서 그것을 사다주고 비싼 가격을 받아 돈을 챙기곤 했습니다.

수암이는 영학이보다 귀공자풍이고 잘생겼지만 머리는 둔했지요. 그러나 매사에 적극적이고 씩씩한 편이었습니다. 어떤 행동을 하려고 마음먹었으면 아무 생각 없이 행동으로 옮기는 성격 때문에 때로는 문제가 생기기도 했습니다. 생각이라는 것을 하기 싫어하는 친구이기도 했습니다. 그래서 수암이 때문에 많이 웃기도 했지요. 술을 마시고 가다가 옆에 지나가던 사람이 기분 나쁘면 나쁘다고 싸우는 친구였지만 양복을 입으면 절대 시비를 일으키지 않았습니다. 이유는 간단했습니다. 비싼 양복을 버릴까 봐 참는다는 그런 친구였습니다.

외로운 친구들

수암, 영학, 형준, 국환

김수암. 경남 마산이 고향이고 대성다방에서 알게 된 친구였습니다. 그는 늘 웃으며 지냈지만 속이 없고 철이 없던 친구이기도 했습니다. 고향에 홀어머니가 계시고 아들은 자신 하나밖에 없다며 늘 입버릇처럼 객지 생활 힘들면 언제든지 고향으로 내려가면 그만이라던 친구였습니다. 그동안 주로 다방 주방장을 했는데 내가 방위소집을 받으러 시골로 가면서 연락이 끊겼다가 몇 년이 지난 후 내가 방황하던 시절 마산에 가서 만났던 친구. 그때도 별 하는 일 없이 동거녀가 벌어오는 돈으로 술에 절어 살았는데 내가 경찰관이 되어 마산을 지나는 길에 만나 본 수암은 목수가 되어 있었습니다. 그리고 세 딸아이의 아버지가 되어 오토바이를 타고 다니면서 여전히 낮부터 불콰하니 술에 취해 있었습니다.

그러던 어느 날 그의 처에게 갑자기 연락을 받은 것은 그 친구가 간경화로 세상을 떠나 장례를 치렀다는 안타까운 소식이었습니다. 그 친구 나이 마흔다섯 살. 우리의 인연은 거기까지였습니다.

이영학. 충남 천안이 고향으로 이영민이라고도 했습니다. 호적 나이가 줄었다고 하는 그는 정확한 나이를 지금도 알 수 없습니다. 그의 주민등록증을 본 적이 없기 때문이지요. 고향에 나이 드신 노모가 혼자 살고 계시다는 것이 우리가 알고 있는 내용 전부였습니다. 그는 이재에 밝았습니다. 우리는 몸으로 뛰어서 밥을 먹는 스타일이지만 영학은 머리를 이용하여 먹고살았습니다. 방을 얻어서 자취를 할 때 그는 칠팔 세 되는 어린 남자 아이 하나를 데리고 살았습니다. 누구냐고 물었더니 길거리에 혼자 돌아다녀 불쌍해서 데려왔다고 했습니다. 우리는 모두 그의 행동에 놀라며 용기 있다고 탄성을 질렀지요. 영학이에게 그런 면도 있구나, 불쌍한 사람을 돕는 것이 얼마나 아름다운 일인가 하고 말이지요. 그런데 다음 날부터 그 아이는 서울역에 나가서 껌을 팔았습니다. 돈을 벌어오면 영학이에게 맡겨놓는 형식인데 그 돈을 그 아이에게 주었는지는 모르겠습니다. 그렇게 조금 살다가 아이는 그의 곁을 떠나고 말았지요. 그것은 앵벌이 아니었을까요? 지금도 그 내막에 대해서는 알 수가 없습니다.

그 친구와의 인연은 내가 방위소집을 받으러 고향으로 내려갈 때쯤 영등포에서 다방에 재료 배달을 하는 그를 잠깐 만나 본 것이 전부였습니다. 연락을 하고 싶어도 지금 어디서 무엇을 하는지 알 수 없기 때문이지요. 그와의 인연은 그렇게 짧게 끝이 났습니다.

  정형준. 경남 마산이 고향으로 정성준이라고도 했습니다. 자신은 1960년생인데 그의 형과 호적이 바뀌어 주민등록상 1958년생으로 우리 중 방위소집 받으러 가장 먼저 고향으로 내려간 친구입니다. 그 역시도 다방 주방장이었는데 한 곳에 오래 있지를 못하고 이곳저곳으로 자주 옮겨다니며 생활하다 또래인 우리와 인연을 맺었지요. 모두 낯선 객지에서 힘들고 외로워 허덕일 때였으니까요. 그때는 내가 작은이모가 살던 봉천동101번지의 판잣집을 보증금 3만 원에 월세 5천 원씩 주고 방 한 칸을 얻어 놓았는데 객지에서 만난 친구들이 쉬는 날이나 직장을 그만두고 갈 곳이 없으면 그 방에 모여들곤 했습니다. 우리는 그가 방위소집 영장을 받고 고향으로 내려가기 전날 청량리역 앞에 있던 맘모스 나이트클럽에서 송별식을 했습니다. 우리의 주머니 사정으로는 크게 마음먹은 것이지요. 가진 것 없이 객지에서 서로 허덕이며 살아온 외로운 영혼 하나를 떠나보내기가 참으로 싫고 서러웠습니다. 우리는 한잔의 술에 서러움을 담아 마시며 떠나가는 친구를 위해 가슴속에서 북받쳐오는 감정을 억누르고 하염없이 술잔을 비웠습니다.

  김국환. 서울 동대문 제기동에 사는 친구로 나와 같은 나이였지요. 그의 어머니는 그곳에서 식당을 했고 우연히 다방에서 알게 되어 우리와 어울렸습니다. 성격이 남자답고 시원시원하면서 남을 배려할 줄도 아는 친구여서 좋아했습니다. 나와 그는 서로 지지 않으려는 성격 때문에 많이도 싸웠습니다. 그는 덩치도 좋았고 주먹도 잘 썼습니다. 10·26사건 이후 그는 삼청교육대에 끌려가 4주간의 교육을 받고 온 적이 있었는데 그후 그의 성격이 바뀌기 전까지는 친구들과 술을 먹다가 말다툼을 하게 되면 결국 나와 둘이만 남게 될 때가 많았지요. 주먹질까지 하게 되는 날이면 어김없이 나의 얼굴은 엉망이 되었지만 나는 한 번도 졌다고 한 적이 없어서 오히려 싸움을 할라치면 그가 나를 피하곤 했습니다. 어느 때 우리가 쌀이 없어 굶을까 걱정되어 그의 집인 제기동에서 쌀을 퍼 담아 버스를 타고 봉천동 산101번지 내 방까지 메고 헉헉거리며 가져다주는 참으로 인정 많은 친구이기도 했습니다. 이 친구와는 지금도 만나며 인연을 맺고 있습니다. 가끔씩 40년 가까이 된 이야기를 하면서 웃기도 합니다

나는 수암, 영학, 형준, 국환 그들과 지내면서 많은 일들을 겪었습니다. 한번은 우리 모두 시골로 들어가 농사를 짓고 살자는 의견을 낸 적이 있었습니다. 사는 게 참 팍팍하고 힘들어서 누군가 의견을 내자 좋다는 뜻이 모아졌던 것이지요. 이꼴저꼴 보기 싫으니 심산유곡 산골로 들어가 우리끼리 짐승 키우고 농사지으면서 살자고. 그래서 우리는 이곳저곳으로 땅을 보러 다녔습니다. 충북 음성 생극 산골짜기까지 다녔습니다. 지금 생각하면 참으로 우스운 해프닝이 아닐 수 없지요. 서로 가진 돈 한 푼 없이 땅을 보러 다니고 시골에 가서 살자고 했으니 말입니다. 가진 것은 없었지만 철없던 젊은이들이 이런 허황된 생각마저 하지 않았다면 어쩌면

엉뚱한 생각을 했을 수도 있었겠지요. 이렇게 친구들을 만나 외로움과 서러움을 조금씩 나누었기에 삭막하고 힘든 도시 생활에서 살아남을 수 있었던 것인지 모르겠습니다

재료상회 배달원

대성다방을 그만두고

대성다방에서 여름을 다 보내고 겨울쯤 해서 자리를 옮겼습니다. 사당동에 있는 동경이라는 조그만 지하다방이었습니다.

대성다방을 그만두게 된 이유는 다방 일을 끝내고 영학이와 여관 안내실에서 소주병을 놓고 푸념하고 있을 때 갑자기 여관에 잘 나타나지 않던 건물 주인이자 여관 주인인 홍 사장이 왔다가 이 모습을 보고는 "이 새끼 일 끝났으면 가서 잘 일이지 조바까지 일 못하게 하고 조그만 것들이 술판을 벌이냐?"면서 핏대를 세우고 나를 무지막지하게 때렸습니다. 나는 그날 밤 한마디 말도 하지 못한 채 흠씬 두들겨 맞았습니다.

그 다음 날 멍이 든 몸으로 끙끙거리며 주방에 있는데 그가 다방으로 찾아와 다방 사장에게 종업원 버릇 잘 가르치라고 난리를 치고 사라졌고 다음 날 나는 통증이 심한 몸을 끌고 가방을 싸서 나왔던 것입니다.

그래서 평소 알고 지내던 재료상회 배 사장의 소개로 다시 동경다방에서 일을 하게 되었습니다. 그곳에서 일한 지 2개월쯤 지난 어느 날 배 사장이 나를 찾아와 그와 함께 일을 하자고 제의를 해했습니다. 장사를 배워 보라는 것이었지요. 그의 말은 언제까지 다방에 있을 것이냐, 장사를 배우면 나중에 가게라도 할 수도 있지 않겠느냐 등의 솔깃한 제안이었습니다.

짐자전거로 배달일을 하며

나는 1979년 3월쯤 다방 생활을 그만두고 사당동에 있는 그의 재료상회에서 일을 하게 되었습니다. 그때까지 배 사장은 가게에 딸린 방에서 혼자 밥을 해먹고 거래처를 다니며 배달을 했지요. 그는 총각이었는데 자수성가를 한 성실하고 착실한 사람이었습니다. 어느 날부터 거래처가 늘어남에 따라 사람이 필요했던 것입니다. 그때부터 나는 재료상회 배달원이 되었습니다. 나보다 큰 짐자전거에 사이다, 콜라, 커피, 프리마, 설탕, 인삼차, 쌍화차 등을 잔뜩 싣고 주로 사당동 지역 다방을 돌면서 배달해주고 주문받고 수금하는 일이었습니다. 짐자전거에 그 전날 주문받은 물건을 잔뜩 싣고는 차량이 쌩쌩 달리는 도로를 지날 때면 무서웠습니다. 넘어지면 큰일이니까요. 그나마 자전거를 타고 달릴 때면 괜찮았지만 짐을 실은 자전거를 세우려면 무척 힘이 들었습니다.

어느 날은 뒤에 음료수를 잔뜩 실은 채 두어 번 넘어진 적이 있었는데 산산조각난 병을 보면서 한숨을 쉬기도 했습니다.

배 사장과 함께 같은 방에서 잠을 잤고 내가 밥을 해서 먹으면서 월 3만5천 원을 받았습니다. 월급 두 번 받고는 재료 배달하는 일을 접었습니다. 너무 힘이 들었기 때문이지요.

1989년 5월경쯤이었습니다. 그래도 힘들고 외로우면 찾는 곳이 이모네 집이었습니다. 다 낡아빠진 벽이 흔들리는 단칸방이지만 나는 그곳이 좋았습니다. 그곳에 가면 사람 사는 냄새가 났으니까요. 그때는 아직 친구들을 다 알기 전이었습니다.

그때 이모부는 봉천동에 있는 한식집에서 주방일을 하고 있었고 이모는 모자공장에 다니며 맞벌이를 하고 있었습니다. 그래서 이모네 집을 찾아가는 날이면 어린 동생만 코를 흘리며 혼자 놀고 있을 때가 많았습니다.

나는 아무도 없는 방에 들어가 이모부가 빌려다 놓은 만화책을 보면서 이모를 기다리곤 했습니다. 하나밖에 없는 이모네 작은 방에서 며칠 신세를 졌습니다. 눈치도 보이고 잠을 잘 때면 한 벌밖에 없는 바지가 구겨지지 않도록 신경을 써야 했지만 뚜렷이 갈 곳이 없었습니다. 다시 생각해도 나란 놈은 참으로 한심했습니다. 갈 곳도 없고 돈도 없는 데다 무엇을 믿고 일을 그만두고 이러고 있나 생각하니 정말이지 한숨만 나왔습니다.

눈이 시리도록 햇살이 화사한 날이었습니다. 재료상회는 그만두었지만 가끔 들렀다가 일이 바쁘면 몇 군데 배달을 해주기도 했습니다. 그날도 급한 음료수 배달 두어 군데 해주고 돌아왔을 때였습니다. 그때 친구 수암이가 싱글거리며 재료상회로 나를 찾아왔습니다.

"니, 와 그리 연락이 안 되노? 며칠을 찾았는데. 답답해서 혹시 해서 여기 와 봤다 아이가."

연락이 안 될 수밖에요. 이모네 집에 전화가 없었으니 연락하려 해도 연락할 수 있는 방법이 없었지요. 아주 급한 일이면 이모부는 주인집인 민석이네 집으로 전화를 하여 이모를 바꾸어 달라고 부탁을 하거나 말을 전해 달라는 방식이 통신수단이었을 때였으니까요.

　사람이 죽으란 법은 없나 봅니다. 그가 가지고 온 소식은 그야말로 나에게는 가뭄에 단비 같은 것이었지요.

봉천동 개나리다방 주방장

월급 4만5천 원 고액연봉을 받고

　봉천5동 85번 종점 근처에 큰 상가가 들어섰는데 지하에 다방이 하나 생겼다고 했습니다. 3명이서 동업으로 만든 다방으로 주인들이 경험이 없는 사람들이어서 책임지고 일할 주방장을 찾는다고 했습니다. 마음이 끌렸습니다. 무엇보다 봉천동은 작은이모가 살고 있고 그곳은 이모네 집과 가깝기도 했습니다. 나는 다음 날 면접을 보고 주방장으로 합격을 했습니다. 월급 4만5천 원에 하루에 거북선 한 갑. 내가 서울에 와서 가장 고액연봉을 체결한 것이었지요. 무엇보다 마음에 드는 것은 유선방송이 아닌 전축으로 음악을 틀어주는 것이었는데 전축을 주방에 들여 놓고 음악도 내가 골라서 틀어주는 것이었습니다. 정말 신이 났습니다. 이제는 외롭지 않아도 될 만큼 친구들도 생겼고 객지에서의 생활에 어느 정도는 적응이 된 듯도 했습니다. 이모가 시장에 왔다가 다방에 들르는 날이면 주방장 권한으로 커피도 한잔 대접하면서 나만의 자리를 잡아 갔습니다.

나는 평소에도 듣고 싶었던 블루진의 서글픈 사랑, 전영록의 애심, 윤항기의 장밋빛 스카프, 윤수일의 사랑만은 않겠어요, 하남석의 밤에 떠난 여인 등을 틀어가면서 흥얼거리기도 했고 감상에 빠져들기도 했습니다. 노래 가사들이 모두 가슴 깊숙이 와 닿았습니다. 잠을 잘 때에도 음악을 들었습니다. 객지에서의 외로움과 허전함을 음악으로 달랬던 것이지요.

깡패의 길에서 용연 형을 만나다

건달 생활

그때는 동네를 어슬렁거리는 건달들이 유난히 많았습니다. 갓 스무 살이던 내가 볼 때 그들이 참 멋있어 보였습니다. 어깨에 힘을 주고 건들거리며 다방에 들어와서도 여유를 부렸습니다. "야! 따끈한 커피 한 잔 다오." "진하게 위스키 한 잔 가져와라"며 거만을 떨었고 차를 마시고 앉아 있으면 마담이 알아서 담배도 가져다

주고 때론 다방 아가씨들이 붙어 앉아 애교도 부렸습니다. 그들은 마음에 드는 아가씨가 있으면 영업시간 중이거나 바쁘거나 상관 없이 "야, 나가자"하고 손목을 끌고 나가면 그만이었고 누구도 항의를 하거나 불만을 표시하지 못했습니다.

짧은 머리에 검은 양복, 반짝거리는 구두, 보기만 해도 괜히 주눅이 들고 허리가 휘었습니다. 우리 종업원들에게는 하늘처럼 우러러 보이는 사장에게도 거침이 없었습니다. "어이, 김 사장님. 오늘 저녁 후배들 하고 대포 한 잔 하려고 하는데……" 라고 하면 사장은 아무 말도 못하고 카운터에서 하얀 봉투를 만들어 주기까지 했습니다. 그들은 눈을 찡그리며 봉투 안을 들여다보고는 "우리가 거진 줄 아셔?" 라고 인상을 쓰면 더 채워 주어야 했지만 싫은 내색은 하지 못했습니다.

그러던 어느 날이었습니다. 봉천동에서 철이 형하면 젊은층에서는 누구나 알아주는 시쳇말로 잘 나가는 깡패였습니다. 그때는 조폭이라는 단어가 없을 때였지요. 누구든 철이 형에게 걸리면 죽는다는 말도 있었고 선배들도 철이 형에게는 한풀 죽고 들어간다는 소문이 있을 만큼 깡도 좋았고 주먹도 세었지요.

어느 날 영등포에서 왔다는 잘 나가는 건달이 우리 다방에 와서 영업 시간에 강제로 아가씨를 데려가려고 실랑이를 하다가 다방 앞에서 철이 형과 마주쳤습니다.

"아가씨 그냥 놓고 점잖게 가라."

"이 새끼가 내가 누군 줄 알고 까불어. 죽기 싫으면 꺼져 이 자식아."

결국 주먹이 오갔습니다. 영등포 건달은 철이 형의 주먹 한 방을 얼굴에 맞고 코피가 터지며 나뒹굴었습니다. 그는 순식간에 옆에 있는 슈퍼에 뛰어 들어가 맥주병을 가지고 나와 깨더니 피범벅이 된 얼굴로 죽이겠다며 깨진 병을 휘두르며 덤볐습니다. 옆에서 지켜보던 나는 그 모습이 너무 무서웠지만 철이 형은 눈 하나 깜짝하지 않았습니다. 결국 그는 무참히 얻어맞고 도망을 갔습니다.

그 이후 철이 형은 봉천동 유흥가에서는 더욱 유명인이 되었고 다방 종업원들에게는 영웅이 되었습니다. 그날 저녁 영업을 끝내기 위해 청소하는 시간에 철이 형이 술에 취한 채 혼자 다방으로 들어왔습니다.

"야, 위스키 한 잔 가져와라."

나는 얼른 위스키에 얼음을 띄우고 냉장고를 뒤져 오이 한 조각과 함께 가져다주었습니다. 나는 그날 종업원들이 모두 퇴근을 한 다음 영웅 같은 형과 몇 번이나 위스키를 사다 나르고 함께 술을 마시며 밤을 새웠습니다. 그것이 나에게 새로운 인생의 시작이 되었습니다.

어느 날 그는 공식석상에서 나를 동생으로 인정해주고 그렇게 불렀기 때문이지요. 나도 그를 '형님'으로 불렀습니다. 그러나 그를 따르는 동생들 다시 말해서 그 동네 깡패들이 볼 때는 우스운 일이었지요. 겨우 다방에서 차나 끓이며 주방일을 하는 보잘것없는 놈이고 그렇다고 깡이 있거나 주먹이 있는 것 같지도 않았으니 말입니다. 작고 야윈 체격과 순해 보이는 인상, 나도 그것이 마음에 들지 않았습니다. 강한 사람으로 보이고 싶었으니까요.

그런 내가 그들과 형제라고 했으니 그를 따르는 동생들에게 많은 불만들이 있었겠지만 그들에게 있어서 철이 형의 말은 곧 법이었기 때문에 대놓고 불만을 표시하거나 반대를 하지 못했습니다. 나는 그때부터 어깨에 힘을 주고 다녔지요. 다방 문을 닫는 시간이면 전과 다르게 봉천동 산동네에 얻어놓은 단칸방으로 퇴근하기보다는 형제들과 시간을 보내야 했지요. 그들은 철이 형이 없으면 나를 그들 속에 끼워주려고 하지 않았지만 나는 틈만 나면 함께 어울리기 위해 눈물겹도록 노력을 했습니다.

스무 살의 젊은 혈기에 무엇이 두렵겠습니까? 다방 앞 포장마차에서 잘 마시지도 못하는 소주를 인상을 써가며 두 병을 마신 날이었습니다. 세상이 조그맣게 보였습니다. 누구든 주먹 한 방이면 날려 보낼 수도 있을 것 같았습니다. 그때 마침 일명 똘마니들이 몇 명 지나갔습니다. 열여덟 살가량 되는 그들은 나에게 깍듯이 "형님, 안녕하십니까요"라고 90도로 인사를 하고 지나가야 했지만 못 본 척 그냥 지나쳤습니다. 순간 "야! 이 씹새들아. 형님을 보면 인사를 해야지" 지나가는 그들을 향해 소리를 질렀습니다. 그러자 그들은 어이없다는 표정으로 나를 쳐다보며 비아냥거렸습니다.

"뭘 봐. 이 새끼야. 인사하라니까. 인사는 안 하고 뭘 그렇게 쳐다봐."

나는 맨 앞에 서 있는 덩치의 무릎을 힘껏 걷어찼습니다. 그리고는 그들에게 아무 소리도 못하고 멱살잡혀 근처 골목 안으로 끌려갔습니다. 그날 나는 그들에게 복날 개가 몽둥이로 맞듯이 죽도록 맞았습니다. 그런데 이상한 것은 그렇게 맞으면서도 아프다는 통증보다도 오히려 가슴이 후련해지는 느낌이 들었습니다. 얼마나 맞았는지 정신을 잃고 쓰러져 있다가 그날 밤 쏟아지던 소나기에 겨우 정신을 차려 기어서 다방으로 들어와 그 다음 날까지 끙끙거리며 앓았습니다.

며칠 후 철이 형이 그 소식을 듣고 저녁 나절 나에게 전화를 걸어 근처 칵테일바로 나오라고 했습니다. 약속 장소로 갔더니 그곳에는 나를 구타했던 동생들과 철이 형이 함께 앉아 있었습니다. "어차피 니들끼리 해결해야 할 문제이니 시간 오래 끌지 말고 오늘 해결하도록 해라" 간단한 말이었습니다.

그들 4명과 나는 85번 종점을 지나 고물상이 있는 앞마당으로 갔습니다. 일대일로 싸우는 것이었지요. 싸움을 못하는 나였지만 이상하게도 겁이 나지 않았습니다.

처음에는 '곰'이라는 별명을 가진 상국이가 나섰습니다. 1분도 지나지 않아 상국의 빠른 발과 주먹에 나의 얼굴이 피투성이가 되었습니다. 이리저리 피해 다녀도 맞았고 아무리 손을 휘둘러도 상대방이 맞지를 않자 더욱 오기가 생겼습니다. 잠시 후 내 얼굴이 피투성이가 된 것을 보고 그는 긴장을 조금 풀었던지 내가 앞으로 가까이 갔는데도 피하지 않고 멀뚱거렸습니다. 순간 키가 큰 상국이 얼굴을 보면서 힘껏 뛰어오르며 인정사정없이 내 머리로 그의 얼굴을 들이받았습니다. "퍽" 소리가 났습니다. 커다란 덩치가 얼굴을 감싸 안고 주저앉았습니다. 나는 피투성이가 된 얼굴을 손으로 훔치며 그들을 향해 소리쳤습니다.

"또 언놈이야 씨팔, 빨리 나와."

그 상황을 지켜보고 있던 태권도 고수라는 날렵한 성구가 다가오더니 내가 폼을 잡기도 전에 벌써 그의 발차기에 수차례 얻어맞아서 몇 번이나 바닥을 굴렀습니다. 어떻게 손 한 번 휘두를 시간도 주지 않았습니다. 자꾸만 오기가 생겼습니다. 오뚜기처럼 넘어지면 일어나고 또 일어나고를 반복했습니다. 얼굴은 피범벅이 된 상태지만 꺾이지 않았습니다. 계속 때리기만 하던 성구도 지친 듯했습니다. 그도 이마에 땀이 맺히고 숨이 거칠어지기 시작했으니까요. 오히려 나는 얼굴은 피범벅이 되었지만 차분해졌습니다. 그는 독기로 가득 찬 내 눈이 무서웠는지 내 눈을 피했습니다. 나는 순간적으로 그에게 달려들어 껴안고는 그의 귀를 물어뜯었습니다. 사실 물어뜯기를 의도했던 것은 아니었는데 순간적으로 그렇게 행동을 했던 것이지요. 결국 서 있던 두 명이 달려들어 한참만에야 나를 떼어 놓았습니다. 그의 귀는 새끼손가락만큼 잘려져 떨어질듯 덜렁거리고 있었습니다. 코뼈가 으스러져 버린 상국, 귀가 잘려진 성구. 나는 아무것도 보이지 않았습니다. 피범벅이 되어 이글거리는 눈으로 "누구야! 다음은. 어떤 놈이야. 빨리 나와, 왜 안 나오는 거야. 아니 두 놈 다 한꺼번에 덤벼 아주 죽여 줄 테니까……" 나머지 두 명은 나올 생각이 없는지 멀뚱히 서 있었습니다.

"됐다. 그만하자 그만하면 충분해."

이윽고 철이 형이 말렸습니다.

그는 두 명을 병원으로 데리고 가게 했고, 나는 철이 형을 따라 근처 조그만 병원에서 치료를 받았습니다.

"그래, 그런 근성이 있으면 되는 거야. 너는 앞으로 대성할 기질이 있으니 운동 열심히 해라."

철이 형은 치료가 끝나고 봉천동에서 제일 좋은 여관으로 나를 데리고 갔습니다. 그날 내가 태어난 후 가장 좋은 침대에서 그 형과 나란히 누워 깊은 잠을 잤습니다.

봉천동 악바리

그 사건 이후 나에게도 동생들이 생겼습니다. 나를 보면 먼저 인사를 했고 스스럼없이 형님이라고 불러 주었습니다. 나도 선배들을 보면 무조건 허리부터 꺾었습니다. 자랑스러웠습니다. 드디어 조직원이 된 것이지요. 조직폭력배라는 단어가 없을 때였고 조직폭력배 소탕 같은 것도 없을 때였지요. 주로 건달이라고 부를 때였습니다. 나쁜 말로 깡패, 같은 '식구'라는 표현을 썼지요. 소위 식구가 되면 혜택도 많았습니다. 적어도 그 지역에서 영업을 하고 있는 술집이건 식당이건 가서 먹고 마시면 되었습니다. 돈을 달라고 하는 주인은 없었지만 간혹 달라고 해도 외상이라고 하면 그만이었습니다.

그렇게 되자 내가 일하던 다방에서의 일들이 소홀해지고 밖으로 나도는 시간은 많아졌지만 그것은 아가씨들이 조금 도와주면 되는 것이었습니다. 그래서 다방은 나로 인하여 건달들에게 피해를 입지 않게 되자 불만은 없었습니다. 선배나 후배들도 식구가 일을 하는 다방이나 가게는 출입을 자제했기 때문이지요.

그곳에서 내 별명이 생겼습니다. '악발이'였습니다. 이름보다도 별명이 통하던 시절이었으니까요. 가끔씩 동생들에게 훈계를 할 때도 있었습니다. 그때부터 나에게 나쁜 버릇이 생겼습니다. 그들 앞에서 훈계를 할 때면 먼저 나의 팔을 담뱃불로 지져서 상처를 내는 것이었지요. 그러고 나서 보란 듯이 동생들을 때렸습니다. 그래야 행동이 더 거칠어 보였기 때문이기도 했습니다.

나의 왼쪽 팔목과 오른쪽 팔목에 담뱃불 자국이 하나 둘 늘어갈 때마다 나의 별명은 봉천동 시장 바닥에 조금씩 나돌았고 나는 더욱 어깨에 힘을 주고 거만하게 시장 골목을 누비고 다녔습니다. 동생들 앞에서 담배도 멋있게 피워야 했고 먹지 못하는 술도 멋있게 단번에 마셔야 했습니다. 깡패가 무엇이길래. 그래도 즐거웠습니다.

"누구든 걸리면 나한테 죽는 거야. 까불기만 해봐. 어이, 아줌마 누가 와서 까불면 내 이름을 대. 내가 악발이야, 악발이. 날 알아 두면 이 동네에선 안 되는 게 없다고……"

커다란 병맥주 몇 병을 공짜로 마시면서 호기를 부렸습니다. 또 어떤 날은 통행금지 시간을 알리는 사이렌이 울려 다니지 못하는 시간에도 밤의 황제라는 방범 아저씨들이 검문하면 "어, 수고하슈"하고 지나가면 되었습니다. 모든 것이 내 세상인 듯싶었습니다. 정말 건달이 되려면 호방해야 했고 행동도 대범해야 했습니다. 동생들을 만나면 "야, 이리 와라. 형이 술 한잔 사줄게" 근처 호프집이나 소줏집에서 술을 마시며 존재감을 과시했습니다. 술은 공짜라 하더라도 종업원들에게 팁은 대범하게 줘야 했고 그리고 동생들 보낼 때 차비도 넉넉하게 챙겨줘야 했습니다. 몇 번 그러고 나면 내 월급의 반은 그냥 없어져 버렸지만 그래도 좋았습니다.

그렇게 건달 생활에 만족해 가면서 세월은 흘렀습니다. 봉천동에 얻어놓은 월셋방을 드나들면서 그곳을 찾아오는 친구들과 봉천동 시장 건달들에게 기대어 조금씩 고향의 그리움도 잊혀지면서 어느새 6개월이 훌쩍 지났습니다. 비록 바람이 들어오고 판잣집으로 된 벽이지만 처음으로 가져본 조그만 방 한 칸. 참으로 감격스러웠습니다. 보증금 3만 원에 월세 5천 원. 수도가 없어 늦은 밤이건 새벽이건 호수를 연결해 놓고 물 나오기를 기다려야 했습니다. 그마저 물이 나오지 않을 때는 산 밑에 있는 공동수도에서 물을 받아 산 중턱까지 들어 날라야 했고 연탄 배달은 아예 해주지 않아 산 밑에서 집까지 나르면서도 즐거웠습니다.

　온기 없는 싸늘한 방에서 머리끝까지 이불을 뒤집어쓰고 황소바람을 피해 잠을 잤습니다. 그리고 아침에 출근할 때 문을 잠그고 나갈 수 있는 열쇠는 나의 재산목록 1호가 되었습니다. 고물상 몇 군데를 기웃거려 브라운관 앞에 미닫이문이 달려 있는 흑백 텔레비전 한 대를 방 한 구석에 갖다 놓았습니다. 세상 모든 것을 다 가진 듯 싶었습니다. 어떤 부자라도 부럽지 않았습니다.

　나는 텔레비전이 보고 싶어 일이 끝나기 무섭게 달려오기도 했지요. 하루에도 몇 번씩 나오는 심수봉의 그때 그 사람, 조용필의 돌아와요 부산항을 들으며 나도 남들처럼 평범하게 살 수 있었으면 하는 생각을 했습니다.

　그렇게 1979년의 여름과 가을이 갔고 봉천동 101번지 조인화 씨 댁 월셋방에서 문고리에 손이 쩍쩍 달라붙던 지독히도 추웠던 겨울을 보내는 동안 나는 점점 멋쟁이가 되어 갔습니다. 깡패가 되어 근처 양복점에서 난생처음 거금 3만 원을 주고 검정색 양복도 한 벌 맞추었습니다. 와이셔츠 하얀 깃을 양복 밖으로 내어 멋을 부리면서 동네를 어슬렁거렸습니다.

그때 어쩌면 큰 두목이 되는 꿈을 꾸었는지도 모르겠습니다. 멋있게 주먹도 잘 쓰고 부하도 많이 거느린, 그런 꿈을 꾸던 나에게 어느 날 주방에서 일을 하고 있는데 뜻밖의 낯선 사람이 찾아왔다고 아가씨가 알려주었습니다.

경찰간부인 용연 형을 만나고

식구들이겠지. 무심코 나와보니 경찰 제복을 입은 사람이 구석 자리에 앉아 나를 보고 환하게 미소를 띠고 있었습니다. 그리고 그의 양 어깨 위에는 무궁화 하나가 눈부시게 얹혀 있었습니다. 덜컥 겁이 났습니다. 도둑이 제발 저리듯 바짝 긴장하며 서 있는 나를 보고 "나를 잘 모르지. 나는 너하고 이종사촌으로 용연이 형이야. 아까 영희 이모네 들렀더니 네가 이곳에서 일한다고 알려주더구나" 하면서 손을 내밀었습니다. 나는 갑자기 이종사촌 형이라는 말에 왈칵 눈물이 쏟아질 뻔했습니다. 뜻밖에 사촌 형과의 만남이 왜 그렇게 기뻤는지요. 나는 그가 내민 손을 꼭 잡았습니다. 그리고 형과 나는 커피를 마시며 한참 동안 이야기를 했습니다. 용연 형은 나에게 따뜻한 웃음과 함께 '경찰간부후보생'이라는 글씨와 독수리가 그려진 초록색 보자기 하나를 주고는 가방을 들고 씩씩하게 돌아갔습니다. 참 부러웠습니다. 게다가 멋있는 경찰 제복과 빛나는 무궁화 계급장까지……

아, 10 · 26 그리고 군인들

박정희 대통령 서거

날씨가 매우 춥던 어느 날이었습니다. 다방 일을 끝내고 카운터에서 거북선 담배 한 갑을 꺼내어 한 개비를 뽑아 불을 붙혀 물고 폼나게 다방을 나섰습니다.

"형님 안녕하십니까?"

동생들인 성길과 종민이 지나다가 허리를 꺾었습니다.

"어, 그래. 저녁 먹었냐. 안 먹었으면 나랑 해장국이나 한 그릇 하자."

객기를 부렸습니다.

"근데 형님 아십니까?"

"뭣을?"

소주잔에 술을 채우기도 전에 성길이가 말을 건넸습니다.

"박통이 총 맞고 죽었다고 하던데요."

"뭔 소리야…… 그러면 북한 놈들이 왔다는 말이냐?"

"그게 아니고요. 뭐, 우쨌던 총 맞고 죽었다던데……"

술잔을 비우며 서로가 떠들었지만 모든 것은 헛소리려니 했습니다.

10월 유신인가 뭔가 때문에 말만 조금 잘못해도 잡혀가던 시절이었지요. 때문에 박정희 대통령이 총을 맞고 죽을 일은 없다는 생각이었습니다. 누가 감히 대통령을 죽이려 했던 것이 국민들의 일반적인 생각이었지요. 그렇게 무서웠던 박정희 대통령이 정말 총을 맞고 죽었나 보다 하고 확인한 것은 그날 저녁 무렵부터였습니다.

TV와 라디오가 한 목소리로 충격적인 보도를 했습니다. 박정희 대통령 서거 특보로 세상이 온통 충격에 휩싸였습니다. 사람들의 발걸음이 빨라졌고 서로 눈치를 보았습니다. 있는 사람은 있는 사람대로, 없는 사람은 없는 사람대로.

찬바람이 쌩쌩 불고 그해 겨울은 그렇게 유난히 일찍 찾아오는 듯했습니다. 나이 든 어른들이나 젊은 우리네들이나 걱정이 되기는 매한가지였습니다. 예비군들은 동원령이 내려지고 휴가 중인 군인들은 모두 귀대한다고 했습니다. 이러다 전쟁이 나는 것은 아닐까 걱정이 되었습니다. 밤거리를 쏘다니고 싶은 마음이 사라졌고 가끔 두세 명씩 모이면 조용히 술만 한 잔씩하고는 전 같으면 어깨에 힘을 주고 "잘 먹었어. 뭔 일 있으면 연락해"라고 거만을 떨었겠지만 그냥 주인 눈치를 보면서 조용히 빠져나와 서로의 집으로 돌아갔습니다.

그럴 즈음 내가 살고 있던 판잣집에는 형준과 수암. 그리고 가끔씩 영학이도 오고 국환이가 들락거리면서 지냈는데 형준은 아예 제 방처럼 와서 살았습니다. 바로 옆방에는 나보다 두세 살가량 많은 남자와 그 또래 여자가 동거를 하고 있었습니다. 집으로 들어오는 입구에 공동화장실이 있는데 그곳에서 마주칠 때면 그 집 남자는 내가 어려워 늘 먼저 허리를 깊숙이 구부리곤 했지요. 그의 직업은 목수로 '정 목수'라고 불리는 것을 나중에 알았습니다. 그는 "곧 난리가 난다는데 이사 안 가도 되나 몰라요"라며 걱정을 했지만 내가 해줄 수 있는 말은 딱히 없었습니다. 그날 처음으로 정씨의 방에서 그의 동거녀가 만들어 내놓은 돼지고기 볶음과 찌개를 곁들여 소주를 마시며 밤을 새웠습니다. 덕분에 그의 동거녀는 산밑 구멍가게까지 몇 번을 오르락내리락하면서 소주를 사다 날라야 했습니다.

정씨는 23세였는데 그때 나도 몇 살 정도는 나이를 속이고 다닐 때여서 오히려 정씨가 나에게 형이라고 불렀습니다.

다음 날 다방 일을 마치고 문을 닫는데 갑자기 총을 든 군인들이 몰려 들어와 자리를 잡고 앉았습니다.

"어이, 여기 위스키 한 잔만 줘."

대뜸 반말이었습니다. 나는 그들의 어처구니없는 행동에 눈꼴이 시었습니다. 감히 내가 누군데 니들이 협박을 하는 거냐며 눈을 치켜뜨고 그들을 노려보자 험상궂게 생긴 하사 계급장을 단 군인 한 명이 내게로 다가왔습니다.

"뭘 봐, 이 새끼야. 기분 나쁘다는 거야? 겁 없는 새끼 죽여줄까."

그의 입에서 훅 술 냄새가 났습니다. 그는 총을 들어 개머리판으로 내 가슴을 서너 차례 툭툭 쳤습니다. 이걸 어떡해야 하나. 순간 부아가 끓어올랐습니다. 그때 밖에서 소위 계급장을 단 군인 한 명이 출입문 쪽에 나타났습니다.

"너희들 거기서 뭐하는 거야. 빨리 안 나와?"

소리를 지르자 그들은 우르르 몰려 나갔습니다.

"이 새끼. 너 두고 봐."

하사 계급장이 나를 쳐다보며 험악한 표정으로 말을 던지고 밖으로 뛰어나갔습니다.

온통 군인들 세상이었습니다. 탱크도 보였고 군복 입은 사람들 밖에는 보이지 않았습니다. 모두 총을 든 채로…… 그리고 며칠이 지나서 우리는 박정희 대통령이 왜 총을 맞았는지 누가 쐈는지를 자세히 알게 되었습니다. 중앙정보부장 김재규, 과장 박선호, 대통령 비서실장 김계원 등이 모두 잡혀서 조사를 받고 있다는 사실도 알게 되었습니다. 포승에 묶인 채로 TV에 나오는 김재규를 보면서 괜히 욕을 해댔습니다. 분향소에는 조문객들의 행렬이 끊이지 않았습니다. 그곳에서 애도를 하는 사람, 심지어는 실신을 하는 사람들 모습까지도 TV중계를 했습니다. 영결식 날은 모두 길거리에 나와 통곡을 하는 모습을 보여 주었습니다. 국화꽃으로 치장한 장례행렬과 끝없는 조문객들…… 이러다가 우리나라가 끝나는 것은 아닐까 걱정도 되었습니다.

그날 이후 재미있던 깡패 생활이 시들해졌습니다. 그래도 내가 좀 나간다는 깡패인 줄 알았는데 총 든 군인들 앞에서 말 한 마디도 하지 못하고……

나는 얼마 지나지 않아 개나리다방을 그만두었습니다. 또 감성이 발동을 한 것이지요. 깡패 생활을 접으려면 일단 봉천동 시장 바닥을 떠나야 한다고 생각했습니다. 폼잡고 다니면서 어떤 꿈이라도 있는 줄 알았는데 조용히 생각해보니 꿈도 희망도 없었습니다. 기술을 배우는 것도 아니고 그렇다고 돈을 모으는 것도 아니었으니 말입니다. 겨우 벌어서 하루하루 먹고살아 가는 외에는.

깡패를 해서 무엇을 할 것인가. 둘러보니 주변 깡패들이니 선배들 어느 하나 변변한 사람이 없었습니다. 몸 하나 누일 수 있는 방

한 칸 없이 떠돌이 생활을 하고 나이 많은 부모 밑에 붙어서 기생하는 모습들만 보였습니다. 그렇게 생각하자 술집에 가서 폼 잡는 것도, 공짜로 술 마시는 것도, 주인들이 고개 숙여 쩔쩔매는 것도 한심하다는 생각이 들었습니다. 싸움이라면 둘째가라면 서러워할 철이 형도 그맘때쯤 봉천사거리 똘마니 한 명을 때려 구치소에 가 있어서 가끔 면회를 다녀오곤 했는데 그 역시 초라해 보이기는 마찬가지였습니다.

세상은 어지럽고 시끄러웠습니다. 집에 틀어박혀 꼼짝도 하지 않고 며칠을 누워 있었습니다. 자주 들락거리던 영학, 형준, 수암 그들은 모두 어디로 갔는지 코빼기도 보이지 않았습니다.

갑자기 외로워졌습니다. 세상에 혼자밖에 없다는 생각이 들었습니다. 순간 죽음을 생각했습니다. 정말 자살이라도 해 볼 심정으로. 도대체 나는 이 세상에 왜 태어난 것일까……

문틈 사이로 칼바람이 들어오는 겨울날, 연탄불이 꺼진 지 며칠이 지났는데 한기조차 느끼지 못했습니다.

부평으로 노가다를 다니다

입에서 단내가 나도록 모래를 져 나르며
그해 12월이 다된 어느 날 저녁. 연탄불도 꺼진 싸늘한 방에 이불 하나 덮고 누워 있는데 옆방에 살고 있는 정씨가 문을 두드렸습니다.

"장형, 뭐하십니까. 저하고 술이나 한 잔 합시다."

나는 그의 방으로 건너갔습니다. 곧이어 그의 동거녀가 돼지고기를 넣고 끓인 두부찌개를 곁들인 술상을 차려 들고 방으로 들어왔습니다. 술잔이 돌고 얼큰해지자 "세상 뭐 해먹고 살아야 할지 모르겠어. 아무 생각이 없네" 라는 나의 말에 정씨가 "장형, 그러지 말고 저와 함께 일을 해 보는 것은 어떻겠어요. 제가 비록 이래 보여도 이 기술 배워놓으면 먹고 사는 것은 걱정없어요" 라며 자신이 가지고 있는 목수 기술이 얼마나 요긴한지와 자신의 기술이 대단한 것임을 침을 튀겨가며 말을 했습니다.

나는 그날 술김에 그와 함께 일을 다니자고 약속을 했습니다. 마땅히 할 일도 없었지만 돈도 벌어야 했기 때문이지요. 한편으로는 육체노동을 하면서 자신을 돌아보고 싶은 생각도 있었습니다. 무엇보다도 내가 몸담고 있던 깡패들의 세계를 떠나고 싶었습니다. 다시 봉천동에서 다방 일을 하면 헤어날 수 없을 것이고, 다방 일도 이제 시들해졌을 때였습니다. 이제껏 일을 했지만 겨우 먹고 산 것 외에 저축 한 푼 해놓은 것 없이 세월만 보내고 내게 남은 것은 아무것도 없을 때였지요. 그때 정씨는 부평 어딘가 미군부대에서 일을 한다고 했습니다.

다음 날부터 그와 함께 일을 나가기로 했습니다. 새벽 4시쯤 집에서 나가면 될 거라는 정씨의 말을 듣고 나의 방으로 돌아와 막잠이 들었는데 어느새 정씨가 문을 두드렸습니다. "장형 빨리 준비하고 나오시오. 출발해야 하니까." 새벽까지 술을 마신 탓으로 비몽사몽 간에 일어나 옷을 챙겨 입고 정씨를 따라 나섰습니다.

12월이 가까워오는 새벽 4시가 조금 넘은 시간 몸 속으로 달려드는 바람은 매서웠습니다. 102번 시내버스 종점에서 첫차를 타고 영등포에 내려 그곳에서 인천 가는 전철을 타고 부평 어딘가에 내렸습니다. 그곳에서 또 버스를 타고 한참을 달려 이름도 알 수 없는 군부대 앞에 내려 위병소에서 방문증을 받아 15분가량을 들어간 곳에 공사현장이 있었습니다.

군부대 건물을 증축하는 듯했습니다. 현장에 도착했을 때는 오전 7시경. 아직 어두움에 묻혀 있는데 여러 사람들이 나와서 작업준비를 하고 있었습니다. 벌써 작업복으로 갈아입고 담배를 피우는 사람, 연장을 챙기는 사람 등으로 분주했습니다. 현장감독으로 보이는 사람이 나에게 우선 미장데모도가 없으니 그것부터 하라고 했습니다. 그런데 미장데모도는 도대체 무슨 일을 하는 것인지……

모든 것이 새롭고 어색했지만 다시 한 번 시작되는 인생이라 생각하고 이를 앙다물었습니다. 공사장 입구에 쌓여 있는 모래를 들통지게로 져서 현장부근으로 나르는 일과 한 포에 40킬로그램씩 하는 시멘트를 메고 계단을 오를라치면 숨이 헉헉 차고 다리가 후들후들거렸습니다. 그런 나를 보고 다른 일꾼들이 한마디씩 했습니다.

"젊은 사람이 뭘 그리 빌빌대 쌌노. 내가 그 나이 때에는 시멘트 2포씩 지고 뛰어 다녔는데……"

그리고 시멘트와 모래를 일정 비율로 물을 부어 골고루 섞은 다음 미장일꾼들이 작업하는 장소에 날라다 주면 되는 단순노동이었지만 입에서는 단내가 났습니다. 허리는 끊어질 듯 아팠고 100미터 거리를 전력으로 달린 것처럼 힘이 들었습니다. 그렇게 일을 하다가 오전 10시경에야 새참이라며 국수 한 그릇씩 먹고 담배 한 개비 피운 것이 휴식이었습니다. 그리고 12시부터 오후 1시까지 점심시간, 낯선 인부들과 둘러앉아 몇 가지의 반찬으로 점심을 대충 때우고 오전에 했던 일을 반복했습니다. 오후 3시쯤에 다시 휴식시간이 되면 빵과 우유 하나씩 받아서 흙먼지를 일으키며 달려드는 칼바람을 피해 공사장 모퉁이에 쪼그리고 앉아 퍽퍽한 빵을 씹어 먹으며 노가다의 힘겨움을 담배 연기에 날려 보냈습니다. 정말이지 하루종일 이렇게 일을 해야 한다는 것이 막막했습니다.

일은 해가 지는 시간이면 끝이 났는데 겨울이다 보니 오후 5시면 일을 마쳤습니다. 처음 해보는 일이라 허리도 아프고 온 전신이 쑤셨습니다. 대충 씻고는 탈의실에서 옷을 갈아입고 몇 번의 버스와 전철을 갈아타고 정씨와 집에 도착했을 때는 한밤중이었습니다. 방 안으로 들어서자 연탄불이 꺼진 방바닥은 냉기와 문틈으로 들어오는 우풍 때문에 밖의 온도와 별 차이가 없었습니다. 있는 대로 이불을 바닥에 깔고 덮고 누웠습니다. 배가 고픈 것도 느낄 수 없었습니다. 온몸이 쑤셔서 나도 모르게 끙끙거리며 누워 있다가 어느새 까무룩 잠이 들었습니다.

오랜만에 꿈을 꾸었습니다. 고향의 푸른 하늘과 솜사탕 같은 하얀 구름과 외갓집, 마당에서 보면 아지랑이 사이로 아련하게 보이는 상선네 물레방앗간, 그 앞에 늘어진 버드나무 가지에 물이 오르던 작은 시냇가, 고요한 물 속에는 붕어 떼가 평화로이 노니는 풍경…… 만수네 산 지천에 피어 있는 진분홍색의 참꽃과 하루종일 들리는 뻐꾸기 소리, 장다리꽃에 앉아 노는 노랑나비도 그립고 아련했습니다.

눈을 뜨자 캄캄하고 싸늘한 판잣집 방에 나는 그렇게 누워 있었습니다. 순간 목울음이 차 올랐습니다. 아무런 이유도 없이 그냥 눈물이 볼을 타고 주르르 흘렀습니다. 고향이란 무엇일까. 우리에게 어떤 의미가 있는 것일까. 이렇게 가끔씩 가슴이 아리도록 저미는 것은 무슨 까닭일까. 그때 누군가 문을 두드렸습니다.

"장형 아직 안 일어났어요? 이리 건너와요. 따뜻한 국이라도 한 그릇 먹고 가자구요."

눈물 때문에 한참만에야 정씨네 방으로 건너갔습니다. 그는 그때까지 숟가락을 들지 않고 나를 기다리고 있었습니다. 참으로 따뜻한 사람이었습니다.

그후 부평까지 노가다 4일을 갔다 오고 난 어느 날 새벽. 온몸이 쑤시고 아파 끙끙거리며 겨우 일어났는데 그날 따라 처량하게 겨울비가 내리고 있었습니다. 정씨가 어둠 속에 문을 열고 들어오면서 "오늘은 비가 오니 공쳤구만요. 장형 오늘은 푹 쉬어요. 노가다라는 게 비가 오면 할 수가 없어요. 일요일은 없지만 비가 오면 쉬는 날이거든요" 뜻밖의 말에 너무 좋았습니다. 일을 하지 못하면 돈을 벌지 못하는데도 하루를 쉴 수 있다는 사실이 고마울 뿐이었지요. 일거리가 없어 일만 할 수 있게 되기를 간절히 소망했던 것이 불과 얼마 전이었는데 조금 힘들다는 이유로 비가 오기를 기다리는 마음 인간은 참 간사했습니다.

그렇게 8일인가를 일을 했을 때 간주날이 왔습니다. 인부들은 보름에 한 번씩 일한 돈을 계산해 받았는데 내 일당은 하루에 3,000원이었으니 24,000원. 그동안 허리 아프고 쑤시던 온몸이 곧 받을 돈을 생각하니 씻은 듯 사라졌습니다.

그날은 다른 날보다는 즐거운 발걸음으로 정씨와 출근을 했습니다. 그런데 현장에 도착하자 분위기가 어수선하고 이상했습니다. 내용인즉 내가 일을 하던 부서 미장 오야지가 술에 취해 귀가하다 그만 열차에 치어 사망했다는 것이었지요. 부평 어디인가에 가서 분향을 하고 나오면서 유족들의 슬픈 흐느낌보다는 내가 받을 돈은 어떻게 되는지 언제 줄 건지 그것이 더욱 궁금했습니다.

나는 다음 날 현장 사무실에 들러 총감독에게 월급 이야기를 했습니다. 그는 책상서랍을 열더니 봉투에 2만 원인가를 담아 주면서 "아무래도 자네는 다른 일자리를 알아봐야 할 것 같은데……" 하며 말끝을 흐렸습니다. 그렇게 해서 나는 10일도 안 되어 노가다를 접었습니다. 지금도 공사현장에서 일을 하는 사람들을 보면 그때의 힘들었던 기억이 납니다. 보기보다 육체적으로 상당히 힘이 들었던 그때의 기억들이 떠오릅니다.

어느덧 1980년 봄이 가까이 와 있었고 성미 급한 개나리가 싹을 틔울 때까지 하는 일 없이 판잣집 싸늘한 단칸방에서 겨울잠을 자듯이 하루하루를 보냈습니다. 참으로 길고 추운 겨울이었습니다.

그즘 작은이모는 봉천동을 떠나 있었습니다. 이모부의 직장을 따라 강동구 천호동이라는 곳으로 이사를 가서 자주 보지 못할 때였습니다. 형편이 좋아 이사를 간 것은 아니었습니다. 한 번 찾아가본 이모네 집은 봉천동처럼 판잣집은 아니지만 텃밭 옆에 있는 낡은 기와집에 딸려 있는 사랑채 한 칸에 세를 들어 살고 있었습니다. 그래도 작은이모네 집을 다녀오는 날에는 가슴이 따뜻했습니다.

정성이 담긴 음식도 먹고 진심으로 나를 염려해 주었기 때문이지요. 그때 이모부는 어느 한식집 주방 일을 하고 있었습니다. 마음이 여리고 타인에게 싫은 소리 조차 하지도 않았지만 듣기도 싫어하는 성격이었습니다. 내성적인 성격이었습니다. 아무리 조건이 좋다 하더라도 주인이 싫은 소리 한마디만 하면 그날로 직장을 그만두었습니다. 그러다 보니 일을 하는 날보다 노는 날이 더 많았고 잠을 잔다든지 아니면 만화책을 빌려다 놓고 뒹굴었던 이모부의 모습을 본 적이 많았던 것 같았습니다.

은하다방 주방장

입영통지서

나는 다시 다방 일을 시작했습니다. 먹고는 살아야 했고 지금까지 배운 것이라고는 그것밖에 없었으니 말입니다. 관악구 신림8동 작은 건물 지하에 있는 은하다방이었습니다. 근처에 조그만 공장들과 가게들 때문에 주로 배달이 많았고 홀에도 단골들이 꽤 있었습니다. 그리고 가족적인 분위기여서 좋았습니다.

열여섯 살 때 서울에 상경하여 불과 몇 년 지나지도 않은 세월 동안 많이 방황하고 많은 일들이 지나갔습니다. 어떻게 보면 그 모든 일들이 다 꿈만 같기도 했습니다. 어린 나이에 너무 많은 일들을 겪었습니다. 남들처럼 평범하게 학교를 졸업하고 직장을 다니며 저축도 하고 월급날이면 동료들과 막걸리도 한잔 나누면서 살고 싶었습니다. 지극히 평범한 삶을 살고 싶었는데 평범하기가 그렇게 힘이 들었나 봅니다.

어느 날 입영통지서가 나왔다고 시골에서 연락이 와 신체검사를 받았습니다. 신체검사는 갑종이었지만 학력이 국민학교 졸업이어서 현역을 가지 못한다고 했습니다. 서글픈 생각이 들었습니다. 공부를 못해서가 아니라 가난 때문에 배우지 못한 것인데 현역으로 가지 못한다니 말입니다. 그래서 보충역인 방위로 근무를 해야 했습니다.

그동안 서울에 올라와 몇 년 동안 맘고생 몸고생했지만 남은 거 하나 없었습니다. 꿈은 늘 꾸지만 눈을 떠보면 언제나 차가운 현실뿐이었으니까요.

봉천동 월셋방도 빼고 은하다방에서 침식을 하면서 착실하게 월급을 모았습니다. 이제 곧 시골로 내려가 방위근무를 하려면 돈이 있어야 했으니까요. 다방 주방에 붙어 있는 조그만 쪽방에서 잠을 자는 동안 거의 외출을 하지 않았습니다. 세상에 있는 듯 없는 듯 그렇게 살았습니다. 주방 일이야 계속 해오던 일이니 걱정할 것 없었습니다. 한 달에 월급 4만 원과 하루에 담배 한 갑을 받았습니다. 새 마음으로 새 출발을 하겠다는 마음을 굳게 먹었습니다.

외로움이 꿈틀거리는 날이면 냉장고 속에 넣어 두었던 소주병을 꺼내 요구르트 잔에 한 잔씩 따라 냉수를 안주삼아 마시면서 마음을 달래기도 했습니다.

한 달에 한 번 쉬는 날이면 가끔씩 국환, 영학이와 어울려 서울에 있는 어린이대공원도 갔다 오고, 한강 둔치를 산책도 하면서 서로에게 조금씩 기대어 가며 살았습니다. 그들도 외롭고 힘들기는 매한가지였을 테니까요. 그때 형준이가 먼저 방위소집 영장을 받고 고향인 마산으로 갔고, 수암은 그의 어머니가 시골로 내려와 장사라도 하라면서 부른다고 고향으로 내려갔기에 남아 있는 친구들과 어울렸지만 그렇게 즐겁지는 않았습니다. 좋은 시절에 좋은 일로 인해 떠나기도 하고 남는 것이라면 그러려니 하겠지만, 참 어렵고 외로운 때에 서로 비비적거리던 친구들이 떠나고 나니 허전하기만 했습니다. 같은 주방장 출신이던 동석도 고향인 대천에서 전파수리상이라도 한다면서 가방을 싸들고 내려갔습니다. 우리는 나를 비롯해 국환, 영학 세 명이 서로 만나 술을 마셨지만 외로움은 더했고 가끔 언쟁을 하면서 주먹질도 했습니다. 서로가 비워진 빈자리를 채울 수 없어 그랬지 싶었습니다.

그렇게 1980년이 소리없이 저물어 갔고, 1981년 개나리꽃이 담장 둘레를 노란색으로 수놓고 길거리 가로수는 완연한 초록색을 띠는 봄날이었습니다.

5월의 햇살이 눈부시던 어느 날 내가 일하는 다방으로 작은이모가 전화를 해왔습니다.

"시골에서 전화가 왔는데 방위소집영장이 나왔단다."

올 것이 온 것이지요.

공군 제3975부대 방위소집

5년의 서울 생활을 접고

1981년 8월 7일 입대일. 날짜를 받고 군 입대를 해야 한다고 생각하자 막막했습니다. 은하다방에서 근 1년 동안 일을 하면서 모아 놓은 예금통장을 펴 보았습니다. 25만 원. 그것이 나의 전 재산이었습니다.

이 돈으로 1년 6개월 정도 되는 방위소집 근무를 해야 하고 또 은하다방 식구들과 소주도 한잔 나누어야 했습니다. 또 국환, 영학이와 마주 앉아 이별주라도 해야 했으므로 턱없이 모자라는 돈이었지만 그러나 나는 그들과 이별의 아픔을 함께 해야 했지요. 청운의 꿈을 안고 무작정 올라와 몇 년 동안 서울의 군데군데 조그만 추억의 가지를 만들어 놓고 시골로 내려가야 했습니다. 그런데 성공하겠다고 다짐하며 이를 물고 노력했지만 겨우 25만 원의 돈을 벌어가기 위해서 그랬던 것인가 생각하니 어이없고 허무하기만 했습니다.

그때서야 그동안 저축하지 못하고 방탕하게 생활한 것은 아닌지 돌이켜 보고 내가 서울 생활을 잘못한 것은 아닌지 돌아보게 되었습니다. 얼마 되지 않는 돈을 벌려고 갖은 고생을 하며 살아 왔던 게 새삼스레 가엾게 여겨졌습니다.

마장동에서 점촌 가는 급행버스에 몸을 실었습니다. 늘 그랬던 것처럼 고향으로 가는 마음은 마냥 설레지는 않았습니다. 걱정이 많았습니다. 잠시 지나온 길을 돌이켜 보았습니다.

무작정 서울에 올라와 처음 발을 들여놓게 된 서대문구 북가좌동, 모래내, 동대문구 답십리, 사당동 시장, 방배동 그리고 가장 많은 추억을 만들어 놓은 봉천5동 산101번지와 현대 시장, 영등포 시장 등 나의 땀방울과 추억이 함께 했던 곳, 가슴이 아렸습니다.

나는 늘 돈을 많이 벌어 고향으로 돌아가 우리 가족이 살 집을 짓고 동네 사람들과 행복하게 살아가는 꿈을 꾸었습니다. 그렇게 화려하지도 않은 그냥 소박하고 평범한 꿈이었지요. 그런 평범한 소망조차 물거품으로 사라질까 두려워 늘 마음을 다잡곤 했습니다. 5시간 동안 버스를 타고 내려가며 주마등처럼 떠오르는 서울에서의 5년을 생각했습니다.

출퇴근 방위근무

경북 예천군 용궁면 개포 공군 제3975부대 제16전투비행단. 기본교육 4주를 마치고 경비대대 제3소대에 배속되어 1년 6개월 동안 근무를 해야 했습니다.

그때 나는 어머니가 의붓아버지와 그의 자식들 2명과 두 사람

사이에서 출생한 남자 아이 한 명 이렇게 다섯 명이 살고 있는 집에서 더부살이를 해야 했습니다.

그동안 외갓집에는 외할아버지가 돌아가시고 외할머니 혼자 살고 계셨지만 가끔 아들이 있는 점촌으로 왕래하면서 빈집으로 있는 경우가 많았기 때문에 어쩔 수 없는 선택이었습니다. 그래서 어머니가 살고 있는 문경 안불정이라는 동네에서 부대가 있는 개포까지 출퇴근을 하면서 군 복무를 해야 했습니다.

나는 전 재산이었던 25만 원을 어머니에게 내밀었지만 송구한 마음이었습니다. 싫든 좋든 군 복무를 마칠 때까지는 이곳에서 생활해야 했으니까요. 이곳에서의 일과는 가겟방 딸린 방을 쓰면서 아침 일찍 일어나 집 앞 널따란 공터에서 벽돌을 찍었습니다. 그 공터에 돼지우리를 짓기 위해서였지요. 모래와 시멘트 그리고 물을 일정한 비율로 섞어 나무로 만든 틀에 넣고 꾹꾹 눌러준 다음 틀을 벗겨내고 햇볕에 며칠씩 말리면서 물을 주면 되었습니다.

점심을 먹기 전까지 작업을 하고 점심을 먹은 후 100원짜리 환희 담배 한 갑과 차비 1,000원을 받아 도시락 가방을 들고 오후 1시 30분 버스로 점촌으로 갑니다. 그곳에서 오후 2시 40분 예천 가는 버스를 타고 30여 분간 달려 부대 정문 앞에 하차를 합니다. 정문을 통과하여 그곳에서 출근하는 동료들과 함께 열을 맞춰 3소대까지 30여 분 걸어 오후 5시 정각에 소대연병장에 도착해 출근신고를 합니다.

그때부터 소대 주변의 청소를 하고 부대 외곽 초소에 주간 보초 근무를 하고 있는 방위병들과 근무교대를 하면 주간 근무조들은 그때쯤 퇴근을 합니다. 그러면 그 다음 날 주간조들이 출근할 때까지 우리 야간조가 교대로 초소근무를 하면 되었습니다. 그러니까 주간 근무조는 한 조가 있었지만 야간 근무조는 A조와 B조가 있었는데 내가 속한 근무조는 A조였습니다. 저녁에 싸 가지고 온 도시락을 먹고 밤을 새워 경계근무를 마치고 다음 날 오전 9시에 출근하는 주간조에게 총과 탄띠를 넘겨주면 근무는 끝이 나는 것이었습니다. 그런 다음 부대로 내려와 청소를 하고 퇴근을 했는데 차를 두 번이나 갈아타고 집에 도착하면 보통은 점심시간이 되기 일쑤였고 밤새 잠을 거의 자지 못했기 때문에 낮에 벽돌 찍는 일과 돼지우리 치우는 일 등을 조금 하다가 그날 저녁에는 죽은 듯이 잠을 잤습니다. 그 다음 날도 아침 일찍 일어나 또 다람쥐 쳇바퀴 돌 듯 휴일도 없는 일과를 해야 했습니다.

전우 하사 김희석, 상병 손오근

그렇게 1년 6개월의 젊음을 벽돌을 찍고, 돼지우리를 짓고 초소 앞에서 밤새워 경계근무를 하면서 공군3975부대와 안불정이라는 동네 공터에 내 젊음을 불태웠습니다. 이처럼 내 젊음을 주기도 했지만 얻은 것도 있었습니다. 군 복무를 하는 동안 참으로 소중한 친구 둘을 얻었지요. 방위병이 아닌 정비대대 하사였던 김희석과 헌병대 상병 손오근. 방위와 하사 그리고 헌병대 상병. 그때 부대의 정서나 일반상식으로는 있을 수 없는 일이고 전혀 어울릴 것 같지 않았지만 우리는 서로에게 참으로 좋은 친구가 되었습니다.

영외거주가 가능했던 하사 희석이는 부대에서 가까운 용궁에 방을 얻어 출퇴근을 했습니다. 가끔씩 점촌시내서 나와 만나 술도 한잔씩 하곤 했습니다. 희석은 하사관으로 있었기 때문에 적지 않은 월급을 탔으므로 술값은 늘 그의 몫이었습니다. 게다가 오근이가 외박을 나오면 그의 고향인 밀양으로 가지 않고 아예 2박3일 동안 세 명이 내가 잠을 자는 조그만 방에서 막걸리 한 되와 두부 한 모를 놓고 멜라니샤프카의 The Saddest thing과 창 밖의 바람 소리를 들었습니다. 가진 것 없었어도 그런 친구들 때문에 나는 조금씩 행복했고 힘들어하다가도 그들을 만나면 웃었습니다.

희석은 3소대 지원근무가 끝나고 자신이 소속되어 있는 정비대로 돌아갔습니다. 내가 근무하는 초소는 26초소와 27초소였는데 그곳에서 김 하사가 근무하는 정비반과는 걸어서 30분 정도 걸리는 거리였습니다. 그나마도 주간에는 다닐 수 있지만 야간에는 초병 근무자들 때문에 다닐 수 없음에도 불구하고 그는 내가 근무하는 날 가끔씩 내 근무시간에 먹을거리를 사들고 이그루(비행기 활주로)를 건너 어둡고 험한 길을 마다 않고 찾아와 서로의 얘기를 주고받으며 여명이 희붐하게 터오는 새벽에 돌아가기도 했습니다.

어떤 날은 미리 날짜를 잡아서 오근이도 자신의 근무시간이 아니면 함께 어울려 새벽까지 시간을 보내기도 했습니다. 방위와 현역이라는 신분 때문에 다른 사람들 앞에서는 깍듯이 손 상병님, 김 하사님이었지만 밖에서 만나면 서로 뒤통수도 치고, 어깨동무하고 고래고래 소리를 지르면서 점촌시내가 좁다하고 돌아다니기도 했지요. 그러다보면 어느새 청소차가 보이고 두부차에서 종소리가 들리면 날이 밝았습니다.

훗날 그들은 제대를 하고 희석은 고향인 대구로, 오근은 밀양으로 가고 나는 다시 서울 생활을 하면서 만나기가 어려워졌습니다. 하지만 서로 보고 싶은 마음에 한 가지 방법을 만들었습니다. 나는 추석과 설 명절에 고향인 점촌으로 내려갔습니다. 그러면 그들은 고향에서 차례만 지내고는 점촌으로 달려왔습니다. 그렇게 우리는 점촌에서 만나 밤이 새도록 함께 돌아다니곤 했습니다. 참으로 먼 길이었는데도 마다 않고 와준 친구들 모두 나를 위한 배려였지요. 우리는 일 년에 두 번밖에 만나지 못했지만 그래서 더욱 정겨웠고 헤어짐이 아쉬울 만큼 만남이 즐거웠습니다. 훗날 오근이는 서울로 올라와 내가 살고 있는 목동 판잣집에서 함께 생활을 하기도 했습니다.

그런 어느 날 대구에 있는 희석이가 오토바이 사고로 사망했다는 소식이 왔습니다. 나는 서울에서 오근이는 밀양에서 달려와 동대구역에서 만나 싸늘한 시신이 되어 영안실에 누워 있는 희석이를 보면서 제발 꿈이기를 빌었지만 현실이었습니다. 겨우 서른 세 살의 나이에 소중하고 좋은 친구를 보냈지만 아직 희석이는 내 마음에 남아 있습니다. 지금도 오근이와는 1년에 한 번씩 만나고 있지만 희석이 생각만 하면 늘 가슴이 시려옵니다.

어머니는 광산촌에서 구멍가게를 하고

내가 방위를 받을 동안 생활했던 안불정이라는 동네는 예전에는 광산이 있어 사람들의 살림살이가 그리 궁핍하지 않았습니다. 하지만 몇 년 사이로 광산이 모두 문을 닫고 난 후에 사람들의 살림살이는 궁핍해질 수밖에 없었습니다. 돈이 될 만한 것이 없었기 때문이지요. 농사를 지을 땅이 있는 것도 아니고 겨우 밭농사 조금 가지고 살아가기가 힘든 곳이기도 했지요. 사람들이 하나 둘 떠나가고 밭뙈기 정도 겨우 가지고 있는 사람들만이 떠나지 못하고 여윈 허리를 졸라매고 버티고 살던 그런 동네였습니다. 그곳에서 어머니는 조그만 구멍가게를 했습니다. 담배와 생필품 등을 조금씩 팔았고 광산 인부들이 있을 때 막걸리와 간단한 안주를 만들어 팔았습니다.

광산이 문을 닫자 가끔 찾아오는 동네 사람을 상대로 장사를 하자니 살림은 더욱 궁핍했습니다. 어머니와 함께 살았던 그러니까 나에게는 의붓아버지는 김부식이라는 분이었습니다. 젊은 시절 똑똑하다는 이야기도 많이 들었고 한문 필체가 참으로 좋았다고 했습니다. 그분에겐 나보다 한 살 많은 딸인 김수자, 나보다 두 살이 어린 진삼, 다섯 살 아래인 진탁이가 있었고 그리고 어머니가 그집에 가서 낳은 막내 진오가 있었습니다. 그때 딸은 시집을 가서 점촌에서 살고 있었고 진삼이는 서울 한식집에서 일을 하고 있었습니다. 진탁이는 아직 어려서 집에서 일을 도우면서 살고 있었습니다. 막내인 진오는 걸어서 30분 정도 거리에 있는 유곡초등학교를 다녔습니다.

의붓아버지는 평상시에는 좋은 분이었지만 술만 취하면 완전히 달라졌습니다. 나에게 늘 불만이 있었지요. 방위근무를 할 때 2십여만 원의 돈을 어머니께 드리고 매일도 아니고 이틀에 한번 꼴로 100원짜리 환희 담배 한 갑과 차비 1,000원 그리고 김치와 싸주는 도시락이 전부였는데도 늘 술만 취하면 나에게 "너, 나 모르게 매일 돈 갖다 쓰지? 도대체 얼마를 갖다 쓰는 거야. 말해 봐 임마. 내가 다 알고 있어" 그럴 때마다 나는 어머니의 악다구니 소리를 들으면서 밖으로 나왔다가 그가 잠든 뒤에야 들어가곤 했습니다. 하지만 그런 밤은 제대로 잠을 자지 못했습니다. 많은 생각을 했습니다. 탈영도 생각하게 되고…… 나는 입술을 깨물었습니다. 하루빨리 제대를 해서 성공하고 싶었기 때문이지요. 조용히 앤 머레이 You needed me와 멜라니샤프카의 The saddest thing의 애잔한 노래를 들으며 외롭고 힘들었던 서울의 하늘을 그리워했습니다.

서울의 꿈을 꿉니다. 그런 새벽에 눈을 뜨면 자꾸 가슴이 시려 왔습니다. 서울에서는 항상 그리워하던 고향이었는데 다시 서울을 그리워하며 시린 가슴을 달래야 한다는 것이 참으로 아이러니였습니다. 서울에서 어느 누가 기다려 주는 사람이 있는 것도 아니고 내가 존재해야 하는 이유가 있는 것도 아닌데 말입니다. 서울에서는 외롭거나 힘들면 늘 생각하는 것이 고향이었고 돌아오고 싶었던 곳이었습니다.

그런데 고향에 내려와 몇 개월 지나기 전에 오히려 서울을 그리워하고 빨리 고향을 떠나고 싶어 했습니다.

그해 가을은 유난히 바람 소리가 쌩쌩거리며 창 밖을 스쳐갔고 을씨년스러웠습니다. 눈 내리는 겨울날 방에 가만히 누워있으면 싸락눈 내리는 소리가 참으로 크게 들려왔습니다. 함박눈이 사르락거리며 쌓이는 밤이면 언제나 까무룩 잠이 들곤 했습니다.

방위 생활의 고달픔이야 이루 말할 수 없었지요.

방위소집 해제

밤새 졸리는 눈을 치켜뜨고 경계근무를 하는 동안 철모의 무게가 천근같기만 했습니다. 그래도 출근해서 보초를 서는 6~8시간은 조금 나은 편이었고, 잠깐 쉬는 시간이나 근무교대를 하고 내무반에 있는 시간이 훨씬 힘들고 괴로웠습니다. 같은 방위병끼리 무엇이 그리 불만이 많고 고참, 쫄병을 따지는지 하루라도 고참들에게 맞지 않으면 퇴근할 때까지 불안에 떨어야 했습니다. 지금 생각해보면 참으로 부질없는 짓이었는데 말입니다. 어찌되었거나 거꾸로 매달려 있어도 국방부 시계는 돌아간다고 했던가요.

그렇게 군 복무를 하는 동안 시간은 가고 어느덧 1982년 아침저녁으로 바람이 차거워지는 10월, 꿈에 그리던 방위소집 해제증을 받았습니다. 마지막 신고를 마치고 예비군 마크가 찍힌 모자를 쓰고 나오는 내 뒤로 그때까지 화사하게 피어 있던 코스모스가 기다란 목을 빼고 바람에 흔들리고 있었습니다. 이런 곳에 미련이 남아 있을까 싶었는데 무엇인가 허전하고 아쉬운 생각이 들었습니다.

동양물산으로 취직

다시 희망을 안고

나는 서울로 올라가기로 했습니다. 하루속히 서울로 가서 돈을 벌어야 하는데 막상 아무런 대책도 없이 올라가려니 겁이 났지만 그래도 떠나야 했습니다. 제대한 지 3일째 되는 날 주민등록등본, 이력서, 증명사진 등 여러 서류들을 준비했습니다. 그리고 어머니가 챙겨 준 돈 3만 원과 노트 한 권, 속옷 한 벌과 양말, 검은 바지 하나를 조그만 가방에 넣고 서울로 향했습니다.

점촌에서 서울 마장동으로 버스를 타고 가는 5시간 내내 이를 악물었습니다. 이제 군대도 제대를 했는데 더 이상 희망 없는 다방 일은 하지 않기로 했습니다. 아무리 힘이 들더라도 미래가 보장되지 않는 일은 생각을 접기로 했지요.

서울로 가던 날 날짜를 맞추어 휴가를 나온 오근이가 서울행을 함께 해 주었습니다. 그때 오근이의 형님은 서울에서 그리고 누나가 안양에서 살고 있어서 가끔씩 서울을 오갔었지만 아무런 대책 없이 서울로 가는 내가 안타까워 동행을 한 것이지요.

첫날은 오근이와 서부역 근처 2천 원짜리 허름한 여인숙 좁은 방 안에서 소주 한 병과 새우깡 한 봉지로 시름을 달래며 밤을 함께 했습니다. 그래도 친구가 옆에 있으니 외롭지 않았습니다. 하룻밤을 보내고 오근은 가지고 있던 몇천 원을 나의 손에 쥐어 주고는 누나가 살고 있는 안양으로 갔습니다.

나는 직장을 알아보기 좋은 구로공단 주변인 구로동의 작은 여인숙으로 숙소를 옮겼습니다. 동전을 준비하여 공장 주변의 전봇대와 담벼락에 붙어 있는 모집광고를 보며 하루종일 돌아다녔습니다. 저녁 무렵 지친 몸으로 여인숙 방문을 열고 들어서자 서울이라는 큰 도시에 혼자 남겨졌다는 사실에 갑자기 외로움이 밀려

왔습니다. 새우깡과 소주 한 병을 앞에 놓고 앉았지만 오근이와 마시던 그 맛은 아니었습니다.

다음 날부터 나의 삶은 전쟁이었습니다. 아침 일찍 일어나 근처 해장국집에서 가장 싼 해장국으로 배를 채우고 공장들이 많이 있는 곳으로 찾아다니며 모집광고에 적혀 있는 전화번호에 공중전화 다이얼을 돌렸습니다. "여보세요. 거기 사람 구한다고 해서 전화했는데요." "경험 있나요" 아니면 "우리는 기숙사가 없어 출퇴근하는 사람 구하는데요." "미싱할 줄 알아요?" 등등 입에 맞는 떡이 없었습니다. 그렇게 해가 지도록 돌아다니다가 여인숙에 돌아오면 밥 먹을 기운조차 없이 지쳐 쓰러져 코를 골았습니다.

밤마다 꿈을 꾸었습니다. 고향을 떠나온 지 며칠 되지도 않았지만 언제나 그랬듯이 상선네 물레방앗간이 보이고 그 앞으로 붕어가 살랑거리던 작은 냇가에 검은 물잠자리가 스치듯 날아 다니는 낯익은 풍경이었습니다. 만수네 산에 울긋불긋하던 진달래와 지천으로 빨간 산딸기도 보였습니다. 고모할머니의 카랑카랑하던 독경 소리도 들렸습니다. 만수네 산에서 온종일 울어대던 뻐꾸기 소리는 처량하기만 했습니다.

고향을 생각하는 순간만은 그래도 행복했습니다. 골맛집 앵두나무에는 가지가 찢어질만큼 앵두가 주렁주렁 매달려 있었습니다. 참 아이러니했습니다. 불과 며칠 전만 하더라도 시골에서 서울행을 꿈꾸고 서울을 그리워했는데 서울에 온 지 며칠 되지 않아서 다시 시골을 그리워하며 꿈을 꾸다니 말입니다.

그러나 새벽에 잠에서 깨면 모든 것이 허무했습니다. 떠나온 지 며칠 되지 않은 고향 산천을 다시 돌아간다한들 반갑게 맞아 줄 사람도 없는데 왜 그리워해야 하는지요.

그렇게 며칠을 보냈습니다. 마음은 초조해졌지만 나를 필요로 하는 곳을 찾지 못했습니다. 다시 다방에 일자리를 알아봐야 하나 생각하다가도 이를 악물었습니다. 차라리 노가다를 하자, 차라리. 가지고 온 돈 몇만 원도 얼마 남지 않았습니다.

날씨는 아침저녁으로 춥다는 생각이 들만큼 쌀쌀해지고 있었습니다. 이러다가 또 돈이 떨어지면 노숙을 해야 하는 것은 아닐까 생각이 되자 정신이 번쩍 들었습니다.

다음 날 나는 아침 일찍부터 공단을 헤매다 허름한 분식집에서 늦은 아침으로 라면을 사 먹고 3공단 게시판으로 갔습니다. 이미 사람들 몇 명이 모여 있었고 중앙에 한 남자가 뭔가를 열심히 설명하고 있었습니다. 나도 그 대열에 끼어들었습니다. 그 남자는 동양물산에서 일하는 생산부 주임인데 함께 일할 사람을 구하러 나왔다고 했습니다. 초보자도 가능하냐고 물었더니 가능하다며 기숙사도 완비되어 있다고 했습니다. 진정 하늘이 무너져도 솟아날 구멍이 있다는 말은 사실인가 봅니다. 나에게 조건과 이유가 있을 수 없었지요. 재빨리 묵고 있는 여인숙으로 달려가 가방을 챙겨 들고 그 남자를 따라갔습니다.

서울시 영등포구 양평동 2가에 있는 '동양물산'이라는 생산공장이었습니다. '동양물산'은 숟가락, 젓가락, 포크 등을 만들어 주로 외국으로 수출을 하는 회사였습니다. 내가 일을 하는 곳은 연마실이라는 곳이었습니다.

스테인리스로 만든 숟가락, 젓가락을 기계를 이용하여 광을 내는 작업이었습니다. 콤베어를 이용해 집게 하나에 숟가락 10개씩 물려서 돌아가며 광을 내는 것이었습니다. 하루에 10시간 이상을 서서 일을 해야 했고 무엇보다 먼지가 엄청 많이 났습니다. 약 10분 정도만 일을 하면 온몸은 완전히 먼지로 뒤덮이기 때문에 하얀 것은 눈과 이빨밖에 보이지 않았습니다. 그렇게 열악한 근무환경이었기 때문에 사람을 구해다 놓아도 한 달을 버티지 못하고 도망을 치곤했던 것입니다.

그날 공단에 사람을 구하러 나왔던 남자는 항상 부족한 공원들을 구하러 다니는 것이 그의 일이었다고 했으니까요. 하지만 나에게는 소중한 일자리였습니다. 일단은 서울에서 살아남아야 했으니까요. 일이 힘들어 다른 생각을 할 여력이 없었습니다. 점심시간에 식당에 가면 다른 부서 공원들이 '연마실' 공원들을 특별대우를 해 주었습니다. 그 대우라는 것이 적어도 식판을 들고 서서 차례를 기다릴 때 우리 주변에는 사람들이 오지 않았습니다. 좁은 식당에서 옹기종기 끼어 앉아 밥을 먹을 때도 우리가 자리를 잡고 앉으면 그 주변으로 공원들이 앉지를 않았습니다. 그들이 바라보는 눈동자는 연민이었음을 알면서도 그러한 대우가 그리 싫지만은 않았습니다.

그러면서 한 달이 되었고 월급을 받았습니다. 기숙사비를 제외하고 8만 원가량 받았습니다. 매일같이 밤 9시까지 야근을 하면서 받은 돈이라고 생각하니 쓸 수가 없었습니다. 한 달에 두 번씩 노는 날이면 기숙사에서 빨래를 하고 시간이 나면 영등포 시장 주변에 나가서 그때 유행하던 음악다방에서 커피 한 잔을 시켜 놓고 몇 시간씩 앉아 있기도 했습니다. 늘 다시 돌아오는 월요일이 부담스러웠습니다. 가끔은 잠을 자다가 그러한 부담 때문에 가위 눌리기도 했습니다. 그렇게 연마실에서 3개월을 열심히 일했습니다. 그러던 중 우리 회사에 개발과가 신설되었습니다. 원래 외국으로 수출하던 수저를 국내 시판용으로 만들면서 고급화를 하기 위한 것이었지요. 그곳을 담당하게 된 이홍섭 주임이 성실하게 일하던 나를 눈여겨보았던가 봅니다. 개발실에서 일을 해보겠느냐고 했습니다. 일단 좋다고 했지요. 어디를 간들 연마실보다 못하랴. 개발실이라는 곳은 만들어진 숟가락과 젓가락 손잡이 부분에 무늬를 찍어 넣고 페인트로 색을 넣은 다음 그 위에 투명한 액체로 덮어씌우는 작업을 했는데 일명 '에폭시작업'이라고 했습니다.

처음으로 그런 물건들이 나왔기 때문에 꽤 인기가 있었습니다. 그곳에서 아가씨들이 수저에 페인트로 칠을 하면 전기 열선이 들어가 있는 캐비닛에 넣고 열처리를 한 다음 다시 그것을 에폭시를 칠하기 좋게 늘어놓아 주고 에폭시가 끝난 수저를 다시 캐비닛 속에 넣어 열처리를 하는 일을 했습니다. 시너 냄새가 심하게 나는 것 외에는 '연마실'보다는 모든 조건이 좋았습니다. 먼지를 마시지 않아도 되었고 깨끗한 옷을 입고 일을 할 수도 있었습니다. 시너 냄새를 오래 맡으면 건강에 좋지 않다고 했지만 나에게는 사치일 뿐이었습니다. '연마실'에 있을 때처럼 매일같이 야근을 해야 했지만 그래도 좋았습니다.

그러는 동안 오근이가 특박을 나와 나를 찾아왔습니다. 공장 주변에 있는 조그만 실내 포장마차에서 소주 한 병씩을 나누어 마시고는 기숙사 통금시간에 쫓겨 아쉬운 이별을 하기도 했습니다.

그렇게 동양물산에 들어와 연마실을 거쳐 개발실에서 일을 하면서 1982년의 겨울이 왔고 가끔씩 눈이 펑펑 내리는 날에는 창 밖으로 보이는 눈 때문에 괜히 시계를 흘끔거리면서 퇴근시간을 기다리기도 했습니다. 어디론가 무작정 떠나고 싶었습니다. 눈은 그렇게 사람의 마음을 흔들어 놓기도 하고 또 어루만져 주기도 하는가 봅니다.

공장에 다니는 동안 나에게 또 한 번의 변화가 찾아왔습니다. 동양물산이 이사를 한다는 것이었습니다. 전북 익산시로 이사를 가고 현재 동양물산이 있는 자리에는 아파트를 짓는다는 것이었습니다. 익산시로 옮기는데 따라갈 사람을 파악한다고 했습니다. 동양물산에 들어와 이제 6개월가량 지났는데 이사라니. 나는 많은 생각을 했지만 사무직원도 아니요, 관리직도 아닌 내가 생산직 일을 하기 위해 아무런 연고도 없는 전북 익산시까지 따라가기는 싫었습니다.

다시 고향으로

나는 결국 회사를 그만두는 것으로 정리를 하고 한 달가량을 이사 준비와 마무리를 하면서 또다시 직장을 알아보러 다녔습니다. 설마 내 몸 하나 갈곳 없을까 했던 마음이 날이 갈수록 불안해져만 갔습니다. 그동안 모아 놓은 돈은 30만 원가량 되었습니다.

그때 또다시 오근이가 특박을 이용해 서울에 왔습니다. 그와 함

께 영등포 음악다방에 앉아 늦은 시간까지 걱정을 했지만 답은 없
었습니다. 다음 날 작은 가방 하나 싸들고 작은이모가 살고 있는
천호동에 가방을 가져다 놓고 시골 가는 버스에 몸을 실었습니다.
언제 어느 때건 시골 가는 버스에 몸을 실으면 항상 가슴이 뛰었
습니다. 무엇이 그리 가슴을 설레게 하고 흥분을 하게 하는지. 고
향에 간다고 하더라도 누구 하나 반겨줄 사람이 있는 것도 아닌
데…… 그렇게 매번 설레는 가슴으로 내려갔다가 실망을 하고 다
시 마음을 다져먹고 서울로 향하는 버스에 몸을 실을 때면 입술을
깨물었습니다. 언제쯤이면 편안한 마음으로 오갈 수 있을는지.

　고향 냇가에 붕어들이 유유히 노닐고 있었습니다. 그 주변에 핀
버들강아지는 한껏 물이 올라 있었구요. 비릿한 물내음이 나는 것
으로 보아 지금쯤 피라미 낚시를 하면 손이 바쁠 듯도 했습니다.
오전 내내 냇가에서 보내다가 오후에 골마 할머니네 집을 찾았습
니다. 수년째 폐가로 남아 있다가 언제 헐어 버렸는지 집터만 덩
그러니 남아 잡초만 무성했습니다. 마당 가장자리에 아름답게 피
어 있던 백일홍과 튤립은 잡초들에 둘러싸여 보기조차 힘들었습
니다. 집주인이 없는 것을 아는지 모르는지 가지가 찢어지도록 빨
간 앵두가 주렁거리던 앵두나무는 아직 그 자리에 남아 있었지만
잎사귀만 풍성했지 앵두는 보이지 않았습니다.

　잡초 무성한 집터를 바라보니 지난 세월이 모두 꿈만 같았고 괜
히 눈물이 났습니다.

　나를 끔찍이도 귀여워 해주던 고모할머니의 흔적은 어디에도 보
이지 않았습니다. 그렇게 지난한 삶을 살다간 고모할머니. 너무

억울하지 않을까 하는 생각이 들었습니다. 늘 아름답지만도 않은 그런 세상을 잠깐 살다가 흔적도 없이 사라지는 우리 인간들이 참 불쌍하다는 생각이 들었습니다.

한참을 멍하니 서 있는데 그때 어디선가 예전과 똑같은 뻐꾸기 소리가 들려 왔습니다. 아! 갑자기 모든 것이 그리워졌습니다. 고모할머니와, 옛날 만수네 산에서 함께 놀던 친구들, 밀거등 밑 진수, 규식, 광식, 꼬마 미경 모두 눈물겹도록 보고 싶어 졌습니다. 그런데 지금 내 곁엔 아무도 없었습니다. 모두 객지에 돈 벌러 나간 것이지요. 만수네 산에 올라가고 싶었지만 이내 포기를 했습니다.

우리들 모두가 객지로 떠난 뒤 만수네 산은 사람들의 발길이 끊겨 소롯길도 완전히 없어지고, 자주 오르내렸던 오솔길이 잡초와 가시나무와 넝쿨로 모두 막혀 버렸습니다. 동무들과 계곡물에서 돌멩이를 뒤져 가며 가재를 잡던 곳에 가 보았습니다. 맑기만 하던 계곡물 그리고 바위틈에서 한가롭게 노닐고 있을 가재를 생각했는데 언젠가부터인지는 모르겠지만 물이 말라 있었습니다. 우리가 객지에 나가 있는 동안 고향에 있는 많은 것들도 떠나 버린 것 같았습니다. 우리가 고향을 떠나 버렸듯이 그 많은 것들도 우리를 떠나 버린 것이지요.

하루종일 기분이 우울했습니다. 어디를 가든 기분이 좋아지지 않았습니다. 어릴 때 그렇게 넓고 커 보이던 상선네 물레방앗간. 우리가 물놀이를 하다가 배가 고프면 입 주변이 시커멓도록 서리를 해먹던 밀밭이 없어진 것도 서글펐습니다. 냇가에 서서 소리를 질러도 대답해 주는 친구도 없었습니다. 고기를 잡아도 함께 기뻐

해 줄 친구도 없었습니다. 갑자기 모든 것이 시들해졌습니다. 이런저런 생각을 하자 갑자기 마음이 급해지기 시작했습니다. 하루 빨리 다시 서울로 올라가 성공이라는 것을 하고 싶었습니다. 무엇을 하더라도 어떤 고생을 하더라도 노력하고 또 노력해서 빨리 성공을 하고 싶었습니다.

며칠을 다급한 마음으로 있는데 갑자기 어머니께서 외갓집을 찾아 왔습니다. 나에게 기쁜 소식을 가지고…….

월급 15만 원 받고 대아산업으로

목동 판자촌 월셋방 생활

동양물산을 그만둘 당시 이력서에 남겨 놓았던 연락처가 어머니가 있는 곳 전화번호였습니다. 외갓집에는 전화가 없었기 때문에 그곳으로 전화가 왔다고 했습니다. 동양물산 개발과 주임으로 나와 함께 일을 하던 이홍섭 주임이 전화를 해서 일을 하고 싶으면 하루 빨리 서울로 올라오라고 했다는 것이지요. 너무 기뻤습니다. 이제 다시 기회가 오는 것인가.

나는 그날 입은 옷 그대로 서울로 상경했습니다. 천호동 작은이모 집에서 하룻밤을 자고 당시 이홍섭 주임의 집이던 영등포구 양평동을 찾아갔습니다.

동양물산에서 부장으로 재직하다가 회사를 그만두고 조그만 하청공장을 차린 최진한 사장 밑에서 이홍섭 주임이 과장을 맡아 일을 하게 되었다고 했습니다. 나와 그곳 개발실에서 일을 한 사람들 20여 명이 선발되어 서울시 강서구 등촌동의 30여 평가량 되는 2층 건물을 빌려서 동양물산에서 만들어 놓은 한수저를 가져다가 손잡이에 색색의 페인트로 작업을 하고, 그 위에 투명 아크릴 같은 것을 입히는 작업인 에폭시 작업을 하는 하청업체 일을 시작했던 것입니다. 회사 이름은 '대아산업'이었습니다. 그곳에서 내가 맡은 일은 전에 하던 그대로 열관리와 제품관리였습니다. 월 급여는 15만 원. 괜찮은 조건이었습니다. 그 대신 나는 여러 가지 일을 해야 했습니다. 창고가 있는 용산에서 일거리를 받아다가 일이 끝나면 완성된 제품을 다시 용산으로 납품을 하고 수금을 하는 등 몇 가지 일을 했습니다. 당시 목동 판자촌에 보증금 15만 원에 월 3만 원씩하는 방도 한 칸 얻었습니다. 3평가량의 단칸방에 연탄아궁이가 있는 부엌이지만 그래도 나만의 공간을 가질 수 있어서 너무 좋았습니다. 다시 삶의 의욕이 생겼습니다. 무슨 일이라도 해낼 수 있을 것 같았습니다.

정말 열심히 일을 했습니다. 옆도 뒤도 돌아보지 않고 오직 앞만 보면서 최선을 다해 열심히 일을 했습니다. 그러자 사장이나 과장이 나를 좋게 보아 주었습니다. 덕분에 여러 가지 일을 하면서도 싫은 내색 하지 않았고 잠을 자는 시간도 아까워 젊음을 불태울 수 있었습니다. 퇴근 후면 집으로 가지 않고 남대문과 동대문 시장을 다니면서 에폭시 작업에 대해 관심을 가졌고 또 우리 독자적으로 일을 할 수 있는 것은 없는지 연구하면서 다녔습니다. 그러자 지성이면 감천이라고 했던가요. 조금씩 일거리가 생기기 시작했고 거래 업체도 늘어났습니다. 오로지 동양물산만 바라보며 일을 하던 우리에게 희망이 생기기 시작한 것입니다. 어느 날부터 내 위치와 대우가 달라졌습니다.

생산라인과 사무실 일을 함께 하는 동안 사장이 또 다른 공장 하나를 인수하게 되었는데 이번에는 한수저를 직접 만드는 조그만 공장이었습니다. 급기야 대아산업에서 그동안 총 책임자이던 이홍섭 과장이 양남동에 있는 새로운 대아산업으로 자리를 옮겨가고 마침내 내가 대아산업 제1공장의 책임자가 되었습니다. 그때 내 나이 불과 스물네 살이었음에 비추어 큰 직책이었지요. 동료 직원 중에도 나이 많고 일도 열심히 한 사람도 있었지만 사장이 나에게 관심을 가진 것은 그만큼 맡은 일을 열심히 한 때문이었겠지요.

나는 직책에 아랑곳하지 않고 하던 대로 더욱 열심히 일을 했습니다. 발이 부르트도록 남대문 시장과 동대문 시장을 헤집고 다녔습니다. 직원들이 퇴근하고 나서도 혼자 남아 다음 날 작업준비를 해놓고 퇴근을 했습니다. 잠을 아껴 가면서요.

내가 대아산업에서 일한 지 어느덧 2년이 흘렀습니다. 처음에 생산직 15명으로 시작을 했던 대아산업은 그때쯤 직원은 35명가량이 되었고 일거리도 꾸준했습니다. 양남동에 있는 대아산업 제2공장도 그런대로 잘 굴러 갔고 사장은 곧 주식회사를 만든다고 했습니다. 그러면 함께 고생한 사람들에게도 주식을 주겠다고 했습니다. 꿈을 이룰 수 있겠다는 생각이 들었습니다. 이곳에서 나의 모든 것을 바쳐 주식회사로 만들고 더 나아가 그룹으로 만든다면 나 또한 창업공신으로 대우받을 수 있다는 생각도 했지요. 어느 책에선가 그러한 성공신화들을 읽은 듯했습니다. 그 생각만으로 힘이 솟았고 행복했습니다. 잠을 자지 않아도 쉬는 시간이 없어도 피곤하다는 생각이 들지 않았습니다.

그러는 동안 1984년 LA올림픽이 다가왔습니다. 어느 날 사장은 동양물산에서 포크와 나이프 같은 것을 대량주문을 받았다고 했습니다. 모두 올림픽과 관련하여 올림픽 마크(별이 반쪽)가 들어가 있는 것이었는데 색깔을 넣어 에폭시 작업까지 끝내서 납품을 하면 되는 것이었습니다.

공장이 생긴 이래 가장 많은 오더를 받아 공장은 활기를 띄었고 직원들 모두는 꿈에 한껏 부풀어 있었습니다. 사장은 물량을 준 업체의 담당자는 자신이 한때 동양물산 부장으로 있을 때 함께 근무했던 직원이라고 했습니다. 그리고 그에 대해 잠깐 동안 칭찬을 늘어놓으며 들뜬 표정이었습니다.

나는 기뻐하면서도 한편으로는 걱정이 되었습니다. 너무 많은 물량이었기 때문에 조금만 잘못 되어도 작은 공장은 무너질 것이기 때문이지요. 사장은 동양물산 담당자를 너무 믿었고 그의 말에 따라 작업을 그만큼 했으니까요.

정식으로 계약서 작성도 하지 않고 사장은 "동양물산에서 실적을 올려야 한다고 하니 우리는 가계약서만 작성하면 돼. 걱정하지 않아도 될꺼야" 우리는 서둘러 샘플을 만들어 동양물산으로 가져갔습니다. 담당인 오 부장은 샘플을 보더니 좋다고 사인을 해주면서 시간이 촉박하니 빨리 작업을 하라고 독촉했습니다.

대아산업 2공장에서 열심히 만들고 그것을 다른 공장에 하청을 주어 광을 내면 대아산업 1공장인 우리는 그것을 가져다 열심히 에폭시 작업을 했습니다.

그러는 동안 완성된 물건은 계속 쌓여 갔습니다. 물건이 모두 완성되면 한꺼번에 컨테이너에 싣는다고 했습니다. 많은 물량을 작업장 구석에 또는 양남동 공장에 또는 하청업체인 연마공장에도 쌓아 놓고 물건이 선적되기만을 기다렸습니다.

몇 달 동안 작업한 포크와 수저 모두 클레임

어느덧 작업이 거의 끝나 가던 어느 날 동양물산의 담당이던 오 부장과 외국 사람 두세 명이 물건 확인차 공장에 왔는데 옆에서 안내하던 오 부장의 얼굴은 거의 흙빛이 되어 있었습니다. 무엇인가 심상치 않았습니다. 사장의 얼굴도 백지장이 되어 물건을 쌓아둔 박스를 이것저것 뜯어보며 무엇인가를 확인하곤 했습니다. 한나절 소란을 떨던 외국 사람들과 오 부장이 가고 난 다음 사장은 동양물산에 간다고 가더니 연락도 없고 작업지시도 없었습니다. 분명히 무엇인가가 잘못되어 가고 있었습니다. 우리는 모두 일손을 놓고 어디서건 연락이 오기를 기다렸지만 가끔씩 양남동 공장 이홍섭 과장이 전화를 해 우리에게 무슨 연락 없었냐고 물어보곤 했습니다.

다음 날, 그 다음 날도 사장은 나오지 않았고 연락마저 없었습니다. 우리는 출근은 했으나 일은 하지 않고 삼삼오오 모여 앉아 사장한테 연락이 오기만을 기다렸습니다. 하지만 아무런 연락도 없었습니다. 아예 양남동으로 출근을 한 과장이 사장 댁으로 전화를 했지만 받지 않았습니다. 시간이 갈수록 몹시 걱정이 되었습니다. 모든 것을 바치지 않았던가. 지금까지 오로지 그 꿈 하나에 나의 모든 것을 걸었는데 이제껏 쌓아놓았던 공든 탑이 한꺼번에 무너질 것만 같아 매우 불안해졌습니다.

외국인들이 왔다 가고 3일째 되는 날 사장한테서 전화가 왔습니다. 이홍섭 과장과 나를 집으로 오라는 것이었습니다. 집으로 가는 내내 가슴이 뛰었습니다. 사장은 며칠째 잠도 제대로 자지 못한 몰골을 하고 초라한 모습으로 우리를 기다리고 있었습니다. 동양물산에서 수출하기로 하고 우리가 하청을 받아 작업을 했던 LA 올림픽 관련 포크와 수저 등에 모두 클레임이 걸렸다고 했습니다. 이유는 손잡이에 올림픽 상징 마크인 별이 거꾸로 새겨졌다는 거였지요. 물론 동양물산에서 책임을 져야 했지만 그곳과는 정식계약이 아닌 오 부장과 가계약을 했기 때문에 책임질 수 없다는 것이었습니다. 이 건으로 인하여 오 부장은 사직서를 내고 동양물산에서는 오히려 우리에게 책임을 묻는다고 했습니다. 사장은 이틀 밤낮을 동양물산에 가서 사정을 말하고 무마시키려 했지만 잘 안되었다면서 말끝을 흐리며 눈물을 보였습니다. 아! 그렇게 끝나는 것일까. 나의 젊은 시절 꿈과 희망이 절망의 나락으로 아무 소리도 없이 떨어지는 모습을 보았습니다. 이제 또 무엇을 어떻게 해야 하나. 무엇을 하면서 먹고살아야 하는 걸까.

며칠 뒤 사장이 나를 부르더니 한숨을 쉬면서 눈물을 보였습니다.

"아무래도 정리를 해야겠네. 미안하지만 마무리 좀 부탁하네."

목이 쉬어 있었습니다. 사장은 나에게 몇 백만 원의 돈을 내 놓았습니다.

"이것이 내가 할 수 있는 전부네."

나는 그 돈을 가지고 우리가 먹은 식당의 밥값과 그동안 밀린 전기세를 주고 직원들의 월급을 정리했습니다.

참으려고 해도 자꾸만 눈물이 났습니다. 이것이었던가. 내 운명은 이것으로 끝인가. 남들보다 무엇 하나 내세울 것 없어 몸으로 때워서라도 남들처럼 떳떳하게 살아보고 싶었던 꿈이 또 그렇게 무너지고 있었습니다.

모든 것을 정리하고 나니 20여만 원인가 남았습니다. 무엇을 할까 이 돈을 가지고. 아무리 생각을 해 보아도 어디로 가야 할지 막막하기만 했습니다. 배운 기술도 없고 남들처럼 대학을 나와 다른 회사로 갈 수 있는 것도 아니었습니다. 무식해도 당장 써 먹을 수 있는 프레스 기술이나 미싱 기술을 배워 두었어야 했는데 그것도 아니었으니 말입니다.

며칠을 판잣집 작은방에서 소주병을 끼고 고민을 했지만 방법이 생각나지 않았습니다. 주변 정리를 하기로 했습니다. 판잣집 작은방을 채워 주었던 낡아빠진 TV 한 대와 주워다놓은 책상, 출처도 알 수 없는 군용담요 등을 끌어내어 주변에 아는 사람들에게 나누어 주었습니다. 마치 죽기 전에 재산 상속이나 하는 마음으로 방을 뺐습니다.

보증금을 받아 남은 돈과 합치니 40만 원 그리고 그동안 모아 두었던 돈을 합치니 70만 원 정도 되었습니다. 세상 살아가는 모든 것이 시들해졌습니다. 모든 걸 접어 버리고 여행을 가고 싶어졌습니다. 갑자기 슬픔이 밀려오며 낯선 바다의 비릿한 내음을 맡고 싶어졌습니다. 가방을 꺼내어 티셔츠와 바지 그리고 노트 한 권, 책 한 권을 챙겨 서울역으로 갔습니다.

1984년 가을은 아름다움으로 물들고 있지만 나의 마음은 깊은 슬픔으로 가득 쌓여 갈 곳을 잃은 외기러기처럼 스쳐 지나가는 바람에 떨고 있었습니다.

여행, 외로움과 동행

발길이 머문 곳

밤 기차를 타고 여행을 하고 싶어 했던 나는 그 꿈을 이렇게밖에 이룰 수 없었나 봅니다. 모든 것을 버리고 아무런 생각 없이 떠나는 여행을 시작한 것이지요.

새벽녘 부산역에 내려 택시를 타고 태종대로 갔습니다. 날이 채 밝지도 않은 가을 바닷바람은 싸늘했습니다.

말로만 듣던 자살바위에 올라 긴 한숨을 토하며 잠깐 동안 많은 생각했습니다. 삶의 무게를 내려놓기 위해 이곳에서 긴머리 휘날리며 상념에 잠기다 마침내 아무런 미련없이 밑으로 몸을 날리던 여자들의 환영을 보면서 부산에서의 첫날 아침을 맞았습니다.

나는 수평선 끝에서 떠오르는 붉은 태양을 바라보며 잠시 지난 날을 생각하자 갑자기 가슴속으로부터 무언가 북받쳐 올라 목놓아 울었습니다. 눈물은 그칠 줄 모르고 볼을 타고 하염없이 흘러내렸습니다. 그 울음소리는 갈매기의 등에 실려 바다 너머로 멀리멀리 사라졌다 다시 나타나곤 했습니다.

한참 동안 눈물 범벅이 된 얼굴을 손바닥으로 닦아내고 바라보는 넓고 넓은 바다는 오히려 나에게 용기와 힘을 주었습니다. 한참을 울고 나자 한결 마음이 후련해지고 깊은 슬픔은 다시는 나타나지 않을 것만 같았습니다. 그 순간 붉은 태양은 나의 온몸을 휘감으며 다시 한 번 일어나라고 간절하게 소리치는 듯했습니다. 그래 다시 한 번 해보는 거야……

그리고 발길을 돌려 해변을 따라 대변이라는 곳도 가 보았습니다. 이름과는 달리 주변 경관이 수려했습니다. 그냥 아무 생각 없이 며칠쯤 머물러도 괜찮을 것 같았습니다. 일회용 낚싯대를 사서 바닷물 속에 넣고 멍하니 몇 시간을 보내고 맛도 모르는 매운탕으로 허기를 채웠습니다.

텔레비전으로만 보던 해운대를 걸었습니다. 유난히 많은 갈매기떼들이 사람들이 지나간 자리를 따라다녔고 바다 반대편으로 보이는 조그만 산 위에 소나무가 아름다웠습니다. 바다 위에 떠 있는 듯한 그림 같은 큰집이 유명한 조선비치호텔이라는 것도 알았습니다. 그곳에서 가까운 달맞이고개를 걸어서 올랐습니다. 가슴이 확 트였고 정말 장관이었습니다. 왜 달맞이고개라는 이름을 붙였는지 알 것도 같았습니다. 달이 뜨면 가장 먼저 맞을 수 있는 곳이기에 달맞이고개라 하지 않았을까.

부산에서 3일을 보내면서 그동안의 시름을 잊었습니다. 달맞이고개의 무성한 나뭇잎들이 조금씩 색깔이 변해 가고 있었습니다.

나는 부산을 떠나 마산으로 갔습니다. 그리운 친구 수암이와 형준을 찾아보기로 한 것이지요. 그래도 낯선 객지에서 그들을 만날 수 있다는 기대감에 가슴이 뛰었습니다. 그들이 무엇을 하건 발전해 있는 모습을 보여 준다면 그들과 함께 일을 해도 괜찮지 싶었습니다. 수암이의 주소만 달랑 들고 물어물어 살고 있다는 집으로 찾아갔습니다. 주소를 가지고 겨우 찾은 집은 옛날 기와집이었고 들어가는 대문은 나무로 된 것이었는데 늘 열려 있는 문인 듯했습니다. 마당으로 들어가자 조그만 화장실이 있고 안쪽으로 방이 몇 개 있는 것으로 보아 여러 세대가 사는 듯했습니다.

"계십니까? 아무도 안계세요."

몇 번 소리치자 문간 앞에 있는 방문이 열리며 자다가 깬 모습으로 밖을 내다본 사람은 수암이었습니다. 순간 반갑기도 하고 한편으로는 실망감도 들었습니다. 시간상으로 일터에 나가 있어야 할 것인데 잠을 자고 있다는 것이 왠지 측은한 생각이 들었습니다. 그가 눈을 비비며 "니 재덕이 아이가, 니가 여기는 웬일이고, 아무튼 반갑다. 어서 들어 온나." 수암이는 나를 반갑게 방으로 안내했습니다. 부엌이 딸린 작은 방으로 비키니 옷장과 조그만 화장대가 있는 것으로 보아 여자와 같이 살고 있는 것 같았습니다.

방구석에 수북한 담배꽁초와 빈 소주병이 몇 개 뒹굴며 찌든 냄새가 났습니다. 수암은 방을 대충 치우고 소주병을 들고 밖으로 나가 세수를 하고 들어왔습니다. 그는 늘 하던 모습으로 장난끼가 가득했습니다.

"니 밥 묵었나. 나가자 오랜만에 만났으니 소주라도 한잔 해야제."

대낮부터 소주 타령이었습니다. 하긴 나의 처지를 생각하면 그것도 싫지는 않았지만요. 우리는 뒷골목에 있는 '할매집'이라는 간판이 붙어 있는 식당으로 들어가 대낮부터 소주를 마시면서 대취했습니다. 오랜만에 객지에서 만난 기분으로 서로에게 기대어 살았던 그 기분으로 그렇게 취해 갔습니다.

세상이 불만스러웠고 왜 우리는 이렇게 살아야 하는지…… 잘 살고 싶은 우리에게 왜 세상은 도와주지 않는지에 대해서 우리는 서로 위로했습니다.

걸음을 걸을 수 없을 정도로 술을 마시고 비틀거리며 그의 집으로 들어가 그냥 엎어져 잠이 들었습니다. 시간이 꽤 흐른 듯했습니다. 설핏 잠이 깼었는데 목이 타는 것 같고 머리가 깨어질 듯이 아팠습니다. 벌써 해가 졌는지 방 안에는 불이 켜져 있었고 부엌에서는 도마 소리가 들렸습니다. 수암이가 옆에서 코를 골며 자고 있는 것으로 봐서 다른 누군가가 부엌에 있는 듯했지만 내다볼 수가 없어 다시 누웠습니다. 누렇게 색바랜 천장을 바라보고 있자니 내 신세가 참으로 처량했습니다. 작은 육신 하나 쉴 곳조차 만들어 놓지 못하고 이렇게 떠돌고 있는 신세가 말입니다. 그나마 얻어 놓은 방이 있을 때에는 내 집이라고 찾아 들면 마음이 편안하곤 했는데 이제는 정말 돌아갈 장소 하나 없구나 생각을 하니 가슴이 아려왔습니다.

한참을 더 부엌에서 소리가 들리더니 20대 초반의 아가씨가 문을 열고 들어와 작은 목소리로 수암이를 흔들어 깨웠습니다.

"수암 씨, 어서 일어나이소, 저녁 먹어야지예, 친구분도 깨우고…… 어서 일어나이소."

가녀린 경상도 사투리를 썼습니다. 자그마한 체구에 예쁘장한 얼굴이었습니다. 그러고 보면 수암이놈 재주도 좋았습니다. 하긴 생긴 것은 허여멀겋게 귀공자처럼 생겼으니…… 저녁상에 다시 소주병이 올라오고 그 아가씨는 동네 미용실에서 일을 한다고 했습니다. 그리고 그녀가 돈을 벌어오면 집세도 내고 그의 옷도 사주고 용돈까지 주면 수암은 동네 건달 비슷한 놈들과 낮이나 밤이나 술병을 끼고 살고 있다는 것이었습니다. 이렇게 팔자 편한 놈이 있을까 싶었습니다.

나는 문득 세상을 좀 더 살아보고 싶다는 생각이 들었습니다. 수암은 그렇게 살면서도 전혀 고민하거나 미안해 하는 것 같지가 않았습니다.

나는 그가 살고 있는 동네에서 뿌리를 내려볼까 하던 애초의 생각을 접어 버리고 이튿날 새벽에 그들이 함께 잠들어 있는 것을 보고 살며시 가방을 들고 나왔습니다.

그리고 얼마 전 제대를 하고 어딘가 일을 다니고 있다는 희석이가 살고 있는 대구로 갔습니다.

대구에 도착하여 주소를 보고 그의 집으로 갔더니 희석은 없고 그의 어머니가 반겨 주었습니다. 따뜻하게 차려준 밥을 먹고 희석의 방에서 한숨 자고 있으려니 그가 퇴근을 하고 왔습니다. 무슨 앨범 만드는 곳에 다니는데 사무실 직원은 아니고 생산직이라고 했습니다. 월급이 많은 것은 아니지만 일을 할 수 있어서 좋은 것 아니냐는 그를 보면서 나름대로 행복해 하고 있다는 것을 느꼈습니다. 그날 그와 늦은 밤까지 이야기하며 모처럼 시름을 달랬습니다. 다음 날 아침 출근하는 희석이를 따라갈 수도 없고 그렇다고 혼자서만 빈둥거리는 것도 그랬습니다. 결국 그에게 직장을 그만둔 이야기조차 하지 못한 채 대구를 떠났습니다.

여행이라는 것도 충분한 여유가 있을 때 즐거운 것이지 이렇게 마음에 여유가 없는 여행은 방황이었습니다. 어디를 가도 마음의 여유가 없고 심란했습니다. 보이는 것도 즐겁지 않았습니다. 대구를 떠나 포항을 거쳐 우리나라에서 제일 아름답다는 동해안 7번 국도를 따라 울진·속초까지 올라갔습니다. 세계 어디를 간들 이렇게 아름다울 수 있을까 싶었습니다. 한쪽으로는 푸른 바다와 수평선이 보이고 다른 반대쪽은 나무가 우거진 절경의 산을 보면서 자꾸 눈이 아려왔습니다. 이런 나라에 살면서 나는 지금 무엇을 하고 있는 것일까. 서울로 간다한들 뾰족한 수가 있는 것도 아니었습니다. 그렇다고 다시 다방이나 식당 같은 곳을 전전할 수도 없었습니다. 남들이 아름답다고 하는 여행지를 다니면서도 무엇 때문에 아름다운지를 느끼지 못했습니다. 마음의 부담을 안고 하는 여행은 방황이고 고통이었지요. 그렇게 이곳저곳을 돌아보며 다시 서울로 돌아왔지만 마땅히 갈 곳이 없었습니다.

수니와의 첫 만남

나는 다시 서울역으로 가서 대전으로 가는 열차를 탔습니다. 열차를 타기 전 간이서점에 들러 책을 한 권 샀습니다. 내가 좋아하는 한수산 님의 '이별 없는 아침'이라는 소설이었습니다. 소설 속의 여주인공 수니를 처음 만난 날이었습니다. 기차를 타고 가면서 대강 읽어 본 내용은 세상을 살다가 아주 힘들어진 남자와 여자가 자살을 결심하고 마지막으로 여행을 떠나면서 만나는 사건과 느낌, 평소에 느끼지 못했던 감정 등을 그린 소설이었습니다. 여기서 주인공의 이름이 '순희'였는데 그녀는 이름이 너무 촌스럽다는 이유로 '수니'라고 불러 주기를 원했고 다른 사람에게 소개를 할때에도 수니라고 했습니다.

나는 책을 덮었습니다. 아껴가면서 천천히 읽고 싶을 때 꺼내어 읽기로 하고 조용히 눈을 감았습니다. 잠시 나의 존재를 생각했습니다. 나는 무엇을 해야 할까요. 이제는 돌아 갈 집도 직장도 없으니 말입니다. 그렇다고 정말 이런 모습을 하고 고향으로 가기는 죽기 보다 싫었습니다. 가지고 나온 돈도 얼마 남지 않았는데 앞으로 어떻게 해야 하나. 아직도 많이 남아 있는 이 젊은 육신을 어찌해야 할까……

목적 없는 이번 여행이 언제쯤 끝날 것인지 도무지 생각 나지 않았습니다. 대전역에 내렸습니다. 역 근처 여관에서 하룻밤을 자고 문득 명덕 형이 살고 있는 충남 보령군 성주면 먹방리를 찾아 가기로 했습니다. 같은 아버지에 어머니가 다른 그러니까 배다른 형이었는데 나보다 여섯 살이 많았습니다. 그동안 서로 어렵게 살아가는 처지다 보니 자주 만나지는 못했지요. 명덕 형은 그곳에서 광산에 다니고 있다고 했습니다.

다음 날 대천으로 가서 버스를 타고 1시간가량을 큰 고개 넘어 포장도 되지 않은 길을 달려 다다른 곳은 더 이상 갈래야 갈 수도 없는 산골짝의 막다른 곳이었고 그곳에 도착한 것은 밤이 이슥해서였습니다.

대천에서 막차를 탄 것이지요. 흙과 돌을 이용하여 지어 놓은 엉성한 집들이 곳곳에 보였습니다. 그동안 내가 생활하던 목동이나 봉천동도 판잣집이었지만 이곳에 비하면 훌륭했습니다.

그리 많지 않은 집들이 산 밑에 몇 가구씩 모여 있었습니다. 버스 소리에 놀란 동네 개들이 저마다 소리 높여 컹컹거렸는데 그 소리마저 을씨년스럽다는 생각이 들었습니다.

버스가 도착한 종점이라는 곳은 널찍한 공터로 주변에는 커다란 전나무 몇 그루가 서 있었고 나무와 흙으로 지어놓은 집이 한 채 있었습니다. 오랫동안 닦지 않아 먼지로 얼룩져 안이 잘 보이지 않는 유리문에는 빨간 페인트로 '종점식당' 그리고 차림표로 보이는 왕대포, 삶은 닭, 찐 계란, 소주 등이 적혀 있었습니다. 승객이라고 해야 나를 포함 두 사람이 내린 것이 전부였습니다.

나는 버스에서 내리는 순간 다시 시내로 나가고 싶었습니다. 하지만 갈 곳이 있어야지요. 하늘을 우러러보자 밤하늘의 별빛은 유난히 빛나고 있었습니다. 입술을 깨물었습니다. 그래 힘내자, 다시 한 번 살아 보는 거야……

먹방촌에서

수백 미터 지하 막장

명덕 형이 살고 있는 집은 산 중턱에 있는 외딴집이었습니다. 맨 정신으로는 형을 찾아갈 용기가 나지 않았습니다. 종점식당의 문을 밀고 들어갔습니다. 40대 중반으로 보이는 수염이 텁수룩한 남자가 막걸리 주전자를 앞에 놓고 나무의자에 걸터앉아 술을 마시고 있었습니다. 그는 고개를 돌려 나에게 대뜸 말을 걸었습니다.

"이 늦은 시간에 이런 곳에 뭔 젊은이여. 어쨌거나 이리 와서 앉어."

내 의견은 묻지도 않고 막걸리 한 대접을 넘치도록 따라 건네 주었습니다. 조금 멈칫거리다가 단숨에 한 사발을 쭉 들이키고 나자 배고픈 참이라 달디 달았습니다. 얼른 잔을 털보에게 건네 주고 주전자를 드는데 술이 비어 있었습니다.

"한 주전자 더 줘요."

그가 소리치자 중년의 식당 아줌마가 술독에서 주전자에 술을 채워올 때까지 한동안을 머쓱하게 서 있어야 했습니다.

"젊은이 지붕 안 무너지니까 여기 앉어." 라면서 나무의자를 밀어 주었습니다.

나는 주인아줌마가 들고 온 술주전자를 받아들고 그에게 술을 따라주고, 그가 따라주는 술을 받아 단숨에 마셨습니다. 그렇게 우리는 처음 만나서 함께 술에 취해 갔습니다.

그나저나 형님 집에는 언제 가려나. 그는 취기가 오르자 쉰 목소리로 떠들어 댔습니다.

"나는 말야, 그래도 전에는 내가 이 계통에서는 제일 잘 나가던 사람인데 말야, 씨팔. 그래도 지들이 나 없으면 많이 찾지. 내가 누군데."

자신은 강씨라고 했고 별명은 털보라고 하는데 광산계통 그것도 굴진(굴을 뚫어 나가는 일)하면 알아주는 기술자요 실력자라고 했습니다. 지금은 비록 이런 조그만 광산촌을 왔다 갔다 하는 신세지만 전에는 큰 광산에서 서로 모셔 가려고 난리였다는 그런 말이었지요. 그는 계속 목청을 높였습니다.

"젊은이가 이런 곳에 흘러들어 올 때는 끝장인 거 같지만 그래도 세상은 아직 젊은이들에게는 살아 볼 만한 거여."

마치 내 마음을 모두 들여다보는 것 같은 말이었습니다.

"나도 첨에 광산촌에 발을 들여놓을 때는 그런 생각이었지. 좆같은 세상 차라리 죽어버리자 하고 말이여. 근데 그게 아니더라구. 여기서 사고 나서 죽어 버리거나 아니면 자살을 하려고 했는데 여기도 사람 사는 곳이더라니까. 밉지만 여편네도 생기고 자식도 생기고 결국 내 인생도 그렇게 물 건너갔지만…… 그래도 사는 게 더 나은 거여."

작은 광산들이 많은 먹방촌 산 속에서의 첫날은 그렇게 깊어 갔습니다. 거의 희붐하게 밝아오는 시간에 몽롱한 상태로 형의 집으로 갔습니다. 문 앞에서 서성대며 집 안을 기웃거리고 있는데 때마침 형이 일을 나가는지 작업복 차림으로 나서다가 나와 마주쳤습니다.

"니가 어쩐 일이냐?"

형의 첫마디는 웬지 반갑지 않다는 말투였습니다. 처음 만나 막걸리 잔을 건네던 털보보다도 훨씬 정이 가지 않았습니다.

나는 형의 눈치를 보면서 사랑채처럼 붙어 있는 작은방으로 가방을 들고 들어갔습니다. 방에는 중년 남자 2명이 코를 골며 잠을 자고 있었습니다. 나중에 안 일이지만 그들은 외지에서 온 사람들로 광산에 다녔고 형수는 그들을 상대로 하숙을 치고 있었지요. 방 한쪽 구석에 가방을 내려놓으려는데 "삼촌, 아침은 아저씨들 먹을 때 같이 하지." 하는 형수의 말을 듣는 순간 괜한 서러움에 눈물이 났습니다. '내가 여기를 왜 왔던가' 반갑게 맞아주는 것을 기대한 것은 아니었지만 갑자기 눈물이 났습니다. 나는 흐르는 눈물을 감추려고 옷을 입은 채 방구석에 쪼그리고 앉아 있다 깜빡 잠이 들었습니다.

그렇게 먹방촌에서 나의 새 삶이 시작되었습니다.

첫날 종점식당에서 만난 털보 강씨 밑에서 굴진후산부로 일을 하게 되었습니다. 작업복을 사고 장화와 안전모 등 작업도구를 챙기고 동네 슈퍼에서 얻어온 이력서 용지에 내역을 적고 광산 간부에게 이력서를 건네주었습니다. 다시는 쓰지 않으리라 생각했던 이력서를 그렇게 써서 광산 사무실에 제출하고 나오는 발걸음은 왜 그렇게 무겁던지요.

강씨를 따라 일터로 첫출근을 한 것은 1984년 9월 중순쯤이었으며 내가 종점식당에 도착한 지 닷새가 되는 날이었습니다. 광부가 되어 하는 일은 굴진후산부였습니다. 굴진후산부가 무엇인지는 정확히 몰랐지만 죽음을 각오한 놈이 무엇을 못하랴 싶었습니다. 아무 생각 없이 따라 갔습니다. 강씨는 나에게 몇 번이나 다짐을 받았습니다. "정말 할 수 있는 거여? 이건 아무나 할 수 있는 일은 아녀. 생각 잘혀 봐." 하면서 나를 데리고 부지런히 산으로 올라 갔습니다.

내가 일을 할 '대성갱'이라는 광산은 거의 산꼭대기에 있었습니다. 굴진후산부라는 것은 우선 굴진선산부인 강씨와 그를 따라다니는 박씨가 먼저 갱 속에 들어가 바위를 뚫는 기계를 이용하여 암반이나 바위에 수십 개의 구멍을 일정한 길이로 뚫습니다. 그런 다음 약 1m 30cm 정도 되는 길이의 구멍에 다이너마이트를 박아넣고 심지에 불을 붙여 터뜨립니다. 잠시 후 화약 연기가 빠지고 나면 후산부인 나와 이재영이라는 친구와 함께 레일을 깔아놓은 길로 광차(짐차)를 끌고 들어가 다이너마이트로 터뜨린 돌과 흙 등을 실어서 끌어 올리는 곳까지 밀어다 놓는 작업이었습니다. 이 일을 글이나 말로 설명하니 쉬운 것처럼 보이지만 참으로 힘든 일이었습니다. 우선 갱이라는 것이 지하로 경사 20도쯤 되고 약 6~700미터가량을 광차를 타고 아니면 걸어서 내려가게 되는데 갱 속이 그렇게 힘든 곳인 줄 그때 알게 되었습니다.

조금만 걸어도 숨이 차고 등줄기에서 식은땀이 흘렀습니다. 갱을 뚫으면서 낮게 뚫었기 때문에 고개를 똑바로 들 수도 없었고 어둠 때문에 눈앞에 있는 손가락도 보이지 않았습니다. 개인이 소지하고 들어가는 후레쉬가 아니면 전혀 방향감각도 잡을 수가 없었습니다.

처음 며칠 간은 너무 무서웠습니다. 깊이 들어가면 갈수록 나올 수 없을까 봐 겁이 났습니다. 지하 깊숙히 들어가자 숨조차 제대로 쉴 수 없었고 갱이 좁고 낮아 허리마저도 펼 수 없었습니다. 정말이지 지금까지 겪어보지 못한 고달프고 힘들고 겁이 나는 일이었습니다. 그러나 이곳 탄광에는 나 말고도 많은 사람들이 일을 하고 있었습니다. 굴진선산부, 굴진후산부, 채탄하는 사람들……그래서 옛날부터 광산일을 하는 사람들을 보고 인생 막장에서 일을 한다고 했나 봅니다.

먹방촌 막장 인생

첫날은 일을 하면서 몇 번이나 쓰러지고 넘어지곤 했습니다. 그럴 때마다 이를 악물고 일어나 고통을 참아 가며 석탄을 싣고 광차를 밀었습니다. 마침내 입술에서 피가 났습니다. 어차피 죽지도 못하고 죽을 각오로 온 곳이 아니었나 하는 생각이 들었습니다. 또다시 도시로 나가 어슬렁거리며 남의 눈치를 보고 기가 죽어 사느니 이렇게라도 사는 것이 떳떳한 것이라는 생각 때문에 일어서고 또 일어서곤 했습니다.

어느덧 일을 끝내고 밖으로 나왔을 때는 오후 4시경이었습니다. 갱 속에 잠시 동안 들어가 있다가 나와도 작업복은 석탄가루로 인하여 시커멓게 되는 것은 당연하였지만 작업복이 온통 허옇게 되어 있었습니다. 마치 밀가루를 뒤집어 쓴 것 같았습니다. 흘린 땀이 말라붙어서 그렇게 된 것이었지요. 강씨가 말했습니다. "힘든 일을 해보지 않은 사람들은 모두가 그래. 며칠만 견디면 괜찮아 질

거야"라며 땀과 석탄가루로 뒤범벅이 된 나의 몰골을 보며 하얀 이를 드러내며 위로해 주었습니다.

하루 8시간을 그런 중노동을 하면서 사는 사람들이 이 땅에 많이 있다는 것을 알고 그들을 존경하고픈 생각이 들었습니다. 그것은 노동이기 이전에 고통이었기 때문입니다. 그렇게 시작한 일이 며칠 지나자 나는 술의 힘이 위대하다는 것을 알게 되었습니다. 힘든 하루 일을 마치고 곧장 목욕탕으로 들어가 땀으로 범벅이 된 몸을 씻어 냈지만 손톱 밑의 때는 아무리 닦아도 지워지지 않았습니다. 그리고 옷을 갈아입고 광부들과 함께 광산 근처에 있는 함바집으로 가서 삶은 닭을 안주삼아 막걸리나 소주를 거나하게 먹고 취한 상태로 비틀거리며 집으로 가서 잠을 자는 법을 배우고 그 맛을 알아 갔습니다. 나 역시 형 집에서 다른 광부들과 마찬가지로 하숙 생활을 했습니다. 먹고 자고 한 달에 8만5천 원가량을 주었지요. 그때 나의 하루 일당은 1만2천 원가량 되었고 월 만근을 하면 40만 원가량 준다고 했습니다. 하숙방에는 나와 다른 광부 두 명을 포함 모두 세 명이 한 방에서 생활했습니다. 그렇게 먹방촌 산골에서의 생활이 익숙해져 갔고 잠을 자는 방 뒤의 산 능선에는 어느덧 산머루와 다래가 익어가는 가을로 접어들었습니다.

술을 마시고 눈을 뜨고 아가리 벌린 시커먼 광산을 드나들면서 차츰 모든 것을 잊어갔습니다. 내가 그렇게 그리워하던 고향의 산과 들과 나무와 냇물 그리고 그 안에 노닐던 붕어들과 송사리, 작은 냇가에 하늘거리던 버들강아지…… 먼 곳에서 들리던 열차의 처량한 기적 소리까지도 잊혀져 갔습니다.

그리고 그동안 지나온 서울에서의 생활도 조금씩 잊혀 가면서 나는 변해가고 있었습니다. 충청도 작은 산골에서 나는 다시 그렇게 작은 인간으로 살아가고 있었습니다. 내가 알고 있는 모든 사람들에게 잊혀진 채로 말입니다.

매일매일 죽음을 머리 위에 인 채 전혀 겁내지 않고 일을 하는 내 자신이 자랑스러웠는지 아니면 빨리 죽음을 기다린 것인지 그것마저도 잊어 갔습니다. 먹방촌에서……

다시 '이별 없는 아침'을 읽으며

높고 쓸쓸함

청명한 가을 하늘은 더욱 높아만 갔고 주변의 산들이 단풍으로 물들쯤 광산으로 출근하는 나의 발걸음은 힘겨웠습니다. 종종 하늘을 올려다보는 버릇이 생겼고 괜히 가슴 한쪽이 서늘해져 이유 없는 외로움이 스멀거리기도 했습니다. 산사에서 불어주는 바람 때문에 가슴은 점점 투명한 글라스처럼 비어만 갔습니다. 그즈음 모든 것이 시들해졌습니다. 동료들과 함께 마시던 술도 시들해지고 사람들과 함께 어울리는 것도 시들해졌습니다. 그렇지 않아도 가을이 되면 허전하고 외로움을 많이 타는 나는 모든 것이 허무해지다가도 갑자기 무엇인가가 절실해지곤 했습니다. 그러나 그 절실함이 무엇인지는 몰랐습니다.

　퇴근을 하면 곧장 집으로 돌아와 책 속의 수니를 만났습니다. 아무도 없는 방에서 수니는 아무런 불평 없이 항상 그 자리에서 나를 기다려 주었습니다. 그렇게 한수산 님의 '이별 없는 아침'을 읽으면서 그 주인공들에게 동화되어 마치 내가 소설 속의 주인공처럼 되어 갔습니다. 수니는 죽음을 준비하는 동안 그리고 여행을 하는 동안 바닷가에서 수평선을 바라보면서 생각했습니다.

　'내가 죽는다면 이 바다는 어떻게 될까…… 갈매기들은…… 집에 두고 온 내가 아끼던 인형은……' 이 같은 평범한 이야기들이 내 가슴속에 스며들었습니다. 20대 초반의 감성 많은 여자와 20대 중반 남자와의 만남 그리고 모두 죽어야 할 이유가 있는 그래서 자살을 결심한 남녀가 만나서 죽기 전에 여행을 하자는 계획에 따라 함께 동행한 남자는 자살을 하면서 수니에게 부탁합니다. 제발 살아남아 달라, 아직은 살아 있어도 아름다운 세상이라고…… 그렇게 끝을 맺는 소설을 몇 번을 되풀이하면서 읽었습니다. 그러는 동안 가을은 깊어갔고 나의 가슴에도 슬픔이 흐르는 소리가 들렸습니다. 가끔씩 집 뒤에 있는 산에 올랐습니다.

　하늘이 손에 잡힐 듯 가까웠고 눈이 아렸습니다. 아! 정말 우리나라의 자연이 눈물겹도록 아름다웠습니다. 이름 모를 들꽃도 아름다워 보였고 살갗을 스치는 바람은 차라리 황홀할 만큼 짜릿했습니다. 세상 모든 것을 용서할 수 있을 것도 같았습니다. 문득 이 세상 모든 것이 부질없는 욕심 같다는 생각이 들었습니다. 그래서 스님들은 이런 산중에서 자연과 함께 생활하면서 욕심을 버릴 수 있구나 하는 생각이 들었습니다. 한 덩어리씩 나타나는 구름을 따라 눈을 돌리다보면 구름 끝에 내 고향이 있지 않을까 하는 막연한 그리움도 따라왔습니다.

어린시절 그렇게 원망스럽게 보이던 어머니가 그리움으로 다가왔습니다. 무엇이 우리 인간을 이토록 하염없이 슬프게 만든 것일까요. 그러다 산에서 내려오면 곧 현실로 돌아와야 했습니다. 들어가면 다시 나오지 못할 수도 있는 시커먼 갱 아가리 속으로 속절없이 들어가야 했습니다.

하숙생 한정희

추석이 며칠 남지 않았습니다. 가을 햇살이 유난히도 따사롭던 어느 날 일터로 나가며 하늘을 쳐다보았습니다. 갱 속으로 들어가기가 싫었습니다. 이유는 알 수 없었지만 그날따라 왠지 갱 속으로 들어가면 다시는 나올 수 없을 것이라는 생각이 들었습니다. 이곳 탄광은 명절을 앞두고 크고 작은 사고가 많았습니다. 하루하루가 불안했기 때문에 일을 마치고 밖으로 나오면 살아 있다는 사실에 안도했습니다. 죽기 위해 모든 것을 할 수도 있었는데 인간은 이렇게 간사한 것인가 봅니다. 어찌되었건 이렇게 좋은 계절인 가을에 죽기는 정말 싫었습니다. 같은 방에서 생활하는 하숙생 중에 명덕 형 밑에서 일을 하는 나와 동갑내기 친구가 한 명 있었습니다. 이름은 한정희 여자 이름이었습니다. 키도 크고 인물도 잘생겨 광산일 하기에는 아까운 친구였지요. 무슨 사연인지 묻지는 않았지만 토목기사 자격증이 있다고 했습니다. 그는 명덕 형 밑에서 굴진선산부를 하고 있었는데 명덕 형은 나와는 다른 광산에서 일을 하고 있었습니다. 그래도 정희와 나는 마음이 서로 맞는 편이었습니다. 우리는 자주 대화도 하고 가끔씩 대천시내로 나가 구석진 왕대폿집에 마주 앉아 소주잔을 기울며 서로의 처지를 위로하면서 조금씩 정이 들어갔습니다. 사방을 둘러보아도 첩첩으로 이어진 산과 좁아 보이는 하늘밖에 없는 이곳 오지에서 정희는 나에게 많은 위로가 되었습니다. 그만큼 사람이 그리운 동네였습니다. 무언가 내 서러운 사연을 들어 줄 사람이 없기도 했습니다.

어느 쉬는 날이었습니다. 그날 나는 하숙방에서 배를 깔고 수니를 만나고 있는데 정희가 느닷없이 시내로 함께 나가자는 것이었습니다. 노는 날이라고 해야 집에서 책을 읽거나 뒷산에 올라가 하늘을 쳐다보는 것이 전부였던 나에게 누군가와 함께 하는 시내 외출이 싫지 않았습니다. 한 벌밖에 없는 검은 바지에 빨간색 티셔츠 그리고 곤색 점퍼를 차려 입고 정희를 따라나섰습니다. 버스를 타고 시내로 나가는 동안 정희가 속마음을 털어놓았습니다. "사실은 내가 사귀는 아가씨가 경기도 기흥면 구갈에 있는 태평양화장품에서 근무를 하는데 오늘 나를 만나러 대천에 내려오는 날이야. 그런데 그 여자는 내가 광산에서 기사로 일하는 것으로 알고 있으니까 절대 말조심하고 나를 손 기사라고 불러 알았지?"라고 했습니다. 나는 그의 말에 이어가 없어 "아니, 니 애인 만나러 가는데 나는 왜 데려가?"하고 따졌습니다. 정희는 씨익 웃으며 "우리 애인과 함께 일하는 친구 한 명을 데려온다는 거야. 바다 구경도 할 겸해서 함께 온대. 그러니까 너도 광산에서 일하는 기사로 행세해야

해. 알았지?" 어쨌건 우리는 대천역으로 갔습니다. 얼마 후 개찰구를 빠져나오는 자그마해 보이는 아가씨 두 명을 맞았습니다. 우리는 가벼운 인사를 나누고 대천역 앞 지하 다방으로 들어갔습니다. 다방 구석에 달려 있는 스피커에서는 조용필의 노랫소리가 경쾌하게 흐르고 있었습니다. 우리는 나이 든 마담이 가져다 놓은 커피 잔을 앞에 놓고 자신을 소개했습니다.

첫 만남의 설렘

"장 기사라고 합니다. 저는 손 기사와 함께 일을 하고 있지요." 천연덕스럽게 거짓말을 했습니다. 그리고 우리는 버스를 타고 약 40여 분간 달려 대천해수욕장으로 갔습니다. 나는 오랜만에 맡아보는 바다 냄새와 끝없는 수평선, 바다 위를 날갯짓하는 갈매기떼와 길게 펼쳐진 백사장 그리고 알 수 없는 설레임으로 행복하다는 생각이 들었습니다. 어쩌면 인생은 살아볼 만한 것이라고. 갑자기 세상의 모든 것들이 아름답게 보이는 이유를 어떻게 설명을 해야 하는 것일까. 백사장을 거닐며 이 순간만큼은 수니를 잊었습니다. 먹방촌 산자락 끝에 있는 작은 하숙방에 혼자 있을 수니를 잊었지요. 우리는 매운탕으로 점심을 먹으며 소주 몇 잔도 곁들였습니다. 그러는 동안 어색함이 가시고 서로 웃으면서 눈도 맞출 수 있는 여유가 생겼습니다. 한정희의 애인은 순옥이라고 했습니다. 통통하게 살 오른 웃음을 베어 물고 있는 좋은 인상의 아가씨였고, 그를 따라온 친구는 이옥현이라는 아가씨였는데 역시 자그마한 키에 수줍음을 많이 탔습니다. 그녀는 눈매가 무척이나 고요했고 말은 별로 없었습니다. 나이는 스물세 살이고 미인은 아니었지만 밉다는 생각은 들지 않았습니다. 술은 잘하지는 못했지만 내가 말을 건네면 곧잘 대답을 해주었습니다.

그녀의 고향은 자신이 현재 일을 하고 있는 경기도이며 태평양화장품 개발실에서 일을 한다고 했습니다. 나는 한동안 구름 위에 둥둥 떠 있는 것 같은 꿈같은 시간을 보냈습니다. 그날 나는 처음으로 야릇한 느낌을 받으며 행복했습니다. 저녁 늦게 서울로 올라가는 열차에 아가씨들을 배웅하고 마지막 버스를 타고 먹방촌으로 돌아오는 동안 내 가슴은 뛰었습니다. 쉽게 잠이 올 것 같지 않았습니다. 삭막하기만 하던 광산 생활에서 수니가 아닌 다른 여자가 그렇게 끼어들었습니다. 자주 만난 것도 아니고 전화 통화를 한 것도 아니며 편지를 주고받는 사이도 아닌 아무런 사이도 아닌데 말입니다. 다시 만날 약속을 한 것도 아니었지만 옥현이는 그렇게 내 인생에 들어오기 시작한 것이지요.

경기도 기흥에서 일을 하는 스물세 살 된 이옥현이가 먹방의 깊은 갱 속으로 들어 왔습니다. 아름다운 숲과 바람이 부는 산사에도 그녀는 있었습니다. 누구에게 말을 하지도 할 수도 없었지만 나 혼자만이 그렇게 옥현이를 만나고 있었습니다.

외할머니
그러는 동안 어느덧 추석이 왔습니다. 움직이지 않고 빈방에 남아 있을까를 고민했지만 도저히 자신이 없었습니다. 광산촌의 특성이 명절이 되면 모두 자신들의 고향으로 돌아가 버리고 모든 집과 마을이 텅 비어 버린다는 것입니다. 이곳이 고향인 사람들이 별로 없기 때문이지요. 돈을 벌기 위해 고향을 떠나 모인 사람들이 명절이나마 고향을 찾아 떠나기 때문입니다. 그래서 명절이 다가오면 광부들의 마음이 들떠 있기 때문에 안전사고도 많이 나고 갱이 무너져 광부들이 사망하는 사고가 잦았습니다.

나는 오랜만에 문경 호계면 막곡리를 찾았습니다. 외할머니는 나를 보자마자 치맛자락으로 눈물을 훔치면서 말을 잇지 못했습니다. 그리고는 내가 사가지고 간 필터 있는 아리랑 담배는 밀쳐놓고 늘 그렇듯이 봉당에 쪼그리고 앉아 고쟁이 안주머니에서 봉지 담배를 꺼내어 종이에 말아서 불을 붙이고 빨아댔습니다. 이제는 많이 여위고 늙어버린 외할머니의 모습을 보면서 콧등이 시큰거렸습니다. 언제부터인가 내가 한 번씩 다녀갈 때마다 외할머니의 한숨도 늘어 갔으니까요. 연락이라도 더 자주 드릴 것을 하는 후회가 들었지만 오랜만에 기분이 좋아졌습니다.

나는 외할머니께 서울에서 공장에 다닌다고 했습니다. 위험한 광산에서 일을 한다고 하면 또 걱정하실 것 같아서였습니다. 엄마도 찾아가 보았습니다. 모두 변함없는 모습으로 오순도순 살고 있었는데 나 혼자만 세상 모든 고민을 끌어안은 것 같은 마음으로 방황하면서 살았구나 하는 생각에 하마터면 울뻔했습니다. 그러나 이 순간 가슴속에 쌓여 있던 울분, 절망 같은 것들이 조금은 사라지는 듯했습니다. 그래서 좋든 싫든 가족의 힘은 큰 것인가 봅니다.

외할머니가 해주시는 밥을 먹으면서 이틀을 보내고 다시 충청도로 가는 버스에 몸을 실었습니다. 차창 밖으로 보이는 조그마한 체구의 외할머니는 버스가 떠날 때까지 오랫동안 그곳에서 계셨습니다. 그 모습을 보면서 콧등이 시려 왔습니다. 무엇이 그렇게 외할머니를 힘들게 하는 것일까. 언제까지 외할머니에게 짐이 되어 살아야 하는 것일까요.

추석 명절이 한참 지난 뒤 어느 날 한정희로부터 그의 애인과 옥현이가 함께 대천으로 내려온다는 소식을 들었습니다. 나는 갑자기 가슴이 울렁이기 시작했습니다. 절망적이던 마음이 한순간 설레임으로 바뀔 수 있다는 것도 신기했습니다.

갱이 무너져 사고가 났으나 타박상만 입고

참으로 이상한 일이었습니다. 마음이 들뜨면 사고가 난다는 말을 믿지 않고 있었는데 사실이었던가 봅니다. 그날도 갱 속에 들어가 무거운 바위를 광차에 옮겨 싣고 마지막으로 삽질을 하는 순간 천장에서 우르르 하는 소리가 들렸습니다. 그리고는 온 천지가 깜깜해졌습니다. 그리곤 정신을 잃었습니다. 눈을 떴을 때 흰 벽과 소독 냄새. 그리고 얼마 지나지 않아 대천시내에 있는 병원이라는 사실을 알았습니다. 갑자기 온몸이 떨리고 소름이 끼쳐 왔습니다.

내가 이곳에 와서 밥벌이하는 동안 사고가 발생한 것을 몇 번 보았습니다. 그중 한 번은 떨어지는 큰 바위에 한쪽 팔과 다리가 으스러져 그것을 잘라낸 환자가 정신을 차린 뒤에 절규하는 모습을 보았을 때 남의 일 같지 않았습니다. 혹시 이 순간 나 역시 그 같은 상황이 일어나지 않으리란 보장은 없었지요. 쉽게 팔과 다리를 움직여 볼 수 있는 용기가 나지 않았습니다. 만약 그렇다면 정말 팔이나 다리가 잘려져 나간 불구가 되는 것은 아닐까. 생각만 해도 온몸의 피가 머리 위로 솟구치는 듯했습니다. 나는 그렇게 30여 분간을 식은땀을 흘리며 누워 있었습니다. 아무것도 하지 못한 채 불구가 되었을 때의 상황도 생각해보았지만 너무나 끔찍한 일이었습니다.

얼마나 시간이 흘렀을까. 나는 그 순간 잠시 질식하여 정신을 잃었던 것과 천장에서 떨어진 것은 돌덩이가 아니고 다행히도 흙이었기 때문에 조그만 타박상만 입고 무사할 수 있었습니다.

그날이 금요일이었고 다음 날 토요일은 옥현이가 대천으로 오는 날이었습니다. 좀 더 입원하여 치료를 받으라고 하는 의사의 권유도 뿌리치고 일어나 시내 목욕탕에서 이발도 하고 손톱 밑까지 깨끗하게 씻어 냈습니다.

제3부

젊은날의 초상

꿈을 향하여

만남 그리고 이별

광산 책임자가 몸의 회복을 위해 시간을 준 것이 그렇게 고마울
수 없었습니다. 토요일 오후 5시쯤 대천역에서 정희와 함께 순옥,
옥현이를 만나 그날은 시내에서 놀기로 했습니다. 우리는 함께 차
한 잔씩을 하고 각자 자유시간을 갖기로 했습니다.

나는 옥현이와 어느 조그만 카페에 들어가 맥주를 마셨습니다.
늘 그랬듯이 옥현이는 조용했고 무엇을 물어봐도 마냥 웃었습니
다. 말을 많이 하지 않는 여자인데도 불구하고 내 마음은 왠지 편
안했습니다. 그녀가 탁자에 놓인 맥주잔을 한참을 보더니 생각한
듯 미소 띤 얼굴로 조용히 말했습니다.

"꿈이 뭐예요?"

"꿈요? 나는 언젠가는 우리나라에서 제일 잘 나가는 사업가가 되는 거예요."

"그러면 그 꿈을 이루기 위해서 회사에 다니거나 그런 일을 해야지 왜 토목기사 일을 하고 있나요?"

"지금은 때가 닿지 않아서 그런 것 같아요. 하지만 난 할 거예요."

전혀 이룰 수 없는 꿈인 줄을 알면서도 괜히 큰소리를 쳤습니다.

"가족은요?"

"예, 외할머니, 엄마, 동생들……"

그녀는 외할머니부터 챙기는 나를 이상한 듯 쳐다보았습니다.

"어릴 때부터 외할머니와 함께 살아서요."

나는 더듬거리며 변명을 했습니다. 그녀도 나에게 마음을 털어 놓았습니다. 평범한 가정에서 태어나 자랐고 부모님과 동생 그리고 자신이 함께 살고 있다고 했습니다. 고등학교를 졸업하고 지금의 회사에서 일을 하고 있으며 앞으로도 이처럼 평범하게 살고 싶다고 했습니다. 나는 그녀의 이야기를 조용히 들으면서 웬지 가슴 깊숙한 곳에서 서러움이 몰려왔습니다. 쉽고도 어려운 일이었습니다.

평범하다는 것은 어떤 것이고 평범하지 않다는 것은 또 어떤 것일까요. 갑자기 옥현이와 거리가 너무 멀다는 생각이 들었습니다. 내 앞에 있는 그녀가 나와는 다른 세상에서 사는 것처럼 보였습니다. 유난히도 자존심이 강했던 나에게는 옥현이의 한마디 말은 깊은 상처가 되었습니다. 과연 내가 앞으로 고생스럽지 않은 평범한 삶을 이어 갈 수 있을까.

　나는 그날 밤 10시가 넘어 정희와 순옥 그리고 옥현이를 남겨두고 먼저 버스가 끊어진 밤길을 4시간을 걸어 먹방촌으로 돌아왔습니다. 휴일이라 모두 집을 비워버린 하숙방에 도착했을 때는 새벽 2시가 가까워져 있었습니다. 다리가 아픈 것도 몰랐습니다. 갑자기 방 한쪽 구석에 쓸쓸하게 있던 수니가 생각났습니다. 한동안 수니를 잊고 살았구나 생각하니 미안했습니다. 다시 책을 펼쳤습니다. '괜찮아요. 기운 내세요, 나는 죽기 위해서 이렇게 여행을 하지만 그래도 순간순간 아름다운 것을 보면 아! 조금만 더 살다가 죽어야지 그렇게 자신에게 속삭이곤 한답니다. 기운 내세요.' 수니가 나를 위로해주었습니다. '그래 수니가 있었지. 고맙다. 다시는 너를 잊지 않을게' 마음으로 다짐을 했습니다.

　갑자기 나에게 여자라는 것은 사치라는 생각이 들었습니다. 이 넓은 세상에서 내 작은 육신하나 의지할 장소, 마음 편하게 일을 할 수 있는 직장 하나 없이 괜한 욕심을 부린다 싶었습니다. 그 어느 것 하나 충족시킬 수 있는 게 아무것도 없는데 평범한 가정에서 평범하게 자란 아가씨와 만나 무엇을 어떻게 하겠다는 말인가. 현재의 나를 토목기사로 알고 있지만 나는 토목기사가 아니었습니다. 그렇다고 앞으로 떳떳한 직장 하나 잡을 수 있다는 희망도 없었습니다.

　그날따라 창 밖을 스치는 바람 소리가 참으로 을씨년스럽게 들렸습니다. 산골의 겨울은 일찍 찾아옵니다. 추석이 지난 지 얼마 되지 않았는데 벌써 성질 급한 나뭇잎은 떨어지고 울긋불긋한 산

제3부 젊은날의 초상 209

에서 아침저녁으로 불어오는 바람은 온몸에 소름이 돋을 만큼 추워졌습니다. 옥현이가 왔다 가고 나 혼자만의 상처를 가슴에 안고 그렇게 시간이 또 흘러갔습니다.

그해 겨울은 유난히도 많은 눈이 내렸습니다. 거의 매일같이 펑펑 내려 무릎까지 쌓인 눈을 밟으며 산중턱에 있는 탄광으로 출근을 했습니다. 얼굴을 때리는 굵은 눈송이 때문에 눈조차 뜰 수도 없었습니다.

어릴 때 눈이 오는 날이면 참으로 즐거웠습니다. 누렁이와 함께 산과 들을 숨이 차도록 뛰어 다녔습니다. 눈이 쌓이면 동네 아이들과 눈덩이를 굴려서 눈사람을 만들기도 했습니다. 누가 더 큰 눈사람을 만드는지 내기를 하기도 했고, 하늘에서 팝콘처럼 떨어지는 눈송이를 혀를 내밀어 받으면 금세 녹아 없어지기도 했습니다. 그때의 시간들이 그리움이 되어 출근시간에 생각나는 이유는 무엇일까요.

그사이 또 한 번의 광산 사고가 일어났습니다. 채탄작업을 하던 광부가 천장에서 떨어져 내린 돌무더기에 깔려 숨지는 사고가 발생했습니다. 광산에서 일을 한 지도 벌써 몇 개월이 지났는데 일을 하러 갱 속으로 들어갈 때마다 자꾸만 뒤를 돌아보고 하늘을 올려다보는 버릇은 점점 더 심해져만 갔습니다. 죽는 것이 두렵지 않다고 광산에 온 것인데 그동안 광부로 일을 한 지 얼마나 되었다고, 점점 죽음을 머리 위에 두고 일을 한다는 것이 무섭고 두려웠습니다.

겨울이 깊어 갈수록 하숙집 창문 밖에서는 사르락사르락 소리를 내며 눈송이들이 쌓여갔습니다. 나뭇가지와 말라버린 풀잎 위에도 눈이 쌓이는 소리가 들렸습니다. 싸락눈이 내리는 날은 더욱 눈 내리는 소리에 잠을 들지 못하는 날도 있었습니다. 그럴 때면 외할머니와 엄마가 절실하게 생각나고 일찍 돌아가신 그리운 아버지의 얼굴도 희미하게 떠올랐습니다. 그리고 만난 지 얼마 되지 않은 얼굴도 생각이 나곤 했지요.

지난번 혼자 대천에서 먹방까지 몇 시간을 걸어온 이후 서로 연락도 없이 몇 달이 흘러갔습니다. 그렇게 겨울은 하염없이 깊어만 갔습니다. 지하 갱 속에 들어가 있으면 추위도 더위도 잊고 흘러가는 시간에 대한 개념조차 민감하지 않았습니다.

어느덧 11월이 지나고 12월 초가 되면서 낡은 라디오에서 크리스마스 캐럴이 들려왔고 눈은 더욱 극성을 부린다 할 만큼 내렸습니다. 그럴 때쯤 나는 가끔씩 형과 식구들이 살고 있는 안방으로 건너가 텔레비전에서 방송하는 털모자를 쓴 연인들이 나오는 드라마와 구세군 복장을 한 사람들을 보면서 문득 도시가 그리워졌습니다. 그동안 수니도 추위를 타는지 그다지 큰 감명도 받지 못하고 있어서 책을 펼치는 시간도 줄어 갔습니다. 게다가 말수도 줄어들었고 가끔씩 정희가 함께 시내에 가자고 했지만 그것도 시들해졌습니다.

1984년 12월 25일 크리스마스. 사실 광산일과는 무관한 날이지만 그날은 광산도 쉬었습니다. 전날 일찍 퇴근을 하고 돌아와 '이별 없는 아침'을 펼쳤지만 눈에 들어오지 않았습니다. 나는 갑자기 마음이 들떠 무작정 시내로 가는 버스에 몸을 실었습니다.

시내에서 대천해수욕장으로 가는 버스를 갈아타고 그곳에 도착했을 때는 어스름 석양이 질 시간이었습니다. 흐린 날씨 탓인지 바다와 하늘, 수평선 모두 흐린 잿빛이었습니다. 슈퍼에서 산 소주 한 병을 안주도 없이 단숨에 들이키고 나니 기분이 좋아졌습니다. 아! 살아 있다는 것은 축복이었습니다. 그러나 지금 이 순간 무엇을 어떻게 해야 할지 몰랐습니다. 광산에서 한 달간 성실하게 일을 하면 40만 원 정도는 벌 수 있었습니다. 하지만 저축보다는 씀씀이가 더 컸습니다. 오늘 아니면 내일 사고를 당할 수도 있고, 갱 속에 갇힐 수도 있고, 그렇다고 내가 책임져야 할 가족이 있는 것도 아니었으니 저축을 하면 무엇 하랴 싶었습니다. 편하게 쓰고 마시면서 불안하고 허무한 심리상태를 달래는 생활이었습니다. 노래 가사처럼 오늘도 걷지만 정처 없는 발길이었습니다. 아무런 계획도 희망도 없이 하루하루 살아가는 삶의 고통이 어떠한 것인지 겪어보지 않은 사람은 알 수 없을 것입니다. 갑자기 누군가가 몹시 그리워졌습니다.

나는 서둘러 대천역으로 갔습니다. 그리고 무작정 서울 가는 열차표를 끊어 밤 9시가 넘어 수원역에 내렸습니다. 그곳에서 태평양화장품 회사 가는 길을 물어보자 버스를 타고 한참을 가야 한다고 했습니다. 그 시간 버스가 있을 리 없고 택시를 타고 회사 앞에 도착을 했을 때는 밤 10시가 넘어 있었습니다.

나는 회사 정문 앞에서 그냥 서 있었습니다. 무엇을 어떻게 하겠다는 생각도 없이. 그날따라 내 마음도 모르는 무정한 눈만 하염없이 내리고 있었습니다. 다시 수원역으로 돌아왔을 때는 밤 12시가 넘어 있었습니다. 나는 왜 이곳에 온 것일까…… 옥현이를 보려고 온 것일까.

대천으로 내려가는 기차는 오전 9시가 넘어서 있었습니다. 나는 수원역 대합실 나무의자에 쪼그리고 앉아 으슬으슬 다가드는 한기에 몸을 동그랗게 말았습니다. 춥고 배가 고팠으며 무엇보다 마음이 시려왔습니다. 아침은 언제 오려나……

그녀를 만나다

1월 어느 날, 차가운 바람이 살을 파고드는 듯 몹시 추운 날이었습니다. 아침에 출근을 하기 위해 수건과 작업복을 챙기고 있는데 정희가 다가와 조용한 목소리로 말을 건냈습니다.

"오늘 순옥이가 대천에 오는데 옥현이도 따라 온다고 너에게 연락을 해 달라고 했다는데 어떡할 거야?"

늦은 밤 옥현이가 근무하는 회사 정문까지 찾아 갔다가 내려온 지 20여 일이 지난 어느 날이었습니다. 그동안 내색 없이 숨겨온 가슴앓이는 어떠했을까요.

"일 끝나고 빨리 와 시내에 같이 나가게 알았지?"

정희의 말을 듣는 순간 갑자기 가슴이 뛰기 시작했습니다.

그날 일을 끝내고 뜨거운 물도 잘 나오지 않는 회사 목욕탕에서 손톱 밑에 끼어 있는 검은 석탄재까지 씻어 내려고 손이 벌겋게 되도록 문지르고 또 문질렀습니다. 그리고 아껴 두었던 검정색 바지와 어느 날 대천시내에서 산 붉은색과 검정색 체크로 된 두꺼운 점퍼를 꺼내 입고 서둘러 정희와 대천시내로 나갔습니다.

옥현이는 나를 보자 밝은 표정으로 웃어 보였습니다. 그날따라 옥현이는 말도 많이 하고 다정스럽게 행동하며 즐거워했습니다. 오히려 내가 쑥스러워 자꾸 얼굴이 붉어지고 말도 더듬었습니다. 여자란 대담해지기 시작하면 남자보다 훨씬 용기를 가지는 가 봅니다. 옥현이는 술을 한 잔 마시고 먼저 말을 했습니다.

"사실은요. 저도 용기가 별로 없어서 그쪽에서 연락이 오기를 기다렸는데 연락이 오지 않고 그래서 처음에는 제가 싫어서 그런가 보다 하고 생각하고 저도 연락하지 않았어요."

그녀는 조금 취한 듯했습니다.

"그런데 나중에 순옥이가 하는 말이 내가 너무 튕겨서 그런 것이라고 하기에 제가 먼저 용기를 내어 이렇게 만나러 온 거예요."

아! 그랬구나. 인연이란 이렇게 시작되는 것임을…… 그렇게 시작된 만남이 서로 편지를 주고받게 되었고 그후 한 달에 두 번 정도는 만났습니다.

일을 마치고 집으로 돌아오면 일기를 쓰듯이 그녀에게 편지를 썼습니다. 푸른 하늘과 산에 피어 있는 이름 모를 들풀에 대한 이야기 그리고 그리움에 대해서도 써서 보내곤 했습니다.

한 달에 한 번 정도 옥현이는 순옥이와 대천에 내려오거나 아니면 내가 정희와 수원으로 갔습니다. 이 세상에서 나를 생각해주는 사람이 있다는 사실이 참으로 든든했습니다. 산다는 것이 즐거운 것이라는 생각도 들었습니다. 아직까지 내가 토목기사가 아니라 막노동꾼이라는 이야기를 하지 못한 것이 마음에 걸리기는 했지만 그것 또한 시간이 해결해 줄 것이라 믿으며 그녀와의 아름다운 만남을 지속하기 위해 노력을 했습니다.

명덕 형, 정희가 먹방촌을 떠나고

어느덧 2월이 오고 또 들뜬 마음으로 설을 보냈습니다. 3월이 왔는데도 아직까지 찬바람은 몰아치고 눈이 오는 날이 많은 것은 산골의 특성이라고 했지만 그것도 크게 마음 쓰지는 않았습니다. 세상을 좀 더 긍정적으로 생각하자 모든 것이 이해가 되고 또 아름다워 보이곤 했습니다. 그런데 갑자기 설 연휴가 끝나자 명덕 형은 광산일을 정리하고 형수와 조카들을 데리고 짐을 꾸려 삼촌들이 살고 있다는 울산으로 이사를 갔습니다. 참으로 지긋지긋했던 광산을 떠나는 것이 홀가분하다는 이야기를 하면서. 형은 울산에 가서 자리가 잡히면 나도 부르겠다는 말을 남기고 몇 십 년을 살았던 곳을 미련없이 홀홀 떠나 버렸습니다.

명덕 형이 떠나면서 함께 일을 하던 정희도 도시에 가서 운전이라도 하겠다면서 형을 따라 울산으로 갔습니다. 이제는 떳떳하게 살고 싶다는 말을 남기고 말입니다.

모두 떠나고 나는 아랫동네에 있는 곰보네 집으로 하숙을 옮겼습니다. 그 방에서 박광주라는 젊은 친구와 함께 생활을 했습니다. 그 친구 역시 서울에서 이것저것 안 해 본 것 없이 여러 가지 일을 하다 이곳까지 왔습니다.

그리고 그는 나보다 두 살 어렸지만 심성이 착해서 금세 친해졌습니다. 나와 잘 어울렸고 내가 일하는 대성갱에서 굴진후산부 일을 했습니다.

잦은 광산사고로 두려운 나날

1985년 3월. 나는 또 사고를 당했습니다. 그때는 채탄후산부 일을 하고 있었는데 갱 속에서 동발(큰 통나무로 기둥을 세우는 일)작업을 돕다가 위에서 탄이 쏟아져 내리는 바람에 그곳에 깔렸다가 한참만에 구조가 되었습니다. 다행이도 얼굴은 묻히지 않아 왼쪽 손만 조금 다친 것 외에는 다른 이상은 없었습니다. 덜컥 겁이났습니다. 이러다가 정말 죽는 것은 아닐까, 순간 살고 싶다는 생각이 간절했습니다. 처음 이곳에 올 때까지만 해도 수니와 같이 죽기로 작정을 했었는데 사람 마음이라는 것이 살면서 자꾸 바뀌는가 봅니다. 이제는 하루라도 좋으니 죽음을 걱정하지 않고 일을 할 수 있는 곳이면 어느 곳이라도 좋겠다 싶었습니다. 괜히 마음이 생뚱거리고 작업장인 갱 속에 들어가기 싫어졌습니다. 늘 작업을 하기 위해 갱 속으로 들어갈라고 하면 자꾸만 뒤돌아 하늘을 올려다보고 또 보곤 했습니다. 들어갈 때는 남들 제일 뒤에서 따라가고 작업이 끝나고 밖으로 나올 때는 맨 앞에 나오곤 했습니다.

어느덧 광산 근처에도 하숙집 방문 앞에도 노랗게 옷을 입은 개나리가 화사하게 피어났습니다. 낮은 산 곳곳에 붉은 물감을 들인 듯한 진달래가 눈을 감아도 생생하게 떠오를 만큼 내 가슴을 두근거리게 했습니다. 흐드러지게 핀 진달래꽃 때문에 늦잠을 잘 수도 없었습니다. 겨우내 조용하던 산에서 새소리와 졸졸거리는 물소리도 들려왔습니다. 초등학교 때 흰 도화지에 마음 설레어 가며 그렸던 그런 그림 속의 일들이 되살아나는 듯했습니다.

사고가 난 지 며칠 지나지 않아 또다시 갱에서 사고가 발생했습니다. 나는 그날 주간 일을 마치고 내려온 날이었습니다. 햇살이 남아 있는 산에 올라 돋아나는 새순들을 구경하고 진달래꽃 향취에 젖어 하숙집으로 내려오는데 곰보 아줌마가 헐레벌떡 뛰어가며 광산 쪽으로 달려갔습니다.

"무슨 일인데요?"

"총각 큰일 났어. 광주 총각이 사고가 났대. 폭발사고라고 하는 것 같던데."

나는 정신없이 현장으로 뛰었습니다. 폭발사고라고 생각하기조차 싫었습니다. 현장에 도착해 보니 벌써 환자를 갱 속에서 끌어올려놓은 상태였습니다. 가까이 다가 갔습니다. 가슴이 뛰었습니다. 제발……제발……간절한 바람이 통했는지 광주는 눈을 뜨고 누워 있었습니다. 온몸에 깨가 박힌 듯 돌멩이가 박혀 있는 모습으로 나를 보더니 울었습니다.

"형, 형. 나 괜찮은 거지…… 무서워 죽겠어 형. 나, 어떡해."

아무 말도 하지 못하고 다가가 가만히 안아 주었습니다. 달리 할말이 없었습니다.

먹방촌을 떠나며

나는 그날 이후 이곳을 떠나야겠다고 생각했습니다. 하숙집과 함바집 외상값을 정리하면서 두 곳에 편지를 썼습니다. 울산에 있는 명덕 형에게 나도 이제 울산으로 가려고 하는데 가면 일할 곳이 있느냐는 내용이었고, 또 하나는 옥현이였는데 내가 이곳 광산에서 기사일을 하다가 다른 도시에서 나를 데려가려고 하여 자리를 옮긴다는 것과 옮겨서 자리 잡으면 연락하겠다는 내용이었습니다.

　어느 날 명덕 형에게서 편지가 왔습니다. 모든 것을 정리하여 울산으로 내려오라는 것이었습니다. 무척 반가웠습니다. 나도 이제 새로운 곳에서 새로운 일을 하게 된다고 생각하자 마음이 놓였습니다. 산에 피어 있는 진달래가 아름다워 보였고 식당 옆 울타리에 매달린 개나리도 더욱 아름다워 보였습니다.

　1985년 4월경, 나는 그래도 근 10여 개월 내 젊음을 묻어놓고 일을 하던 먹방촌의 산골짝을 떠나면서 결코 뒤돌아보지 않았습니다. 미련도 후회도 없었습니다. 언제나 그러했듯이 손에 들고 있는 작은 가방의 무게를 느낄 사이도 없이 그곳을 떠나지 못하는 사람들의 부러운 눈길을 뒤로 하면서 광산촌을 떠났습니다.

울산, 다시 고향으로

삼촌이 운영하는 목재소 점원으로 취직

　울산시 공업탑 로터리 주변에 올림푸스 아파트 2동을 짓는 공사현장이었습니다. 명덕 형은 공사현장에서 자재관리를 맡고 형수는 공사장 함바식당을 운영하고 있었습니다. 올림푸스 아파트를 짓는 건설업체 사장이 돌아가신 아버지와 사촌간인 장사무 삼촌이었기 때문에 가능한 일이었습니다.

나는 처음 공사현장 옆에 임시로 지어 놓은 판자 식당과 거기에 딸린 쪽방에서 잠을 자며 잠시 공사현장 잡부로 일을 했습니다. 나는 그곳에서 얼마만큼 일을 하다가 다시 야음동에 사는 고모의 도움으로 막냇삼촌이 운영한다는 목재소에 취직을 했습니다. 나에게는 막냇삼촌이 된다고 했는데 공업탑 로터리에서 조금 떨어진 곳에서 목재상회를 운영하고 있었습니다. 하는 일은 목재를 사러 오는 손님이 있으면 목재를 찾아서 차에 실어주고 심부름을 하며 가게를 돌보는 일이었습니다. 가게에는 3톤짜리 화물트럭이 있었고 운전을 하는 최씨 아저씨, 사장인 장사균 삼촌 그리고 나 이렇게 3명이 일을 했습니다.

저녁이면 사무실 구석의 간이침대에서 잠을 자며 가게를 지키는 일도 함께 했습니다. 매일 오전 6시쯤 일어나 가게 문을 열고 안과 밖을 청소한 다음 들여놓았던 목재들을 꺼내어 진열을 마칠 때쯤이면 오전 8시가 되었습니다. 그때쯤 운전을 하는 최씨가 출근을 했고 가게에는 밥을 해 먹는 주방이 없으므로 나는 걸어서 30분쯤 걸리는 공업탑 로터리 공사현장 함바집에 가서 아침을 먹고 다시 걸어서 목재상회까지 오면 거의 오전 9시가 넘었습니다. 그 시간 벌써 최씨는 목재를 싣고 배달을 나가고 주인인 막냇삼촌이 손님에게 목재를 골라 주고 있기도 했습니다. 그럴 때면 삼촌은 나에게 짜증을 내곤 했습니다.

"너는 어떻게 밥을 하루종일 먹니? 빨리 먹고 와서 가게 봐야지 원."

남을 배려하거나 좋은 성격의 소유자는 아니었습니다. 아니 무엇보다도 나를 조카로 인정하지 않았습니다. 나에게 있어 삼촌은 그저 목재상회 주인일 뿐이었습니다. 삼촌을 부를 때에도 삼촌이라고 하지 않았고 사장님이라는 호칭을 사용했습니다. 피차 서로 간에 애정이 있을 리 없었지요.

그렇게 지내면서 야음동 고모의 권유로 운전학원을 다녔습니다. 고모는 나에게 "사람은 기술 하나 정도는 가져야 먹고사는 거야. 운전이라도 하나 배워둬라"고 하면서 학원비의 반을 주며 등을 밀었습니다. 삼촌에게는 누나가 되는 고모의 강권에 그도 싫다는 이야기는 하지 못하고 하루에 2시간 한가한 시간에 학원에 가는 것을 허락했습니다. 사실 나는 그곳에서 24시간 일을 하는 것이었습니다. 저녁을 먹고 오는 동안 사장은 사무실을 지키다 내가 도착하면 근처에 있는 집으로 들어갔으며 때로는 불쑥불쑥 사무실에 나타나 내가 있는지 확인하곤 했습니다. 그러한 나는 하루에 2시간 학원 가는 시간이 유일한 자유시간이기도 했습니다. 그렇게 눈치를 보면서 저녁에 간이침대에 누우면 문 밖에서 들려오는 자동차의 경적과 소음 때문에 잠을 잘 수가 없어 뒤척이다 아침에 일어나면 온몸이 아팠습니다. 왜 아픈지는 몰랐지만 몸의 상태는 정상이 아니었습니다. 그러는 중에도 나에게 힘을 주었던 것은 내가 함바집으로 밥을 먹으러 가면 고모는 나를 반겨주었습니다. 이것저것 먹을 것을 챙겨주면서 관심과 애정을 보였습니다.

"힘들지는 않니? 그래도 참고 견디어야 해, 객지생활이니 입맛에 맞을 수만은 없는 거야. 그래도 참고 열심히 해라"고 하면서 속주머니에서 꼬깃한 만 원짜리 한 장을 쥐어주는 그 사랑 때문에 늘 가슴이 따스해지고 콧등이 시큰해지곤 했습니다. 그러한 정 때문에 힘든 시간들을 참고 견디어낼 수 있었나 봅니다. 그때 나는 고모가 쥐어주는 것이 아니면 돈을 구경조차 하기 힘들었습니다. 일을 한다고는 하지만 목재상회에서 나에게 월급을 주지도 용돈을 주지도 않았기 때문입니다.

고모가 그렇게 주는 돈은 접힌 부분이 닳도록 주머니에 넣고 다녔습니다. 쓰기가 너무 아까웠기 때문이지요.

운전면허를 따고

내가 목재상회에서 일을 한 지 한 달이 넘었을 무렵이었습니다. 그리고 울산에서 생활한 지 벌써 두 달가량 되었습니다. 운전학원에 다닌 지 15일 만에 면허시험에 합격을 했을 때이기도 했습니다. 한 달이 지났는데도 사장은 월급 줄 생각을 하지 않았습니다. 그냥 열심히 일을 해보라고만 했습니다.

그동안 고모가 가끔씩 만 원짜리 한두 장을 준 것은 있지만 돈이 필요했습니다. 속옷도 사야 했고 늘 꾀죄죄한 외출복도 하나 사고 싶었고 읽고 싶은 책도 사고 싶었습니다. 무엇보다 가게에 24시간 매여서 고생스럽게 일한 대가가 얼마인지를 알고도 싶었고 그것을 받고 싶었습니다.

어느 날 일을 마치고 문을 닫고 퇴근하려는 사장에게 어렵게 말을 꺼냈습니다. "사장님. 저, 돈이 좀 필요한데요." "그래 얼마가 필요한데?"라면서 지갑을 꺼내더니 두둑하게 들어 있는 현금 중에서

만 원짜리 2장을 뽑아 내밀었습니다. "그게 아니고요, 저 월급은 안 주나요?" "월급이라니…… 그런 것 따지지 말고 일이나 열심히 해. 일은 제대로 하지도 못하면서……"라고 신경질을 내고는 퇴근을 했습니다. 많은 생각을 했습니다. 내가 무엇을 잘못한 것일까? 일한 대가를 달라고 한 것이 그렇게 잘못인가? 아무리 생각해 봐도 내가 잘못한 것이 생각나지 않았습니다. 그런데 왜 화를 내는 것일까 이유가 무엇일까 밤이 새도록 잠을 이루지 못했습니다. 역시 이곳도 내가 머물 곳은 아니었습니다.

울산 생활 2개월 만에 고향으로

이곳에서 무엇을 하겠는가. 목재 파는 일을 배워서 무엇을 할 거며, 노가다판에서 잡부일을 배워 무엇을 하겠는가. 밤마다 잠 한 번 편하게 자지 못하면서 월급 이야기를 할 수 없다면 이곳에서도 희망은 없다는 생각이 들었습니다.

떠나자. 어디를 간들 이곳만 못하랴. 그래 떠나는 거야. 이렇게 생각을 하니 갑자기 울산이 너무 싫어지기 시작했습니다. 한시바삐 떠나고 싶었습니다. 조금이라도 이 도시에 머물고 싶지 않아서였지요. 하얗게 밤을 새고 사장이 출근하는 것을 보고 아무런 말 없이 조그만 가방 하나를 들고 형이 있는 공사장으로 갔습니다.

"형, 나 고향으로 갈래, 근데 차비가 없으니 돈 좀 빌려줘. 아니 그러지 말고 목재상회에서 월급을 나대신 받아서 가지면 되겠네."

형은 많은 것을 묻지 않고 얼마면 되겠냐고 하여 3만 원만 달라고 했더니 지갑에서 꺼내 주었습니다.

울산에 와서 2개월 고생하고 받아가는 3만 원, 괜히 눈물이 났습니다. 대구로 가는 버스에 몸을 실었습니다. 다시금 고향이 눈앞에 보이고 만수네 산과 상선네 집 물레방앗간, 작은 냇가, 그리고 골맛집이 한꺼번에 달려들었습니다. 그동안 성공하리라며 잊고 살았던 고향산천이었는데 모든 것을 버리고 실패자가 되어 그래도 생각나는 것은 또 고향이었고, 낯익은 얼굴들이었습니다. 그것이 애당초 사람 마음인지도 몰랐습니다. 옛날처럼 골맛집 봉당에 앉아 만수네 산에서 아련하게 잡힐 듯 들려오는 뻐꾸기 소리도 들을 수 있을 터였습니다. 무성한 뽕나무밭에 들어가 까맣게 익은 오디를 입술이 온통 시커멓도록 먹을 수도 있을 것이었습니다. 대나무를 꺾어서 만든 피리 낚시를 가지고 작은 냇가에만 가도 한 시간이면 한 사발의 피라미는 잡을 수 있을 터였습니다. 그래 조금만 욕심을 버리고 살자. 늘 정다운 얼굴과 산과 들, 강이 있는 고향에서 작게 살자. 그런데 무엇을 어떻게 하면서 살아야 하는 걸까. 이번에 1종 보통 운전면허증을 땄으니 그것으로 택시운전을 할 수도 있을 것이었습니다. 안 되면 조그만 화물차 운전이라도 할 수 있을 것이었습니다. 그렇게 마음먹으니 편안해졌습니다.

무엇을 얻자고 그 삭막한 객지에서 울고 웃고 마음 졸이며 절망했던가. 지금에 와서 생각해 보니 아무것도 아닌 것에 그렇게 매달려 세월을 허비한 것이었습니다. 그것을 못 이겨 죽으려고 마음을 먹었고 인생의 막장이라고 하는 광산의 지하 갱 속에서 내 젊음을 묻으려고 했었습니다.

수니는 지금쯤 어디에서 어떻게 살고 있을까 그리고 이옥현. 이

참에 모두 잊자. 있으면 있는 대로, 없으면 없는 대로, 그렇게 물처럼 바람처럼 살자. 창 밖을 스치는 바람이 참으로 상쾌하게 느껴졌습니다.

어느새 세월은 1986년 초여름을 향해 달려가고 있었습니다.

절망의 끝에서

점촌에서 노가다를 시작하고

점촌에서의 생활은 처음 생각과는 달리 힘이 들었습니다. 그간 외할아버지가 돌아가시고 큰외숙모는 서울로 그리고 아이들이 모두 다른 곳으로 가버린 외갓집에는 75세 고령의 몸으로 아픈 외할머니만 남아 살고 있었습니다. 그나마 몸이 많이 아파 점촌에 있는 작은삼촌 댁에 머물고 있었기 때문에 외가는 흉가처럼 빈집이 되어 있었습니다.

그때 어머니는 오정 산골짝 광산 바로 앞 공터에 가건물을 지어 놓고 광부들을 상대로 장사를 하고 있었습니다. 장사라고 해야 일을 마치고 나오는 광부들이 목이 컬컬하고 배가 고파 마시는 막걸리와 머릿고기를 외상으로 주고 간주가 나올 때 수금을 하는 것이었습니다. 그곳에도 내 한 몸 누일 수 있는 공간이 없었습니다.

나는 어쩔 수 없이 점촌시내를 배회했습니다. 어머니가 광산 통근버스를 타고 점촌 시장에 나오는 시간은 오후 서너 시경이었습니다. 하릴없이 시내를 배회하다 시장에 나온 어머니를 만나면 그날 그날의 사정에 따라 천 원 또는 이천 원을 쥐어 주었습니다. 그 돈이 나에게는 생활비였고 생계비였습니다. 그 돈으로 점촌 시장 구석에 있는 동아하숙집(이름이 하숙집이지 정말 비좁고 방 한 칸에 한 명이 들어가 누우면 더 이상 자리가 없는 그런 방이었음)에 숙박비로 천 원을 주었습니다. 이천 원을 받는 날이면 나머지 천 원을 가지고 밥을 한 끼 사 먹기도 했습니다. 가끔은 시내 외곽에 있는 작은외삼촌 댁 부엌에 가서 조용히 라면을 끓여 먹기도 했습니다. 그러다가 해가 뉘엿뉘엿해지면 시장에서 옥수수를 사고 근처 만화방에서 무협소설을 빌렸습니다. 매일같이 빌려다 보니까 주인이 500원에도 5~6권씩 주면 마냥 기뻐했습니다.

옥수수 몇 개와 책 몇 권 그리고 삐거덕거리는 낡은 선풍기 하나면 여름밤 내내 행복할 수 있었습니다. 밤새워 책을 읽으며 주인공이 무예를 익히던 곳에 가 보기도 하고 이름 모를 경치 좋은 곳에서 놀기도 했습니다. 새벽 4시쯤 날이 완전히 밝아지는 시간이 되면 잠을 자기 시작해서 어머니가 시장에 나오는 시간 가까이 자고 나서 대강 세수를 하고 하숙집을 나오지요. 강태공처럼 세월을 낚는 것도 아니고 그렇다고 이력서를 내고 결과를 기다리는 것도 아니고, 군대 가기 위해 시간을 기다리는 것도 아니었습니다. 그야말로 허송세월을 보내고 있었던 것이지요. 아무런 기다림도, 희망도, 꿈도 없었습니다. 그저 시간이 가니 나도 함께 갔고 붐하니 밝아오는 새벽에 잠을 자면 눈을 뜨지 않았으면 할 때가 많았습니다. 그냥 편하게 언제까지 그렇게 자고 싶었는지도 모릅니다. 늘 무거운 머리를 들고 일어나서 또다시 그런 멍한 시간을 보내기 싫어서였습니다. 친구 희석과 오근이가 보고 싶었습니다. 그들과 좁다고 휘적거리며 다니던 시내를 나 혼자 힘없이 기웃거리면서 그들을 그리워했습니다.

　나는 그렇게 시간을 갉아먹는 기생충이 되어가고 있었습니다. 가끔씩은 해거름 시간에 냇가에 나가 우두커니 지는 해를 바라보다가 어두워져서야 하숙집으로 돌아오곤 했는데 그런 날은 하숙집 주인이 으레 나를 기다려 주곤 했습니다.

　그러던 어느 날 호계에 사는 큰외삼촌의 주선으로 동네에 사는 욱배 형을 따라 다니면서 하루 일당 만 원을 받기로 하고 노가다를 하게 되었습니다. 욱배 형은 나보다 나이가 여섯 살 더 많았는데 고향에서 노가다를 하며 뿌리를 내리고 살고 있었습니다. 욱배 형은 그때 문경 가은에 있는 봉명광업소 기계실에 큰 신형 기계를 설치하는 공사를 맡았습니다. 데모도가 필요하다고 해서 그 형을 따라다니며 땅도 파고 이것저것 잔심부름을 하며 노가다를 했습니다. 점심은 사 주었기 때문에 걱정하지 않아도 됐고 저녁에는 욱배 형의 차로 퇴근을 하여 시내에 오면 그래도 뿌듯한 마음으로 하숙집으로 돌아갔습니다. 아침 일찍 일어나야 했기에 무협지를 보지 못하고 그냥 쓰러져 잠이 들었습니다.

　그렇게 한 달가량을 다니다보니 어느덧 여름은 깊어 갔습니다. 하루종일 땀을 흘리고 돌아오는 길 마성 진남교 주변에 차를 세워 놓고 해거름 냇가에 들어가 시원한 물 속에 땀에 절인 몸뚱이를 풍덩거리는 그 기분 누가 알 수 있을까요. 그러면서 순간순간 상쾌함을 맛보면서 웃을 수 있었습니다.

외할머니와의 이별

비가 오는 어느 날 나는 모처럼 어머니에게 들렀습니다. 그때 어머니는 광산 앞에서 하던 장사를 접고 점촌시내로 와서 하숙집에 작은방 한 칸을 얻어 살고 있었습니다. 참으로 궁핍한 살림살이었습니다. 그날 외할머니가 어머니에게 와서 있었는데 나에게 호계에 있는 집으로 가고 싶다며 데려다 달라고 했습니다. 웬만해서는 부탁이나 고집을 부리지 않는 분이기에 나는 큰맘 먹고 2,500원이나 하는 택시를 타고 외갓집으로 외할머니를 모시고 갔습니다.

그때부터 외할머니는 음식도 먹지 못하고 누워 있다가 이틀 뒤 잠을 자듯 조용히 자신이 수십 년간 살던 집 안방에서 평화롭게 눈을 감았습니다. 외할아버지가 돌아가신 방이기도 했고 큰이모, 작은이모, 어머니, 큰외삼촌, 작은외삼촌 그리고 나, 명희, 명옥, 미화, 미선, 미정, 세영, 모두가 이곳에서 잠을 자고 자랐던 방이기도 했습니다. 75년을 살다가 가시면서 남들이 말하는 호강 한번 제대로 못해 보고 지난한 세월과 가난에 가슴 한 번 펴보지도 못하고 그렇게 돌아가셨습니다.

이제 외할머니를 다시 볼 수 없다는 생각을 하자 목이 메였습니다. 나는 외할머니의 염을 하는 장면까지 지켜보았고 3일장을 치르는 동안 바쁘게 움직였습니다. 잔심부름은 모두 내 차지였기 때문이지요. 큰외삼촌이 타고 다니던 오토바이를 타고 점촌시내를 들락거리며 심부름을 해야 했는데 운전면허증이 있는 내가 적격이기도 했지만 마지막 가시는 외할머니에게 조그만 힘이라도 되어 드리고 싶었기 때문이기도 했습니다.

하루에도 수십 차례 물건을 사기 위해 점촌을 드나들었습니다. 호계에서 시내까지는 6~7킬로미터가량 되는 거리였습니다. 많은 이들이 문상을 다녀갔고 안양에 살고 있는 큰이모 부부, 작은이모 부부 등 친척들이 모두 왔습니다. 그 가운데 언젠가 내가 봉천동에서 다방 주방장을 할 때 한 번 다녀갔던 큰이모 아들 용연 형도 왔습니다. 그때는 진급을 해서 서울 마포경찰서에서 근무를 하고 있다고 했습니다. 바쁘게 심부름을 하는 나를 보고 "고생이 많구나"하고 위로했습니다. 이때가 용연 형과 두 번째 만남이었습니다. 그러나 그 만남이 나에게는 인생의 전환점이 되었습니다. 외할머니가 돌아가시면서 나에게 큰 선물을 주신 것이지요.

다시 서울에서 꿈을 꾸다

사설 방범대원으로 취직

나는 외할머니 장례식이 끝나고 다시 욱배 형을 따라 노가다를 다녔습니다. 날이 조금씩 더워질수록 노가다는 힘이 들었습니다. 땀을 많이 흘리게 되자 체력 조절이 어려웠습니다. 아무런 꿈도 희망도 없이 하는 노가다는 지겹고 고통스러웠습니다.

어느 날이었습니다. 노가다를 끝내고 하숙집으로 돌아온 나에게 어머니가 상기된 얼굴로 찾아왔습니다.

"야야, 용연이가 전화했더라. 서울에 니 일자리를 마련해 놓았다고. 빨리 짐 싸가지고 올라오라 카더라. 내일이라도 속히 가 보거라."

적어도 우리 집안에서 용연 형은 큰사람이었습니다. 경찰관으로 그것도 젊은 나이에 이미 무궁화 2개를 달고 있을 정도면 시골에서는 참 높은 사람 그리고 힘 있는 사람이었지요. 그런 형이 직장을 마련해 놓았다고 하니 아마 조건이 좋고 앞날이 탄탄한 그런 곳이 아니겠느냐는 생각이었고 뜻밖의 소식에 내 가슴이 뛰기 시작했습니다.

어떤 직장일까, 서울에서 꿈을 접었는데 다시 서울로 가게 되다니 잘하면 인간답게 살 수 있을지도 몰랐습니다.

나는 욱배 형을 찾아가 사정 이야기를 했습니다. 그도 기꺼이 축하해 주면서 그동안 일한 노임에서 조금 더 얹어 10만 원가량을 주었습니다.

서울로 향하는 직행버스 안에서 굳은 결심을 했습니다. '다시 한 번 일어서는 거야'라고.

서울에 도착한 나는 곧바로 용연 형이 근무하고 있다는 마포경찰서를 찾아갔습니다. 형은 그곳에서 보안계(현:생활안전계) 계장이었습니다. 형은 나를 경찰서 밖으로 데리고 나와 지하 다방으로 갔습니다. 커피 한 잔을 마시고 돈 2만 원을 주면서 과일이라도 사가지고 안양에 있는 집으로 먼저 가 있으라고 했습니다.

안양에 있는 집에는 큰이모 그리고 형과 형수, 조카들이 살고 있었지요. 내 직장에 대해서는 형이 퇴근을 해서 이야기를 했습니다. 한마디로 '사설방범'이라는 것이었습니다. 원래는 형이 있는 지역에 방범대원으로 추천을 해서 방범대원을 시켜주려고 했다는 것이었습니다. 그런데 방범대원을 하려면 중학교 졸업장이 있어야 하는데 나에게 중학교 졸업장이 없어서 방범대원은 할 수가 없었습니다. 그런데 마침 사설방범대원 자리가 하나 나온 것이지요. 서교동 서교빌딩 뒤 반듯한 골목 양 편에 있는 10가구의 주택을 지키는 것이었습니다.

오후 6시에 출근해서 다음 날 아침 6시까지 근무하면 되는 것이었습니다. 그곳에 사는 사람들이 경찰만을 믿을 수 없어 직접 사람을 고용해 자신들의 집을 지키게 하는 것이었습니다. 그러니까 그 10가구의 집 주인들이 매달 돈을 모아 나에게 월급을 주는 것이었지요.

골목 중간쯤에 나무로 만든 방범초소가 있고 그곳에서 근무를 했습니다. 간단하지만 잠시도 자리를 비울 수 없었고 뜬눈으로 매일 밤을 새워야 하는 피곤함도 있었습니다. 월급은 보너스나 다른 수당 없이 월 30만 원을 받기로 했습니다. 쉬는 날은 없었지요.

나는 마침내 취직이 되어 다음 날부터 일을 하기로 했으므로 숙소를 구해야 했습니다. 마포구 상수동 302번 종점 부근에 조그만 여인숙 방 한 칸을 구할 수 있었습니다. 그쪽은 위치도 주소도 몰랐으므로 용연 형이 알고 있는 상수동 파출소장이 알아봐 준 것이었지요. 선불로 월 7만 원을 주면 한 달을 살 수 있었습니다. 2평도 되지 않는 작은 방이었고 겨우 사람 몸 하나 누일 수 있는 공간이었습니다. 그곳에서 내가 일하는 서교동까지는 교통이 불편해서 걸어 다녀야 했는데 30여 분가량 걸렸습니다. 직장 부근인 서교동은 부촌이어서 방을 구할 수 없기 때문에 비교적 저렴한 상수동에 방을 얻었습니다.

　1986년 6월경부터 새로운 생활이 시작되었습니다. 매일 저녁 주인아줌마 몰래 방구석에 숨겨놓은 조그만 석유난로에 끓인 라면 2개로 저녁을 때우고 오후 5시 20분쯤이면 집을 나섰습니다. 걸어서 초소에 도착하면 오후 6시 10분 전쯤 되었고 주변을 쓸고 청소를 하고 일과를 시작했습니다. 그때부터 드나드는 주민들을 보면 공손하게 인사를 해야 했습니다. 모두가 나에게 월급을 주는 상전들이었으니까요. 사람들의 왕래가 빈번한 밤 11시까지는 초소에 들어가지 못하고 골목을 왔다 갔다 하면서 시간을 보내다가 밤 12시가 넘어 골목이 조용해지면 초소에 들어가 달랑 하나뿐인 의자에 앉아 잠시 아픈 다리를 주물렀습니다. 그러다 보면 어느새 새벽 서너 시가 되고 피곤함과 함께 잠이 쏟아졌습니다. 그렇다고 잘 수는 없었습니다. 주민들 중 사업을 하는 사람들이 술을 마시고 늦게 귀가 하는 경우가 허다했는데 잠을 자다가 들키면 곧바로 실직자가 될 수도 있었기 때문이었죠. 어떻게 구한 직장인데……졸리면 밖으로 나와 그야말로 달밤에 체조를 했습니다. 그래도 잠이 쏟아지면 골목에 서 있는 가로등 밑에 기대어 서서 잠깐씩 졸았습니다. 몇 분간씩 조는 것이 그리 달콤한 것이라는 것도 알았습니다. 서서 졸다가 다리가 휘청거리면 깜짝 놀라서 깨어 누가 보지나 않았을까 골목을 휘둘러 보면서 밤을 새웠습니다.

여름에는 일찍 날이 밝았습니다. 새벽 4시 정도면 붐하니 여명이 텄고 부지런한 청소부들이 거리에 보이기 시작하면 졸음도 달아났습니다. 그때부터 퇴근을 하는 오전 6시까지 골목을 쓸거나 초소 청소를 하면서 시간을 보냈습니다. 초소 문을 잠그고 아침 운동 삼아 뛰어서 집까지 오면 오전 6시 20분쯤 되었습니다. 대충 씻고 몸을 눕히면 세상 모르게 잠을 잤습니다. 오전 11시쯤 눈을 뜨고 멀뚱거리며 천장을 쳐다보고 누웠다가 오전 11시 30분쯤에 일어나 공동화장실에 가서 세수를 했습니다. 그리고 여인숙 1층에 있는 주로 백반을 파는 조그만 식당에 가서 백반 한 끼를 아껴 가며 먹었습니다. 유일하게 하루 한 끼 먹는 밥이었습니다.

밥을 먹고 방으로 올라가 양말이나 속옷 등을 빨고 책을 뒤적이다 오후 4시쯤이면 잠시 낮잠을 잤습니다. 한 시간가량을 자고 일어나 주인 몰래 가만가만 김치도 없이 라면 2개를 끓여 저녁으로 먹고 출근을 하는 다람쥐 쳇바퀴 돌 듯한 생활을 했습니다. 남들이 일하는 시간이면 박쥐처럼 죽은 듯이 잠을 잤고, 남들이 곤히 잠들어 있는 시간이면 두 눈 말뚱거리며 이를 악물고서라도 깨어 있어야 했습니다. 이것이 어쩌면 내 숙명처럼 생각이 되었습니다. 원래 태어날 때부터 나란 놈은 그렇게 살다가 갈 수밖에 없을 만큼 숙명지워진 것은 아닌가 하는 생각이 들었습니다. 내 스스로 내 자신을 위로하면서 살 수밖에 없었습니다. 30년도 되지 않는 생을 살아오면서 겪어야 했던 일들을 뒤돌아보고 생각해 볼 수 있는 시간이었지요. 어차피 잠이 쏟아지는 새벽 시간이면 시간 보내기가 무료했으니까요. 어느 누구와 대화를 할 수 있는 것도 아니었고 때로는 힘들게 살아왔던 지난 시간들이 아련한 그리움으로 다가오기도 했습니다. 그랬습니다. 어제는 오늘을 생각하며 그마저 추억이라는 굴레를 쓰고 그립다는 단어로 다가올 수 있다는 사실을 그때 알았습니다. 그때부터 나는 눈보다 비를 좋아하게 되었습니다. 근무하는 동안 비라도 내려주는 밤이면 그렇게 정겨울 수 없었습니다.

초소에 앉아 지붕 위로 떨어지는 빗소리를 듣는 즐거움도 있었고 그것이 평화로움일 수 있다는 사실도 알았습니다. 그렇게 한 달을 보내고 첫 월급을 받았을 때 그때까지 마음속 깊이 미련으로 남아 있던 일을 해결해야 했습니다.

세상 속으로

한 장의 쪽지만 남긴 채

나는 옥현이에게 만나자고 편지를 했습니다. 그동안 한 번 편지를 했었지요. 먹방촌에서 광산 기사일을 정리하고 새로운 일을 하려고 울산으로 간다고 했고, 그곳에서 다른 일을 찾아보고 있으니 자리 잡은 다음에 만나자고 했습니다. 그리고 시골에서 노가다를 할 때는 연락을 하지 못했지만 이제 서울에 왔으니 옥현이를 만나 그간의 일들을 이야기하고 속마음을 털어놓기로 했습니다.

화창한 7월 일요일 오전 영등포역 주변에 있는 커피숍에서 그녀를 만나기로 했습니다. 전날인 토요일 밤을 새우고 퇴근하여 잠을 자지 못했기 때문에 눈은 벌겋게 충혈된 채였습니다. 일요일 오전 역전 주변이라 오가는 사람들이 꽤 많았습니다.

내가 도착했을 때는 옥현이는 창가 쪽에 앉아 밖을 바라보고 있었습니다. 우리는 서로 인사를 나누고 자리에 앉았습니다. 그리고 그녀는 내가 서울에 올라와 있는 것에 대해 상당히 놀란 듯했습니다. 오래간만에 만난 반가움보다 그것이 궁금하고 의아한 표정이었습니다. 뜨거운 커피를 식혀가며 거의 마셨을 때였습니다.

"서울에는 언제 왔어요."

"한 달가량 되었어요."

"서울에서 무엇을 하는데요, 한 달이나 되었다면서 왜 이제 연락을 했나요. 연락 기다렸는데……."

한꺼번에 많은 말을 쏟아 놓았습니다.

"그냥 이것저것 정리하느라 바쁘기도 했구요. 서울에서는 직장에 있어요."

"무슨 직장인데요."

옥현이는 그것이 가장 궁금한 듯했습니다.

내가 말문을 열기 시작한 것은 커피숍에서 커피를 마시고 근처 동동줏집으로 옮겨서 소주를 한 잔 마시고 술김에 용기를 얻고서였습니다.

"사실은요, 할 말이 있어요. 내가 광산에서 기사일을 했다는 것은 거짓말이었어요. 그리고 초등학교밖에 졸업을 하지 못해 광산에서 막일을 했거든요."

자꾸 입술이 탔습니다.

"그래도 객지에서 성공할 수 있으리라는 희망이 있고 자신은 있어요. 비록 지금은 이렇게 있지만요."

나는 그동안 그녀에게 말하지 못했던 숨겨진 사실들을 털어놓으며 이야기를 했는데도 불구하고 옥현이는 별로 믿지 않는 눈치였습니다. 2시간 동안이나 떠들었지만 무슨 말을 했는지 기억도 나지 않았습니다. 조용히 나의 말을 듣고 있던 그녀가 문득 "지금 살고 있는데 가 봐도 돼요"라고 물었습니다.

나는 이미 낮술에 불콰하니 취해 있었습니다.

"가봅시다. 까짓 거 이렇게 된 마당에 숨길 것도 없지요. 이제 다 털어 버리고 만약 나를 이해해 줄 수 있다면 내가 잘해 줄게요."

갑자기 생각지도 않은 말들이 불쑥 튀어 나왔습니다. 그녀는 내 말이 사실인지를 확인하고 싶어 하는 것 같았습니다.

그녀와 나는 택시를 타고 상수동 302번 종점 간판도 없는 여인숙에 도착했습니다. 그녀는 2층으로 따라 올라와 내가 살고 있는 방을 들여다보더니 신발도 벗지 않고 잠깐 가게에 다녀오겠다며 밖으로 나갔습니다. 나는 방으로 들어가 그녀가 오기를 기다리다 낮술에 취한 상태에서 나도 모르게 그만 잠이 들었습니다. 얼마나 잤을까 아래층에서 떠드는 소리에 눈을 떴을 때 밖은 어느새 어둠이 깔려 있었습니다. 시계를 보자 출근시간은 이미 지나 있었고 술기운 때문에 머리가 깨질 듯이 아팠습니다.

　방 안을 둘러보았지만 아무도 없었고 그때서야 정신을 차려 조금 전 상황을 떠올리자 당혹스러워 견딜 수가 없었습니다. 그녀는 내가 잠들어 있는 동안 한 장의 쪽지만 남긴 채 떠나가 버린 것입니다.

　재덕 씨.
　우리의 만남이 그동안 즐거웠다고 생각해요.
　그냥 아름다웠던 추억으로 간직했으면 해요. 미안해요.
　행복하세요.

　옥현이가 써놓고 간 하얀 쪽지의 글이었습니다. 꿈이고 희망이고 그런 것들은 애초부터 없었습니다. 그 쪽지 한 장으로 우리의 만남은 완전히 끝이 난 것이었습니다. 가진 것이라곤 아무것도 없고 초등학교 졸업만이 학력의 전부인데다 특별한 기술이 있는 것도 아니고, 어느 것 하나 내놓을 게 없으니 오히려 당연한 일인지도 몰랐습니다. 어쩌면 그녀의 입장에서 생각하면 예상은 했지만 막상 나에게 그런 일이 생기게 되자 황당하고 허무하기만 했습니다. 하지만 이런 일로 가슴 아파 울기는 싫었습니다. 그러기에는 마지막 남은 나의 자존심이 허락하지 않았습니다. 용기를 내어 진심을 말한 것뿐인데 그녀는 그 순간 모든 것을 결심하고 쪽지를 남기고 떠난 그 마음을 이해하기 싫었고 슬펐습니다. 그렇게까지 즉각적인 반응을 보이리라고는 생각지 못했습니다.

그날 근무를 하는 동안 많은 생각이 머릿속에서 떠나질 않았습니다. 멍하니 가로등 밑에 서 있다가 날이 밝아 버렸습니다. 그래 어차피 그 정도 각오는 했던 것이고 잊자. 또 이를 악물었습니다. 별것도 아니었는데 뭘……

한낮의 폭염 때문에 밤이 늦도록 열기는 식지 않았습니다. 사람 몸 하나 누우면 거의 들어차는 2평짜리 조그만 여인숙방에서 푹푹 찌는 방 안의 열기를 식혀줄 선풍기조차 없이 정신없이 낮잠을 잤습니다. 자고 나면 온몸은 땀으로 흠뻑 젖어 있었고 기운마저 없었습니다. 이것이 사람이 산다고 할 수 있는가 하는 회의가 들었습니다. 하지만 이 일마저 하지 않으면 당장 먹고살 수 있는 방법이 없으니 어쩌겠습니까.

두 달이 지난 후부터 월급 30만 원을 타면 그중에서 우선 8만1천 원 정도 적금을 들었습니다. 그런 다음 방값 7만 원을 주고 하루에 한 끼씩 먹는 밥값 7만 원을 지불했습니다. 싸구려 티셔츠도 사서 입어야 했고 한 달에 한 번 통닭 한 마리쯤은 먹을 수도 있었습니다. 그렇게 여름이 가고 있었습니다.

용연 형은 그사이 마포경찰서에서 치안본부(경찰청) 인사계로 발령받아 자리를 옮겼습니다. 그나마 옆에 있을 때는 마음이 든든했는데 아쉬웠습니다. 내가 야간 경비근무를 하면서 가장 힘들게 했던 사람들은 관할 파출소에서 근무하던 방범대원들이었습니다. 매일 저녁이면 자전거를 끌고 한두 명이 나타나 어슬렁거리면서 초소에 들어왔습니다. 하나밖에 없는 의자에 거만하게 다리를 꼬고 앉아 "내가 소장님과 친한데 말이야, 내가 이야기 하는 것에 따라 당신은 짤릴 수도 있어. 새벽에 순찰 돌다가 보니까 경비원이 졸면서 근무를 소홀히 하더라고 하면 끝나는 거지. 주민들이 파출소장 이야기를 무시할 리가 없으니 안 그래?" 그 사람들은 쉽게 이야기하지만 나에게는 충격적인 협박이었습니다. 내 밥줄이었으니까요. 그러면 나는 방범대원의 자전거를 빌려서 서둘러 서교동 재래시장으로 갔습니다. 좀처럼 아까워서 한 달에 한 번 정도 사먹을까 말까한 통닭 한 마리를 튀기고 소주 한두 병을 사다가 그들에게 대접을 했습니다. 배불리 먹고 나서야 "어이 잘 먹었어. 이야기 잘해 줄게" 라면서 돌아갔습니다.

억울했습니다. 남의 밥줄 가지고 장난치는 그들에게 한마디 항변도 하지 못하고 당하는 내 자신이 억울하기는 했지만 어찌할 수 없었습니다. 파출소 직원이 오토바이를 타고 순찰 도는 모습만 봐도 겁이 났습니다. 그리고 어쩌다 내 앞으로 지나가면 차렷 자세로 독일병정처럼 서 있기도 했습니다. 그때 제일 무서운 사람이 파출소장이었고, 순경 그리고 방범대원이었습니다. 아마 방범대원들에게 사다 바친 통닭만 해도 꽤 되었을 것입니다.

그러면서 아침저녁으로 찬바람이 솔솔 불어오고 저녁에는 두툼한 옷을 입고도 새벽녘이 되면 으슬으슬 춥기까지 했습니다. 아! 이제 여름이 다 갔나보다. 곧 추석이 될 텐데…… 그러나 명절에는 고향조차 갈 수 없을 것 같아 마음이 아팠습니다.

그러던 어느 날 서울 어딘가에 살고 있는 막내여동생인 명옥이가 찾아와 야윈 나를 보더니 눈물을 글썽거렸습니다. 여동생은 나를 데리고 식당으로 가더니 돼지갈비를 시켜놓고 먹으라고 했습니다. 머리를 숙인 채 구운 고기를 집어 먹는데 자꾸 눈물이 나오려고 했습니다. 이게 무엇인가…… 내가 여동생을 위해 맛있는 것을 많이 먹여야 하는데 오히려 여동생이 나를 걱정하며 챙겨주는 모습에 마음이 아팠습니다. 고기를 구워 주면서도 내가 그렇게 안되어 보였나 봅니다. 그리고 저녁을 먹고 돌아가는 길에 명옥이는 내가 추위에 떠는 것이 걱정되었는지 한 번 만져보지도 못한 오리털 파커 한 벌을 사 주었습니다.

"오빠, 날 추운데 옷 아끼지 말고 꼭 입고 근무하도록 해."

10만 원 가까이 하는 오리털 파커. 자신도 팍팍한 생활인데도 불구하고 가지고 온 돈을 다 털어 사 주었습니다. 나는 뒤돌아가는 명옥의 뒷모습을 보면서 서러움이 복받쳐 오르며 눈시울이 뜨거워졌습니다.

제4부
독수리 날다

새로운 시작

희망을 찾아 검정고시 학원으로

검정고시 학원을 다니며

그해 가을 오전. 근무를 끝내고 하숙집으로 돌아왔을 때 생각지 않은 손님이 찾아왔습니다. 용연 형이 출근길에 문득 내가 생각나서 들렀다고 했습니다. 갑자기 콧등이 시큰해졌습니다.

서울에서 나를 기억해 주고 좁은 방까지 찾아주었다는 생각에 그저 고마울 따름이었습니다. 그리고 추운 겨울에 입으라고 두툼한 점퍼 한 벌까지 챙겨 왔습니다. "아직 시간이 있으니 함께 목욕이나 하자"고 하여 근처 목욕탕으로 갔습니다.

형은 나를 보며 조용히 말을 털어 놓았습니다. "사실은 내가 너를

오라고 할 때는 방범대원으로 추천을 하려고 했는데 그런데 방범대원도 중학교 졸업장이 있어야 한다고 해서 지금 직장을 잡게 된거야' 순간 마음이 놓이기도 했고 또 암담해지기도 했습니다. '아. 그랬구나. 어쩌면 내가 방범대원이 될 수도 있었구나' 하는 아쉬움이 남았습니다.

형이 왔다가고 며칠 동안 혼자 많은 생각을 했습니다. 이렇게 살다가 나는 무엇을 할 수 있을까. 평생 남들이 자는 시간에 일을 하면서도 직장이 보장되는 것도 아니고 퇴직금이 있는 것도 아니었습니다. 아니면 또 다른 직장을 알아봐야 하는 것일까. 오랫동안 생각을 해도 다른 길이 보이지 않았습니다. 무엇을 해야 할까. 어디 공장에라도 가서 기술을 배워 다시 시작해야 하는 걸까. 정말 이러다가 평생을 동가식서가숙하면서 살아야 하는 것은 아닐까 가슴이 답답해졌습니다. 그 원수 같은 중학교 졸업장만 있었어도……공부나 해볼까. 하지만 어떤 방법으로 어떻게 해야 하는가.

그렇게 시작한 고민이 며칠 동안 내 머릿속을 떠나지 않고 가슴으로 전해졌습니다. 전혀 방법이 없는 것일까, 독학도 있고 검정고시라는 것도 있다고 하는데……

그때부터 가지게 된 것은 뜻밖에도 관심이었습니다. 어떻게 하면 중학교 졸업장을 가질 수 있을까. 뜻이 있는 곳에 길이 있다고 했습니다. 학원 소식을 알려주는 잡지를 통해 우연히 신설동 쪽에 괜찮은 검정고시 학원이 있다는 걸 알아내고 그곳에 전화를 걸어 위치와 여러 가지 사항들을 미리 물어보았습니다.

다음 날 근무를 끝내고 빨개진 눈으로 302번 버스를 타고 동대문을 지나 신설동 로터리에 내렸더니 수도학원이라는 커다란 간판이 보였습니다. 몇 번을 문 앞에서 서성거리다가 그날은 그냥 돌아왔습니다. 들어갈 용기가 나지 않아서였지요. 그 다음 날도 문 앞에까지 가서 서성거리다가 돌아오고 3일째 되는 날도 역시 문 앞에서 서성거리고 있었습니다.

그때 나보다 나이가 한참은 더 들어 보이는 아주머니가 학원 문을 열고 들어가는 모습을 보고는 비로소 나도 씩씩하게 문을 열고 들어갔습니다.

그날부터 스물일곱 살의 나이 많은 중학생이 되었습니다. 고검 과정인데 중학과정을 배우는 것이었지요. 국어, 영어, 수학, 과학, 역사, 미술, 사회, 생물, 윤리 모두 9과목을 배워야 한다고 했습니다. 그때부터 나의 생활은 다시 리듬을 맞추어야 했습니다. 학원을 다닐 무렵 친구 오근이가 찾아왔습니다. 내가 학원에 다니고 싶다는 이야기를 했을 때 그는 걱정을 했습니다. "시간상으로 그게 가능할까? 견디기 힘들 텐데"라며 무엇보다도 잠을 잘 수 없는 것에 대해 걱정을 했습니다.

그때 문득 용연 형이 생각났습니다. 나는 여러 가지 일들을 의논하기 위하여 서둘러 치안본부에 근무하는 용연 형을 찾아갔습니다.

"형님 말씀대로 중학교 졸업장은 따야겠어요."

형은 내 결심을 반기면서도 걱정을 했습니다.

"쪽잠을 자면서 학원 다니는 것이 가능하겠냐……? 어떻든 하는데까지 열심히 해 보거라."

늘 나를 만나면 살갑게 대해 주며 그냥 보내지 않고 용돈까지 쥐어 주었습니다. 그날 나는 여인숙으로 돌아오면서 이를 악물었습니다.

내 시간표는 오전부터 시작되는 것이 아니라 오후부터 시작해야 설명이 가능했습니다. 오후 5시 20분이면 걸어서 출근해서 6시부터 그 다음 날 오전 6시까지 일을 마치고 서둘러 집까지 뛰어가면 20분 정도. 집에 도착하자마자 발목에 나이론 끈을 묶어 한쪽 끝을 방문 밖으로 꺼내어 놓고 누우면 금세 잠이 들었습니다. 1시간 자고 난 오전 7시 30분쯤이면 1층 문간방에 사는 아주머니가 2층에 올라와 문 밖에 있는 끈을 잡아 당겨 주었습니다.

나는 그 느낌에 잠을 깨어 세수만하고 곧장 302번 버스 종점으로 뛰어가 오전 8시 정각에 출발하는 버스 맨 뒷좌석에 앉아 신설동 로터리까지 가는 30~40여 분간 정신없이 잤습니다. 이상하게도 신설동 근처에만 가면 자동으로 눈을 뜨곤 했는데 누가 깨워 주는 것도 아니었습니다. 지금 생각해도 이해되지 않는 일 중에 하나지요.

학원에 도착하면 40여 명이 모인 교실에서 오전 9시부터 강의를 들었습니다. 시간표에 따라 국어, 영어, 수학…… 배운다는 것은 모르는 것을 알아가는 과정이었습니다. 국어를 배우면서 주어가 무엇이며 시상이 무엇인지 은유법, 비유법, 직유법을 알아갔습니다. 수학을 배우면서 최소공배수, 최대공약수, 함수, 방정식을 배웠습니다. 나는 한 과목 한 과목 공부하는 동안 신기하게도 낯설지가 않았고 기분이 좋았습니다. 그동안 듣고 또 보면서도 무슨 의미인지 알 수 없었던 Y값, X값을 알아 간다는 것은 큰 감격이었습니다. 아이 엠 어 보이, 유아 어 걸, 마이네임 이즈 미스터 장, 영어는 주어 동사의 순이라고 했던가요. 명사의 의미는 국어에서 배운 명사와 같다는 사실을 알았을 때 어떻게 국어에 있는 명사와 영어에 있는 명사가 뜻이 같은 지를, 그렇게 만들어 놓은 학자들의 천재성에 탄복을 할 수밖에 없었습니다. 그랬습니다. 배운다는 것은 아름다움이었습니다. 참으로 표현하기 어려운 아름다움 말입니다.

매일 토끼 눈처럼 빨갛게 충혈되었지만 잠이 올 리 없었지요. 수업 시간은 무정하게도 빨리 흐르고 오후 1시가 되면 수업이 끝났습니다. 그러면 나는 버스정류장으로 뛰어가 302번 버스를 타고 이번에는 종점까지 돌아 오는 내내 손잡이를 잡고 서서 졸았습니다. 하숙집에 도착하면 오후 2시. 유일하게 하루에 한 번씩 먹는 점심을 식당에서 먹고 2시 30분쯤 되면 방으로 올라가 아침과 같은 방법으로 내 한쪽 발목에 나일론 끈을 묶어 밖으로 꺼내 놓고 죽은 듯 잠을 잤습니다.

오후 5시. 1층 문간방 아주머니가 밖으로 꺼내놓은 줄을 두어 번 당겨주면 튕기듯 일어나 고양이 세수를 하고 방에서 주인 몰래 숨겨 놓은 조그만 석유난로에 라면 2개를 끓여 먹고 직장을 향해 뛰었습니다. 옆과 뒤를 돌아다볼 시간적 여유가 없었습니다. 그래도 하루하루 무엇인가 배울 수 있고 그러면서 내가 한 계단 한 계단 나아진다는 생각을 하면서 한없이 행복했습니다.

야간근무를 하는 동안 밤새 지루하기만 하던 생활이 바쁜 시간으로 바뀌었습니다. 사람들의 발길이 뜸해지는 밤 12시가 지나면

적막한 초소는 나에게 훌륭한 독서실이 되었습니다. 30촉 백열등 아래서 수학 공식을 외우고 문제를 풀면서 방정식의 엑스 값을 구했습니다. 그러다 피곤해지면 골목을 서성대면서 영어 단어를 외웠습니다. 날로 새로운 것이 다가왔습니다.

매월 시험도 보았습니다. 생각했던 것 이상으로 나의 성적은 꽤 좋은 편이었습니다. 그즈음 나는 학급의 반장일도 맡아서 보고 있었습니다. 9과목 평균 95점 이상이면 혜택을 주는 학비면제 장학생도 될 만큼 공부에 대한 탄력이 붙었습니다. 몸은 피곤하고 눈알은 빨갛게 변해 갔지만 마음만큼은 자꾸 하늘을 날고 있었습니다. 하루하루 새로운 지식을 알아갔습니다.

그동안 스스로를 비관했던 염세주의도 엷어져 가고 있었습니다. 나에게 수도학원은 이제 학원이 아닌 학교 같았습니다.

이곳은 내가 생각했던 것 이상으로 고령의 학생들이 많았습니다. 나와 함께 공부하는 동창생(중학교) 가운데 가장 나이 어린 학생이 14살이고, 가장 나이 많은 학생이 61세였으니 내 나이는 중간쯤이었습니다. 지금까지도 나에게 항상 포근하고 살갑게 대해주는 친구인 강위희도 그곳에서 만난 동창이었고 위희와 함께 살고 있는 그의 처 김경순도 역시 같은 동창생이었습니다.

20대 초반부터 서른 살까지의 남학생과 여학생들도 꽤 여러 명 있었고 어찌 보면 대학 생활을 하는 듯한 분위기이기도 했습니다. 같은 동창이지만 나이가 다르기 때문에 호칭도 여학생들이 자신보다 나이가 많은 남학생을 부를 때에는 '형'이라고 불렀습니다. 그때는 대학가에서 여자 후배가 남자 선배에게 '형'이라고 부르는 것이 유행일 때였으니까요.

그즘 나에게 희망이 있다면 남들처럼 공부에 집중해 보는 것이었습니다. 학원 공부를 마치면 단과도 다니고 또 독서실에서 미친 듯 공부도 하고 싶었습니다. 그리고 쉬는 시간이면 커피 한 잔도 나누면서 그렇게 동창들과 어울리고 싶었습니다. 하지만 그러한 것들이 나에게는 요원한 일이었습니다.

학원 수업이 끝나면 곧장 하숙집으로 가서 잠을 자야만 저녁에 또 일을 나갈 수 있었으니까요. 먹고살아야 하는 문제가 최우선이었기 때문이었습니다.

그때 중학교 동창생으로 만나 지금까지 연락을 하고 지내는 사람으로는 임성진, 김태성, 구길용 등이 있습니다. 임성진은 7급 공무원으로 현재 서울구치소에서 근무를 하고 있고, 김태성도 7급 공무원으로 양천구청에서, 구길용은 8급 공무원으로 동대문 구청에서 근무를 하고 있습니다. 많은 친구들이 있지만 특히 잊혀지지 않는 사람이 있습니다. 지금은 고인이 되어버린 곽영관 형님입니다. 그때 경동시장에서 한약방을 운영하던 그 형님은 가난하던 우리를 사랑으로 대해 주셨고 유난히 가슴이 따뜻한 분으로 늘 물주 노릇을 톡톡히 하곤 했습니다.

그가 오래전 뇌출혈로 쓰러져 운명을 달리 했을 때 우리 동창들은 장례식장을 찾아가 그의 주검 앞에서 망연자실했습니다. 우리는 그날 날이 새도록 이별주를 마시며 나이든 동창을 떠나보내는 아쉬움으로 눈물을 흘렸습니다. 이쯤해서 그때 함께 공부했던 동창 몇 사람 이야기를 조금만 할까 합니다.

곽영관

우리와 함께 중학교 공부를 하던 때 이미 40대 후반이었던 곽영관 형님은 경동시장에서 한약방을 하고 있었습니다. 그곳을 찾아오는 손님은 많았지만 소위 면허없이 무면허로 한약방을 운영하고 있었습니다. 어릴 때부터 한약방에서 심부름을 하며 침을 놓고 약을 짓는 솜씨는 자타가 알아주었지만 초등학교 졸업 학력으로는 면허가 있을 리 없었지요. 그 형님의 꿈은 경희대학교 한의학과를 졸업하는 것이었습니다. 그 꿈을 이루기 위해 나이 어린 학생들 틈에서 공부를 시작했지요. 그동안 벌어 놓은 돈과 재산이 넉넉한 편이었기 때문에 돈이 궁하던 우리에게는 늘 물주를 자처하곤 했습니다. 그는 학원 수업이 끝나면 경동시장에 있는 자신이 운영하는 한약방으로 가서 찾아오는 단골손님들을 상대로 약도 지어주고, 침도 놓아주며 돈벌이를 했지요. 그는 어려운 우리에게 밥도 사 주고 시험을 보는 날이면 고기를 사 주기도 했습니다. 그리고 나에게는 혼자 밥도 제대로 먹지 못하고 밤을 새운다면서 보약을 달여 박카스 병에 넣어 쉽게 먹을 수 있도록 건네주기도 했습니다.

재미있는 일도 있었지요. 20대 후반인 나와 이제 갓 스무살이 된 성진 그리고 체격이 넉넉하고 머리도 희끗희끗한 그 형님과 3명이 함께 술집을 갔던 적이 있었습니다. 장난끼가 발동했던 것인지 아니면 그때의 꿈이었는지는 모르겠지만 영관 형님은 대학교 교수님으로 나와 성진은 서울대 법과대 학생으로 자연스럽게 술좌석이 되었습니다. 어느 누가 보아도 사제지간으로 느끼는 눈치였습니다. 우리는 두 손으로 잔을 올리면서 "교수님"을 연발했고, 영관 형님 또한 점잖았습니다. "그래, 아마 자네들은 올해 안에 모두 고시에 합격할거야" 그날 우리는 깍듯한 대접을 받았고 선망의 대상이 되었습니다. 정말 법대생이고 싶었는지도 모르겠습니다. 그렇다면 공부를 하다가 피를 토하고 죽어도(사시 준비 중이라면) 괜찮다는 생각을 했습니다. 결국 성진은 법대를 졸업하고 사시에 도전을 하기도 했지요. 비록 합격은 못했지만 나는 그런 그가 몹시 부러웠던 적이 있었습니다. 가슴속에 가지고 있는 꿈을 시작해 볼 수 있다는 사실이 부러웠던 것이지요.

영관 형님은 침을 잘 놓았습니다. 아무것도 모르는 내가 봐도 아파하는 환자들에게 침을 놓으면 금방 효과를 보는 것을 몇 번 보았습니다.

그는 자신이 원하던 경희대학교 한의학과에는 들어가지 못했지만 꿈을 위해 계속 공부를 하던 중 돌아가셨습니다. 아마 지금쯤 자신이 소망했던 대학에서 의학공부를, 아니면 법대 교수님으로 활동하고 계실 것이라고 믿고 있습니다. 어디에서건……

강위희

늘 생각만 해도 기분 좋아지는 사람이 있다면 나는 서슴없이 위희를 생각합니다. 넉넉한 체격과 호방한 성격의 위희를 수도학원 고검과정의 교실에서 처음 만났습니다. 첫날 위희는 빨간 티셔츠에 청바지를 입고 있었는데 배가 나와서 나이는 들어 보였습니다. 나는 평소에 빨간색 계통의 티셔츠와 청바지 입기를 즐겨 했는데 그래서 더욱 그 친구가 돋보였는지도 모르겠습니다. 같은 교실에서 공부를 했지만 나는 수업이 끝나면 곧장 집으로 돌아가 밤에 일을 하기 위해 잠을 자야 했고 위희는 자유로웠지요. 그래서 다른 아이들과 어울려 단과강의도 듣고 반의 우등생 그룹이던 성진, 태성, 길용 등과 어울려 생맥주도 한잔 나눌 수 있는 그가 참으로 부러웠습니다.

위희는 나보다 한 살이 더 많았지만 우리는 친구로 지내기로 했습니다. 어느 날 동창들과 함께 짧은 여행을 하기로 했지요. 그때 인기 드라마였던 '첫사랑'의 촬영장소인 경기도에 있는 백마역을 가보고 싶었습니다. 대학생치고 그곳을 한 번 정도 다녀오지 않은 사람은 없다고 할 정도로 낭만이 있는 곳이기도 했지요.

내가 야간근무 6개월이 넘어서부터 한 달에 한 번인가 쉬는 날이 주어졌습니다. 그날은 일요일이었고 가을 단풍이 물들기 시작할 무렵이었습니다. 정말 가보고 싶었던 '백마'를 가기로 했습니다. 나와 위희, 수도학원에서 영어를 담당하던 유웅국 선생님, 심화정 등 여러 명이 청량리역에서 두 칸짜리 문산행 옛날식 기차를 타고 백마역에 내렸습니다. 도로 주변에는 주점들이 빽빽히 늘어서 있었고 청춘남녀들은 팔짱을 끼고 혹은 기타를 메고 어디론가 가고 있었습니다. '청춘!' 듣기만 해도 설레이는 말이었습니다. 우리는 젊음을 만끽하며 설레는 마음으로 '화사랑'이라는 주점에 들어가 막걸리를 마시며 벽에 낙서도 했습니다. '우리는 드디어 백마에 왔다 간다. 웅국, 위희, 재덕……' 너나 할 것 없이 기분 좋게 취해서 서로 어깨동무를 하고 악을 썼습니다. 아! 이런 것들이 젊은이들에게만 있는 낭만이었던가 봅니다. 나도 젊음이 있었기에 젊음을 그렇게 발산할 수밖에 없었나 봅니다. 그것은 나에게 잊혀지지 않는 즐거움 중 아주 소중한 시간으로 남았습니다.

어느 여름날 비가 억수같이 쏟아지던 밤이었습니다. 생각지도 않았던 위희가 혼자 근무를 하고 있던 초소로 나를 찾아왔습니다. 항상 간직하고 다니던 푸근한 미소를 가지고.

그날은 참으로 비가 많이 오던 날이었습니다. 번개를 동반한 천둥 소리와 물이 하수구를 넘쳐 골목을 마치 작은 개울처럼 만들어 버렸을 때였습니다. 나는 그때 초소에 들어앉아 어찌할 줄 모르고 있었지요. 늦은 밤이었으므로 누구와 연락을 할 수 있는 상황도 아니었고 누구에게 보고를 할 수 있는 것도 아니었으니 혼자 무서웠습니다. 쏟아 붓듯이 내리는 비 그리고 하수도가 넘쳐 개울처럼 변해버린 골목, 쉬지 않고 번쩍이는 번개와 머리 위에서 치던 천둥 소리가 너무도 무서워 떨고 있었습니다. 그때 위희가 와준 것이지요. 정말 다행이었습니다. 그의 마음이 더 가슴에 와 닿아 눈물이 날 정도였습니다.

"집에 있는데 갑자기 니 생각이 나는 기라. 집에 있어도 무서운데 혼자 있는 너는 얼마나 무서울까 하고……"

꽤 먼 거리였는데 그 늦은 밤에 넉넉지도 않은 친구가 택시를 타고 왔을 것을 생각하니 목울음이 차 올랐습니다.

그날 위희와 나는 하늘에서 억수같이 쏟아지는 폭우를 보면서 초소에 있지를 못하고 길 건너에 있는 포장마차에 앉아(이때 포장마차도 워낙 쏟아지는 폭우 때문에 철수를 하지 못하고 있었음) 달디단 소주잔을 나누었습니다. 사람이란 참 이상했습니다. 혼자였다면 무섭고 길었을 그 밤이 위희와 함께 하니 아름답고 짧은 시간이 되었으니 말입니다.

위희는 자신보다 타인을 많이 배려하는 친구였습니다. 각박한 사회생활을 하면서 그런 친구를 만날 수 있게 된 것은 행운이었습니다. 함께 차도 마시러 다니고 영관 형님이 사주는 불고기도 먹고 시원한 생맥주도 함께 마시며 서로의 가슴을 채워 갔습니다. 가끔 내가 예비군 훈련 때문에 초소를 비울 때면 밤을 새우는 그 어려운 근무를 대신해 주는 친구이기도 했습니다.

그러던 위희가 같은 반에서 늦깎이 공부를 하던 김경순에게 끈질기게 구애를 하더니 둘이서 결혼을 한다는 소문이 무성해질 무렵 배우던 중학교 과정도 포기하고 김경순과 결혼을 하고는 그녀를 데리고 자신의 고향인 부산으로 내려갔습니다. 그가 내려가고 한동안 내 가슴 한쪽이 비어버린 듯했습니다.

그렇게 허전한 마음을 달래가며 공부를 하던 어느 날 위희가 서울에 있는 처갓집에 왔다면서 나를 찾아왔습니다. 너무 반갑고 좋았습니다. 302번 버스 종점 실내 포장마차에서 우리는 대낮부터 소주를 마셨습니다. 어쩌면 우리가 마신 것은 소주가 아니라 서로의 마음에 있는 그리움이 아니었을까요. 대낮부터 마신 술 때문에 직장을 처음으로 결근을 한 날이기도 했습니다. 그냥 마주 보고만 있어도 웃음이 나오는 행복한 친구였습니다.

위희와는 지금도 1년에 한 번씩 만나고 있습니다. 때로는 부산 해운대와 울산역에서. 게다가 공군3975부대에서 알게 된 손오근도 1년에 한 번씩 만나는 멤버가 되어 3명이 매년 늦은 가을에 만남을 이어가고 있습니다.

울산에 명덕 형이 살고 있기 때문에 아버지가 돌아가신 음력 10월 4일 기일이면 내가 울산을 가기 때문이지요. 그런 날이면 나는 제사를 지내고 부산 해운대로 가서 위희, 오근이와 함께 만날 때도 있고 때로는 가족 모두를 동반해서 만나 놀기도 했습니다. 아버지 기일이 돌아오면 위희의 전화가 옵니다.

"재덕아, 니 기일날 내려 오는거 맞제? 우리 어디서 볼까?"

언제 들어도 정겨운 친구. 나는 오근이와 28년간의 만남을, 위희와는 25년간의 만남을 지속하고 있습니다. 그 정겨운 친구들이 오늘 문득 보고 싶고 그리워집니다.

임성진

그는 현재 서울구치소에서 7급 공무원으로 일을 하고 있습니다. 2002년 서울에서 직장을 따라 안양시 호계동으로 이사를 가 부인이랑 딸 둘과 도란거리며 행복하게 살고 있습니다. 그도 어린시절 참으로 힘들었습니다. 나보다 나이가 여덟 살 적은 그는 고아원에서 초등학교도 제대로 다니지 못하고 오토바이 상회 점원 등을 하며 살았습니다. 그러다가 경기도 하남에 있는 청소년시설에서 생활하면서 역시 늦깎이 수도학원생이 되어 우리와 한 팀이 되었습니다. 그는 초등학교 과정부터 공부를 했습니다. 하지만 작은 체구임에도 늘 긍정적이었고 표정이 밝았습니다. 공부는 늘 1등을 했습니다. 그렇게 많이 노력을 하는 것 같지 않았는데 시험을 보면 1등을 했고 평균 점수도 100점에 가까웠기 때문에 많은 이들에게 부러움의 대상이 되곤 했습니다. 적어도 성진은 좋은 대학을 다니고 사법고시 아니면 행정고시쯤은 턱 하니 붙을 것이라고 믿었습니다. 그것이 또한 우리들의 바람이기도 했습니다.

작은 키에 커다란 가방을 들고 위축되지 않는 당당한 모습으로 살아 갈 수 있었던 이유는 아마 자신이 가지고 있는 실력에 대한 자부심이 아니었을까 생각해 봅니다. 그와 함께 고검(중학교과정), 대검(고등학교과정)을 마치고 성진은 건국대학교 법대를 졸업해서 지금은 식구들과 그야말로 평범하게 살고 있습니다. 주말이면 만나서 소주도 한잔 나누고 함께 여행도 다니면서 행복하게 살고 있습니다. 나는 늘 그를 보면 생각합니다. 어린시절 불우한 환경 속에서도 역경을 딛고 지금에 선 그가 한편으로 존경하고 싶다는 생각을 합니다.

언젠가 직장 따라 전라도 목포로 이사를 갔을 때 처음 객지생활이 얼마나 낯설고 힘들까 싶어 어느 날 저녁 나는 식구들을 데리고 밤을 달려 목포로 갔습니다. 늦은 밤에 도착한 우리 가족들을 반기며 좋아하던 모습과 기꺼이 우리 가족들을 위해 그들의 안방을 내어주었습니다.

새해가 되면 성진네 식구들이 우리집으로 와서 아이들이 세배도 하고 정을 나누며 살아가는 모습이 참으로 행복했습니다. 함께 수도학원에서 공부를 하고 수많은 이야기들을 가슴에 간직한 채 살아가고 있습니다.

과외 선생님

중학교 졸업 검정시험에 평균 96.3으로 당당히 합격

많은 이야기를 남기며 공부를 했습니다. 무더운 여름을 보내고 추운 겨울 칼바람이 몰아치는 서교동 이름 모를 골목에서 근무를 하면서도 희망이라는 단어 때문에 이겨낼 수 있었습니다. 두 평짜리 작은 방 얼음장 같은 방바닥에 누워 세상 모르고 단잠을 잘 수 있었던 것도 희망이라는 단어 때문이었습니다. 그리고 봄이 왔습니다. 개나리가 흐드러지게 피었고 봄바람은 나를 유혹했지만 모든 것을 잊고 오로지 책과 씨름을 했습니다.

1987년 4월 중학교 졸업 검정시험이 있었기 때문입니다. 시험 점수는 각 과목 모두 40점 이하가 나오지 않으면 되었고 전체 평균과목 60점 이상이면 합격이라고 하니 못 붙을 일도 없겠지만 그래도 항상 시험이라는 것은 사람을 긴장하게 했고 입맛을 쓰게 만들었습니다.

이윽고 시험 날짜가 왔고 서울의 어느 학교에서 시험을 치렀습니다. 눈에 익은 문제들이 많이 보였고 영어 단어들도 눈에 익었습니다. 수학 문제는 모두 풀고 시간이 남아서 세 번씩 검토를 했습니다. 합격은 할 수 있을 것 같다는 자신감이 생겼습니다.

나는 그날 시험을 마치고 짐을 벗어 버린 홀가분함으로 동창생들과 어울려 생맥주도 한 잔 마셨습니다. 전날 근무로 인해 잠도 자지 못한 상태에서 하루종일 긴장하다가 생맥주 한 잔을 마시고 나자 어지러웠습니다. 그날은 내 근무지가 있는 서교동 골목을 가기 싫었습니다. 그냥 모든 것 잊어버리고 동창들과 늦게까지 마시고 싶었습니다.

그러나 출근시간이 가까워지자 아쉽기는 하지만 근무지로 돌아갈 수밖에 없었습니다. 그날 나는 근무를 하며 밤 12시쯤 되자 긴장이 풀리면서 초소 안에서 정신없이 졸았습니다. 때마침 술을 마시고 늦게 귀가하던 어떤 시멘트 회사 사장에게 걸려 30여 분간 갖은 욕설을 듣고 참을 수 없는 모욕감을 눌러 참으며 다시는 그러지 않겠다고 빌었습니다. 평소에 졸지 않고 열심히 잘했는데 그날 한 번 졸았던 것이 걸려 버린 것이지요.

그로부터 얼마 후 드디어 시험 결과가 나왔는데 점수가 그런대로 괜찮았습니다. 평균 96.3점 정도가 되었으니 합격이었지요. 나도 이제는 최종학력란에 중졸이라고 써 넣을 수 있었고 용연 형이 말하던 방범대원으로 일할 수 있는 자격은 생긴 것이지요. 기분은 하늘을 날 수 있을 듯했습니다. 갑자기 자만심 같은 것도 생겼지요. '공부! 뭐 별거 아니구만. 계속하지 뭐.' 대검반(고등학교 과정)으로 등록하고 계속 공부를 했습니다. 그러나 대검반 과정은 생각보다 차원이 달랐습니다. 국어, 수학, 영어 등 중학교 때 배우던 것과는 월등히 수준이 높았습니다. 이쯤에서 포기하는 사람들이 많았지요. 중학교 검정고시를 마치고 의욕적으로 시작을 했던 나이 많은 아주머니들도 대부분 포기를 했습니다.

나는 대검과정에서도 반장을 했는데 내 별명은 '방범 아저씨'였습니다. 그때는 모두 나의 직업을 알고 있었기 때문이었지요.

영어, 수학 가르치는 과외 선생님

그러는 동안 어느덧 초소근무 두 번째 맞는 여름이 왔습니다. 예비군 훈련이 나와도 초소는 비울 수 없었지요. 그래서 위희와 태성이가 와서 대신 근무를 해주기도 했습니다. 그때쯤 고검 담임선생님이던 장희국 선생님이 나를 불렀습니다. "내가 학생들을 소개해 줄테니 과외를 한번 해보지 그래?"라는 제안을 했습니다. 고검 학생 시절 일반 학생들이 시험을 앞두고 학원에서 공부가 끝나면 공부를 잘하는 학생들끼리 한 과목씩 맡아서 보충수업을 했던 것을 알고 있었던 것입니다. 자신은 없지만 한번 해보겠다고 했지요. 우선 일주일에 한 번 3시간 정도를 하기로 했습니다. 일요일 낮 시간을 이용한 것이니 야간근무에 큰 지장이 없을 듯도 했습니다. 그래서 중학교 2학년 미정이라는 여자 아이와 친구 한 명을 소개 받아 일요일 낮 시간에 장희국 선생님의 거실에서 아이들에게 과외를 하게 되었습니다. 내 생에 처음으로 과외 선생님이 된 것이지요. 영어, 수학을 가르치기로 했습니다.

내가 공부한 방식대로 정리를 했습니다. 수학 공식 외우는 법. 영어 문법 정리 등을 만들어 아이들에게 가르쳐 주었습니다. 어느 날 미정이가 나에게 물었습니다.

"선생님 학교 이야기 좀 해주세요."

"뭐?"

"선생님 학교요. 사실 저도 그 학교에 가는 것이 꿈인데요."

나는 아무 말도 할 수 없었습니다.

"야, 쓸 데 없는 생각 말고 공부나 해. 열심히 하다 보면 꿈은 이룰 수 있는 거야."

그날 과외를 마치고 나오면서 장희국 선생님에게 물었습니다.

"학생들이 나를 S대 법대생으로 알고 있는데 어떻게 된 것입니까?"

"그거? 너무 신경 쓰지마. 부모가 물어 보길래 그냥 그렇게 대답한 거야."

맙소사! 이제 고등학교 과정 공부를 시작한 나에게…… 다행스럽게도 내가 가르치는 방법이 아이들에게 맞았나 봅니다. 아이들이 너무 좋아했지요. 공부도 열심히 하고 태도도 변해 갔습니다. 그러면서 아이들이 내가 가르치는 시간을 늘려 달라고 자신의 부모들에게 요구를 했습니다. 지금도 그렇지만 자식들이 열심히 공부하겠다는데 말릴 부모들은 없지요. 돈은 더 줄 테니 과외시간을 늘려 달라고 요구를 해왔습니다.

그러던 중 장희국 선생님이 또 다른 고등학교 1학년짜리 학생 한 명을 지도해 주라고 했습니다. 집이 중곡동이었는데 괜찮은 보수를 줄 테니 꼭 해달라는 것이었지요. 그때쯤 나는 고민을 해야 했습니다. 장희국 선생님이 나에게 이야기를 했습니다. 과외를 하면 월 30만 원 이상을 벌 수 있으니 야간근무는 그만 하고 본격적으로 과외를 하면서 대검 준비를 하는 것은 어떠냐는 제안을 했습니다. 나는 다행스럽게도 아이들을 가르치는 것이 재미있었습니다. 무엇보다 아이들이 나를 따라 주고 열심히 하는 것을 보면서 행복했습니다. 내가 공부하던 방법으로 느낀 생각을 전해 주면 그네들이 알아서 더 열심히 공부를 했고 좋아했습니다. 나는 생각 끝에 그렇게 하겠다는 결정을 했지요.

나는 1년 6개월여 동안 밤이면 눈을 부릅뜨고 지키던 방범초소와 작별을 했습니다. 그렇다고는 해도 상수동의 선불 7만 원짜리 여인숙방을 벗어나지는 못했습니다. 처음 시작했던 여인숙방에 터전을 두고 302번을 타고 신설동으로 일주일에 2번은 학생을 가르치러 중곡동으로 다녔습니다.

중학교 과정과 고등학교 과정은 분명히 달랐습니다. 국어, 수학, 영어 모든 과목이 깊이가 있었고 재미있다는 수준을 넘어서 많은 노력을 필요로 했습니다. 시험을 보면 중학교 과정에서 월 평균 95점 이상 나오던 점수가 80점을 겨우 넘어서는 것을 보면서 한계가 온 것은 아닐까 하는 생각마저 들었습니다. 더 노력을 하고 시간을 투자하는 것밖에는 방법이 없다는 생각이 들었습니다. 더 집중하고 시간 나면 단어 외우고 수학도 공식만 외워서는 풀 수 없는 문제들이 많았습니다. 문제가 풀리지 않을 때는 이를 악물고 풀고 또 풀었습니다. 그럴쯤 내 생활이 조금씩 달라지기 시작했습니다.

나는 아침 일찍 302번 버스를 타고 신설동에 내려 오전 9시부터 오후 1시까지 공부를 하고 근처 분식집에서 간단히 점심을 먹고는 학원 근처에 있는 장희국 선생님의 집으로 갑니다. 그때는 나에게 공부를 배우는 과외 학생들이 2~3개 팀이 있었고 일주일에 한 팀에 2~3번씩만 과외를 한다 해도 나에게는 매일이었지요. 게다가 중곡동에도 일주일에 두 번은 가야 했습니다. 그곳에서 배근태를 만났습니다. 처음 갔을 때 그는 고등학교 1학년생이었는데 학교에서 배우는 진도는 나보다 훨씬 앞서 나가고 있었던 상태였습니다. 그때 나는 이제 막 고등학교 과정을 시작할 때였으니 앞이 캄캄하기도 했고 소개를 시킨 선생님이 이해가 되지 않았고 원망도 했습니다. 하지만 이미 엎질러진 물이었지요. 그곳에서도 나를 S대 법대생으로 알고 있었습니다. 결국은 기초가 탄탄해야 한다는 말로 근태를 가르치며 그리고 내 진도에 맞추어 수업을 할 수밖에는 다른 방법이 없었습니다. 그렇게 살얼음판을 건너듯이 조심조심 생활하고 있을 때였습니다.

그날도 여느 날과 다름없이 공부를 마치고 나오려고 하는데 근태 어머니가 "선생님, 오늘은 저녁을 드시고 가시지요. 그러잖아도 애 아빠도 선생님을 한번 뵙고 저녁 같이 하시자고 오늘 일찍 오신다고 하니까요" 간곡한 청 때문에 주저앉아 근태 아버지와 저녁을 같이 했습니다. 근태 아버지는 금융회사를 운영하고 있다고 했습니다.

"선생님, 우리 아이 잘 부탁드립니다. 그동안 과외 선생님을 몇 붙여 봤지만 맞지 않아서인지 실패를 했는데 이번에는 아이도 좋아하고 무엇보다 공부를 열심히 하려고 해요. 정말 감사합니다. 우리 아이 대학 갈 때까지 부탁드립니다. 그리고 또 한 가지 부탁드릴 것이 있어서요."

나도 아직은 고등학교 기초과정을 배우고 있는 터라 부담 백배였습니다.

"근태 누나가 올해 고등학교 3학년인데 이곳저곳 학원을 보내 봐도 싫다고 하고 과외 선생님을 붙여 봐도 얼마 견디지를 못 했는데 대학은 보내야 하고…… 선생님 바쁘신 것은 알지만 부탁드립니다. 다행히 장희국 선생님에게 말씀드렸더니 선생님과 상의를 해 보라고 해서요."

간곡히 애원하는 모습을 보면서 참으로 어이가 없었습니다. 나는 아직 고등학교 기초를 배우고 있는데 고3짜리 과외를 해 달라고 하니 어이가 없을 수밖에요. 너무했다 생각이 들었습니다. 나는 그날 생각해 보겠다고 하고 장희국 선생님을 찾아 갔습니다. "어떻게 된 것인가요. 그것이 가능하다고 생각하세요"라고 했더니 "글쎄, 그래서 나도 처음에는 시간이 없다고 둘러 댔는데 얼마나 간곡하게 사정을 하는지 원……근태가 배워 보더니 너무 잘 가르친다고 열심히 하는 것을 보고 자네에게 반했다면서 매달리는데 내가 말릴 수 있는 방법이 없었네" 결국 근태 누나 배서정의 과외도 하기로 했습니다. 게다가 동네 서정이의 친구 고3짜리 여자 학생 한 명을 더 가르치기로 했습니다.

그때부터 나는 과외를 하러 가는 날이면 스트레스를 받았습니다. 아직 3학년 과정에 무엇이 나오는지 알 수도 없는데 나보고 무엇을 어떻게 하라는 것인지. 그래도 배짱은 있었나 봅니다. 아랫배에 힘을 든든히 주고 갔습니다. 첫 인사는 순조로웠습니다. 근태를 가르치러 다닐 때 가끔씩 눈이 마주쳐서 알고 있었던 사이니까요. 이야기를 했습니다.

"3학년이지만 아직 학기 초니까 늦지 않았고 우선 기초가 튼튼해야 하니 기초부터 시작을 하겠다. 열심히 해라……."

영어, 수학 기초부터 시작하기로 했습니다. 원론적인 기초부터…… 그거야 아직은 내 전공이었으니까요.

그러는 동안 나에게 또 다른 이야기가 있었지요. 처음에는 그럭

저럭 잘해 나갔습니다. 영어, 수학 기초야 내 전문이었으니까요. 문제는 서정이가 공부에 흥미를 붙이기 시작하면서부터 문제가 생겼습니다. 처음에 기초를 가르칠 때는 문제없이 주로 내가 일방적으로 강의를 하면 되었으니까요.

그러던 어느 날 공부를 마치고 일어서려는데 서정이가 자신의 수학 문제집을 꺼내놓으면서 자신이 표시해 두었던 부분을 나에게 내밀었습니다.

"선생님, 이것 좀 풀어 주세요. 저 혼자 하다가 도저히 이해가 되지 않아서 체크해 놓은 것인데……."

맙소사! 순간 하늘이 노래졌습니다. 문제 자체도 이해가 되지 않는 나에게 풀어달라고 하니 난감했지요. 그러나 우선 문제를 푸는 척 눈으로 문제를 외워야 했습니다. 한동안 문제를 보다가 서정이에게 "그래 알았어. 하지만 자신의 문제로 완전하게 만들기 위해서는 문제에 대해 고생을 해 봐야지. 오늘은 혼자 힘으로 연구해서 풀도록 해봐. 그래도 안 풀리면 선생님이 설명해 줄 테니까……" 능청스러운 거짓말을 했습니다. 그리고 밖으로 나오면서 암기한 수학 문제를 잊어버리기 전에 노트에 옮겨 적어야 했지요. 그리고 돌아와 공부 잘하는 그룹들인 성진이와 태성, 길용 등과 문제를 놓고 풀어 보았습니다. 그들은 "어디서 이런 문제를 가지고 온 거야? 이거 3학년 문제 같은데 다른 곳에서 벌써 3학년 과정 진도 나가는 것 아니야?"라는 이야기를 하기도 했습니다. 나는 다음 번 과외 때 가서 수업을 끝내고 "그때 문제 어떻게 되었어?"라고 하면서 서정이가 풀었거나 알고 있는 부분을 이야기하면 내가 보충 설명을 해주곤 했습니다. 어찌 되었거나 그렇게 고등학교 1년 과정을 공부하면서 고등학교 3년 과정을 배우는 학생의 과외도 시키면서 세월이 갔습니다.

1988년 봄이 가까이 왔고 그때쯤 88 서울올림픽 열기가 전국을 후끈 달아오르게 할 때이기도 했습니다. 모든 사람들이 올림픽 열기로 달아 있을 때 우리는 비지땀을 흘리면서 마지막 정리를 해야 했습니다. 하루에 몇 시간 자는 잠도 아까워 줄여가면서 눈이 감길 때마다 입술을 깨물어야 했습니다.

1988년 5월 어느 날 서울의 어느 학교에서 중학교 졸업 검정시험을 본 지 8개월 만에 다시 고등학교 과정 졸업 검정고시 시험을 치렀습니다. 중학교 과정처럼 그렇게 만만한 것은 아니었습니다. 신중하게 문제를 보고 또 보고 어려운 문제는 몇 번씩 다시 보면서 시험을 치르고 밖으로 나와서 올려다본 하늘이 참으로 아름다웠습니다. 어쩌면 세상은 원래부터 아름다운 것인가 봅니다. 나는 그 시험을 끝내고 하루도 쉬지 못하고 또다시 몇 개월 남지 않은 대학 입시를 보기 위해 공부를 해야 했습니다. 꿈만 같았습니다. 어릴 때부터 꿈꾸어 왔던 대학의 캠퍼스를 나도 밟을 수 있다는 희망이 생긴 것입니다. 그러면서도 내가 맡아 가르치던 아이들을 소홀히 할 수 없었습니다. 차츰 아이들에게 공부 잘 가르치는 선생님으로 소문이 나서 그때쯤에는 나에게 과외를 받겠다는 학생들이 많아졌지만 내가 지도할 수 있는 인원은 한정될 수밖에 없었지요. 공부를 기막히게 잘 가르치는 서울대 법대생…… 인기가 있을 수밖에요. 게다가 배우는 학생들이 모두 잘 따르고 공부에 취미를 붙이고 열심히 하는 모습을 부모님들이 보면서 어떤 생각을 했을까요. 그때 하루에 2팀씩 일주일에 2~3번씩 해서 나에게 과외를 배우는 팀이 5팀 정도 되었고 한 팀에 2~3명씩이었습니다. 중학생 그룹과 고등학생 그룹이었고 중곡동에 근태와 그의 누나인 서정이도 계속 과외를 해주어야 했습니다. 그러니까 과외 학생들 중 그해 나와 함께 대학입시를 볼 고3 학생은 서정이를 포함해 3명이 있었습니다. 다행이 그해 2명은 자신들이 원하는 대학에 합격을 해서 부모로부터 양복도 한 벌 얻어 입었습니다. 참으로 우스운 일이지요.

그해 나도 대학입시를 치렀을까요? 붙고 떨어지는 이야기는 내겐 모두 부질없는 이야기로 남겨 뒀을 뿐이지요. 결론을 이야기하자면 결국은 내가 그렇게 원하던 캠퍼스를 밟아 보지 못했다는 것입니다. 어떠한 이유가 되었거나 말이지요.

흥분하고 들뜬 마음으로 무엇이거나 다할 수 있을 것이라 생각하다가 어느 날 갑자기 내 자신을 돌아보자 어느새 서른 살이 다 된 총각. 직장뿐만 아니라 집도 절도 없는 내가 대학입시를 보고 대학을 간다는 그 자체가 허영이 아닌가 하는 생각이 들었습니다.

그나마 나는 평범한 사람들처럼 저녁이면 잠을 잤고 아침이면 일어나 식당에 내려가 아침밥을 먹고 책을 넣을 수 있는 가방에 과외용 교재를 넣어 남들이 출근하는 것처럼 그렇게 집을 나서면서 당당하게 어깨를 폈습니다. 그래서 세상은 한 번 살아 볼 만한 것인가 봅니다. 내 미래에 대해서도 고민을 하지 않을 수 없었습니다.

장희국 선생님의 의견은 일단 대학에 진학해서 공부를 하라는 것이었습니다. 생활비나 학비는 지금처럼 과외를 하면 충분히 가능하다는 것이었습니다. 그리고 내가 아이들을 잘 가르치니까 나중에 대입학원 단과반 선생을 하면 좋을 것 같다는 구체적인 제안도 내놓았습니다. 많은 생각을 했습니다.

그때 내 나이 스물아홉 살 결코 적은 나이는 아니었지요. 그때까지 남들처럼 떳떳한 직장과 배운 기술 하나 없는 데다 또 보장된 내일이 없다고 생각하자 대학진학을 하려니 덜컥 겁이 났습니다.

나는 용연 형을 찾아갔습니다. 당시 치안본부 인사계에 근무를 하고 있었지요. 형에게 장희국 선생님께도 한 번 찾아가 나에 대한 진로를 상의를 했다고 했습니다.

"야, 경찰 시험이나 봐라. 요즘 경찰 시험에 영어도 들어가고 해서 만만치는 않지만 그래도 남들 가르치면서 안 되겠나. 너도 나이가 많아서 내년이면 자격도 없어지니까. 내 생각에는 공부는 공무원에 들어와서 해도 되지 않겠나 생각하는데……"

형의 말에 일리가 있었습니다. 며칠 고민을 하던 나는 형의 말을 따르기로 했습니다.

경찰관 시험

대학 포기하고 경찰관 시험에 도전
시험이라는 것이 그랬습니다. 우습게 생각을 했지요. 이까짓 것쯤이야 생각을 하고 경찰 시험에 대한 사전 정보없이 시험 과목을 훑어보니 국어, 영어, 사회, 국사, 국민윤리 모두 5과목이었는데 별거냐 싶었습니다.

1988년 7월경. 경기도 수원 어느 학교에서 첫 경찰 시험을 보았는데 결과는 보기 좋게 낙방을 했습니다. 경쟁률도 장난이 아니었습니다. 우선 필기시험을 보기 전에 신체검사를 먼저 하게 되었지요. 신체검사에 합격을 하면 필기시험 두 번을 볼 수 있었으니까요. 수원에 있는 어떤 체육관에서 신체검사를 하고 합격을 했습니다. 서점으로 가서 경찰공무원 관련 서적을 한 권 샀습니다. 그리고 아이들 공부 가르치는 시간 외에는 두 평짜리 여인숙방에서 혼자 공부를 했습니다.

그해 10월경. 다시 경기도에서 약 100명가량 신임 순경을 뽑는다는 공고가 났습니다. 그동안 잠을 줄여가며 공부를 했고 시험에 나올 만한 문제들을 모조리 암기했습니다. 오기가 생긴 것이지요. 수원성이 있는 어느 학교에서 시험을 보고 나오는 길에 나는 또 절망을 해야 했습니다. 시험을 치르고 나오는 사람들은 삼삼오오 그들끼리 모여서 시험문제가 쉬웠다는 이야기를 했습니다. "야, 이번에는 너무 쉬웠어, 아마 좋은 점수가 나올 것 같아" "나는 영어에서 몇 개는 틀린 것 같은데……" "몇 개씩이나 틀리면 힘들걸" 모두들 자신만만해 했습니다. 하지만 나에게는 결코 쉬운 문제가 아니었습니다. 답이 전혀 보이지 않는 문제도 몇 개 있었고 아리송했던 문제도 꽤 있었기 때문에 절망이었습니다. '내가 이 정도밖에 안 되는 인간이었구나. 우물 안 개구리 같은 놈! 그러면서 나는 내가 잘난 줄 알고 있었구나. 그래서 남들보다 공부도 잘하는 줄 알았는데 그것이 아니었나' 반성했습니다. 기운 없는 목소리로 형에게 전화를 했습니다. "시험 잘 봤냐?" "글쎄요. 잘 모르겠지만 이번에도 잘 안 될 것 같아요. 죄송해요" 공중전화기 속으로 숨고만 싶었습니다. "일단 기다려 보자" 그리고 이틀이 지났습니다.

경찰관 시험에 당당히 합격

오전에 과외를 갔다가 그때 나에게 수학과 영어를 배워 신학교 입학 준비를 하던 기경원 집사(현재는 목사님이지만)와 작은이모네 집에서 점심을 먹고 있을 때 갑자기 이모네 집 전화벨이 요란하게 울렸습니다. 마침 이모가 밖에 나가고 없을 때여서 내가 전화를 받았습니다. 용연 형이었습니다. 작은이모네로 전화를 하리라는 생각은 꿈에도 하지 않았기 때문에 뜻밖이었습니다. 하긴 그때는 핸드폰이 있었던 것도 아니고, 호출기가 있던 시절도 아니었으니 집에 설치된 전화 외에는 연락할 방법이 없기도 했습니다.

"축하한다. 좋은 성적으로 합격했더구나."

"예! 정말요."

순간 믿어지지 않았습니다.

"형. 정말이에요? 제대로 확인했습니까?"

몇 번을 물어도 형은 내 마음을 안다는 듯 "그래 몇 번 확인한 거야. 네가 경기도에서 7등으로 합격을 했어, 고생했다" 하늘을 훨훨 날 것만 같았습니다. 말로 표현할 수 없는 감동을 느꼈습니다.

그날 하루종일 길을 걸으면서도 과외를 하면서도 몸과 마음은 둥둥 떠있고 괜히 웃음이 났습니다. 마치 실성을 한 사람처럼 웃었습니다. 사람들이 보거나 말거나 나는 마냥 웃었습니다. 시골에도 전화를 했고 명옥이에게도 연락을 해주었습니다. 모두 제정신들이 아닌 듯했습니다. 엄마는 대뜸 "만세다. 우리 아들 합격했구나" 다들 축제 분위기였습니다. 그 순간 나는 갑자기 목울음이 차오르며 지난했던 지난날이 주마등 같이 지나가며 굵은 눈물방울이 볼을 타고 흘러내렸습니다. 그리고 돌아가신 아버지, 고모할머니, 외할아버지, 외할머니가 생각났습니다.

나도 이제 어엿한 공무원이 되었는데 볼 수 없는 사람들이 많다는 생각을 하자 가슴이 저몄습니다. 나의 이런 모습을 지켜보던 작은이모가 마치 자신이 합격한 것처럼 기뻐서 어쩔 줄 몰라 했습니다.

참으로 소설처럼 살아왔던 29년의 세월이었습니다.

젊은 경찰관이여, 조국은 그대를 믿노라

1989년 2월.

아직은 겨울이 한창이었고 그날은 함박눈이 참으로 소담스럽게 내리고 있었습니다. 돌아가신 아버지가 골맛집의 좁은 오솔길을 떠나시던 날처럼 말입니다.

어깨를 펴고 당당하게 충주시 상모면 수회리의 '중앙경찰학교' 정문을 들어섰습니다. 터질 듯한 감회로 가슴이 벅차 올랐습니다. 살아오는 동안 단 하루라도 다른 사람들의 일상처럼 그렇게 평범하게 살아봤으면 하는 꿈이 이루어지는 순간이기도 했습니다. 앞을 가릴 정도로 커다란 눈송이가 탐스럽게 내리는데 저 멀리 중앙경찰학교 본관 건물이 눈에 들어왔습니다.

'젊은 경찰관이여, 조국은 그대를 믿노라' 본관 건물에 쓰여진 선명한 글귀가 내 젊은 피를 끓게 했습니다. 순간 참을 수 없는 눈물이 볼을 타고 눈송이들과 함께 흘러 내렸습니다.

이제부터 내가 중심을 잡고 우리집의 조그만 울타리를 만들어 갈 것입니다. 힘들고 추위에 떨며 서러웠던 식구들 모두 울타리 안으로 들게 해서 남아 있는 세월만큼은 그리 서럽지 않아도 좋은 그런 삶들을 살았으면 합니다.

얼마가 남아 있는 세월인지 그것은 아무도 알 수 없겠지만……

꿈, 꾸는 자의 몫이다

참으로 고단한 여정의 전환점이 '경찰관'이 된 것이었습니다.

1년에 3천여 명이 신임 순경이 되니 별 대단할 것도 없다고 볼 수도 있겠습니다. 그러나 노량진 학원가에서 몇 년을 묵어 이 길로 접어든 역정과 나는 아무래도 출발부터가 전혀 다른 배경인 듯합니다.

5만 원에 가방 하나 달랑 들고 온 서울 생활 "이제 자네가 버는 것은 모든게 자네 재산이고, 자네 힘으로 이룬 게 될 거야" 용연 형님의 그 말은 나를 지탱해준 생활신조가 되었습니다.

필수 코스인 초임 파출소 순경을 제외하곤 오로지 수사부서에서 근무한 것도 정말 제대로 된 수사관이 되어보라는 권고에 바탕을 둔 것입니다. 수사에 몰입하는 시간만큼 승진의 속도는 느려져 갔습니다.

"어떠한 일이 있어도 사건의 실체적 진실을 술 한 잔, 밥 한 그릇과 바꾸지말라"는 말은 나의 경찰인으로서 신조 제1호입니다.

까다로운 수사반장이 되었습니다. 팀원들에게 참으로 미안하다고 이제야 말합니다. 적당히 타협하지 못하는 성격이 내 미간의 주름을 더 깊게 하고 말았습니다.

세상살이에 사람 노릇 한다는 것, 팀장이든 조장이든 '장'자리 붙은 사람이 사람 구실을 하기 위해서는 돈이 필요하다는 것, 늘 호주머니의 덫, 뺄셈에 옹색해지는 자신이 때론 한심하기도 했습니다. 그러나 "오늘 이 자리에 이만큼 살고 있는 것도 모두 과분하다"는 사실로 위안하곤 합니다.

경찰관이 되어 수사형사로서의 내 삶에 대한 글쓰기는 아직 여백으로 남겨 놓겠습니다. 하고 싶은 얘기도 많고, 이상과 현실 사이에서 갈등한 시간들이 너무나 생생해 경찰관을 마감하는 즈음의 몫으로 말입니다.

그러나 경찰청 특수수사과 시절, 군에서 보면 기분 나쁠 '장군 잡는 여경' 사건의 뒤엉킴 속에서 살아남은 말참 수사관의 비애와 집요한 검찰의 타깃이 되어 여러 해를 시달린 말 못할 이야기들……

그러나 나를 지켜준 것은 제 몫에서만큼은 절대 양보할 수 없었던 진실과 밥 한 그릇의 유혹에 발 담그지 않아야 한다는 주문이었습니다.

특히 내 평생 잊을 수 없는 일은 문종렬과 만남입니다.

특수수사과 시절 독직혐의와 관련해 나를 담당했던 특수부 검사 문종렬, 속살까지 보인 내 빈약한 계좌와 내사와 피의의 경계에서 몸부림치면서 맺게 된 인연, 경찰 조직에서조차 의구심으로 바라보는 지루한 과정 끝에 내려진 검찰의 '무혐의' 결정.

이제 그도 조직을 떠나 변호사로서 형제의 우정을 이어가고 있지만 새삼 그의 넉넉함과 진실에 마음을 열 줄 아는 사람 됨됨이는 내겐 감동 그 이상입니다.

지금까지도 그래왔습니다만, 이제 나의 남은 수사관으로서 생활 속에 또 한 가지의 원칙을 굳게 실천하고자 합니다. "실적을 올리지 못해도, 설사 범인을 놓치는 한이 있어도 공명심 때문에 억울한 피의자를 만들지는 말자"라는 제2호 신조 말입니다.

너무나 당연한 듯 보이지만 순간순간 지나치기 쉽습니다.

특진부검거령의 열풍 속에 함몰되어 좀도둑을 건수 채우기로 부풀리는 뻔한 수사에 유혹당하지 않으려 합니다.

무식한 수사관이 되지 않도록, 문제의 본질에 가장 정통하다는 평가를 받는 수사관이 되려는 노력을 게을리 하지 않을 것입니다.

2002년 여름, 40여 년 만에 가족들과 함께 찾아본 소백산 아래 나의 탯자리, 무성한 잡초, 어슴푸레한 기억, 그래도 어머니는 용케도 외딴집을 찾아 내셨습니다.

그곳을 찾은 이유가 무엇일까? 내 존재의 시발을 알고 싶어서였을까?

들꽃이 마당 안까지 들어와 핀 그 한가한 누옥에는 시간이 오가는 것이 그다지 의미없는 셈법처럼 여겨졌습니다.

원래 '가난'의 시발이 그랬고, 여전히 넉넉지는 않으나 원금 5만 원을 제한 나머지는 오롯이 내 것임이 분명해졌습니다.

어머니가 믿고 계신 '소백산의 신령한 기'는 어쨌거나 아들의 자존이 되어 여전히 저를 지탱하고 있는 듯합니다.

하여 나는 행복합니다.

엉겁결에 세상에 드러내 놓은 내 남루한 가족사를, 도회의 밑바닥을 닥닥 긁어가며 누렇게 떠버린 나의 청춘시대를 아름답게 그려 주시는 분들, 내 방식대로 사는 고집통 수사관을 믿어 주시는 상사·동료들이 있으니 어찌 행복하다 하지 않을 수 있겠는지요?